I0745505

題 獻

謹以此書獻給

我親愛的母親和妻子，

兩位對我人生影響最大的真善美女性！

海外華文寫作叢書

Overseas Chinese Writings

英雄命運

The Hero's Destiny

章凝小說集

Ning Zhang's Novel Anthology

壹嘉出版 1 Plus Books

舊金山 San Francisco 2019

英雄命運：章凝小說集

The Hero's Destiny: Ning Zhang's Novel Anthology

海外華文寫作叢書 Overseas Chinese Writings

Print ISBN：978-1-949736-07-6

Ebook ISBN: 978-1-949736-08-3

Library of Congress Control Number (print): 2019919231

出版人/Publisher：劉雁/Yan Liu

封面攝影/Cover photograph：Sergey Pesterev on Unsplash

内文装饰纹样/Interior decorative patterns: Designed by Harryarts / Freepik

献词页装饰纹样/Dedication page decorative pattern: Designed by GarryKillian / Freepik

裝幀設計/Book Design：壹嘉/1 Plus Books

出版/Publisher：壹嘉出版/1 Plus Publihsing & Consulting

定價/Price：US$19.99

美國・舊金山・2019/San Francisco, USA, 2019

www.1plusbooks.com

電話/Tel：+1（510）998-7456

電郵/Email：info@1plusbooks.com

目　錄

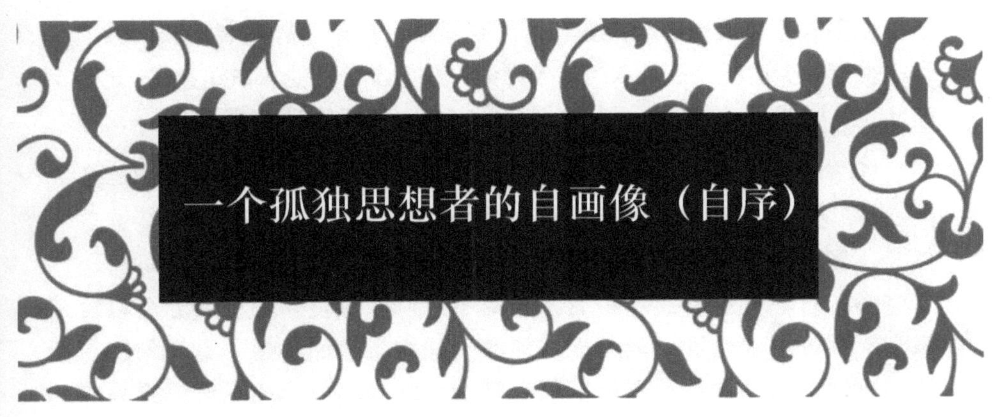

一个孤独思想者的自画像（自序）

東方先哲慣以“子”名：老子、孔子、孟子、墨子，西方人也獨一無二有一個—“人子”耶穌基督。作者自謂“一個孤獨的思想者”，效仿先賢，追隨十字架上的人，這裡姑且叫他“思子”吧。

1990年代中後期，經過三四年貧病交加，含辛茹苦的日子，思子轉型白領事成，一家子在新大陸總算是安定了下來。飽暖思吟欲，他開始拿起筆來——真的筆，不是電腦鍵盤，重啟作家夢。

開始是計畫寫一個電影劇本，名為《劫持》，基本劇情為：失意音樂家大衛劫持囚禁了小提琴家夢蒂，後者以她天使般的真善美感化了前者，終於令其改邪歸正。醞釀幾年了，寫起來挺順，刹不住，於是決定轉向往長篇小說的路子走，不知天高海深，決意要寫成現代版的《罪與罰》。一氣呵成未成，三四年內也碼了三十萬左右的字，可最後的結局卻是無疾而終，他忽地打住，移情別戀了。大半途而廢，為什麼會是這樣?

小說未完成，筆倒練出來了，也算是收之桑榆。接下來十幾年，他寫詩，寫散文，寫隨筆，寫小說，寫評論，寫貝多芬。不時飄飄然：各式體裁信手拈來，雖低產但高質，當今多面手，舍我其誰也；

又不時暗自歎息：你這三腳貓，什麼都擺弄，卻啥也不精。有所不為才能有所為，你犯忌了。說不精也不盡然，實話說他的貝多芬還行，畢竟能整成這等規模的人不多。可話說回來，貝多芬評說非正式文體，很難說有多少他所孜孜以求的文學價值，更何況是為他人做嫁衣裳——如此說有些罪過，對不起了我的偶像朋友 —— 所以還是三腳貓。

說起來，思子還是最喜歡寫小說。原因麼，他認為散文只能算是准文學，寫實，對想像力要求不高，張三李四都能敲出幾篇；詩歌自然高，可詩人早已成了過江之鯽，自己的詩才也相對有限，且早已過了詩齡，自認幾十首詩作中有十來篇不乏個性品質，不多，亦聊以自慰了，再向縱深發展幾無可能，除非天賜靈感；而小說，最具創造力和挑戰性，自己善於天馬行空胡思亂想，編得出故事來，奇崛靈異的故事，更喜歡掌控筆下人物悲歡離合生老病死的那種造物主感。他思量本我的內在隱藏著許許多多謎樣的“子我”，自己想體驗品嘗各型各色的人生，而小說，能讓他將這些“子我”按需分配給各類人物，去經歷感受那些可夢而不可即的人生。故而，他的小說，本質上就是其人的自畫像，或寫實或寫虛，或美化或醜化，或濃縮或誇張，以各種形態色彩，從多個不同角度。曾有尖刻的讀者斥責《劫持》是無知男人的YY，話糙理不糙，他老實承認YY形容得到位 —— 別忘了文學大師中YY專家不少，但對無知男人敬謝不敏。投身於自畫像中，也是另種形式的演戲 — 雖然沒有觀眾，這方面的天賦他多少有些，常常是長夜孤燈，獨處斗室，爬格子爬到起伏跌宕處，脫胎換骨進入到筆下角色，或癲狂大笑或痛哭流涕，只是不能自已。

文學即人學，小說乃人學之集大成。思子曾於寫作隨筆裡談到：“小說選材經典要素之一：寫小人物、下層人物、卑微人物、殘缺人物、非正常人物。從文藝復興的塞凡提斯，古典的雨果、契可夫，到現代的卡夫卡，大師們行文莫不如此。”他自己也有樣學樣，身體力行，看看他筆下的這些人物吧：靈肉扭曲的音樂家（《劫持》），身患絕症的高富帥（《死亡浪漫》），離家出走的賣藝人（《華盛頓DC的小提琴》），九死一生的逃亡犯（《越獄》），劫後餘生的兩面體（《雕像時代》），窮困潦倒的留學生（《一塊錢小費》），沾花惹草的癡情者（《血字》），雲雨過後的不眠人（《夜深了），總之正常的不多。為反常者著書立傳，才正常，最正常。這是他的小說人物觀。

思子性情獨立，外冷內熱並不孤僻，只是因為太忙而沒時間社交，雖然心靈超前開放。喜歡冥思苦想，自謂詩人氣質，獨往獨來，孤家寡人。這反映在了他的自畫像小說裡：人物不多。豈止是不多，而是少得不能再少，不是荒島上的孤男寡女，就是大漠中的單身一人。這既是他的短板，亦為其特色。另外，他對自己筆下的人物較狠，主要是對男人，他們苦苦掙扎在不是肉體就是靈魂更多的是兩者兼具的生死存亡線上，最後的結局不是不得善終死於非命，就是終身流放命懸一線，絕少例外。筆下人物的命運悲慘，卻不好由此斷定作者偏好悲劇。哭笑我自由之，思子本人是一個大悲大喜的矛盾混合體，如同他的前輩先驅貝多芬，慣於在黑暗中尋求光明，自悲哀中發掘歡樂。他的小說主旋律，大致都是這個基調。

聰明的作家回避置評自己的作品，原因很簡單：自謙言不由衷，難逃虛偽之嫌；反之老王賣瓜惹人厭，無異自找麻煩。既然橫豎左右不討好，莫如閉口不談，裝酷！美其名曰蛋下了就此與我無關。思子不夠聰明，情商也有限（他的賢妻時不常提醒他注意這兩點），且受熱情的文集主編之托，只是想試試看。更何況，裝酷未必就不虛偽，母雞產後都知道呱呱叫，自認瓜好為什麼不能坦誠大膽地做廣告呢。

《死亡浪漫》：這是思子的首部短篇小說，初試啼聲即不同凡響。當年做學生打工時，他近距離接觸過一位年輕的盧伽雷氏症患者，而且還是一個詩人；他自己也曾有過數次癱臥在床，聆聽著死神的腳步由遠及近的經歷，都算是原始素材。小說寫的是單相思，又採用了第一人稱書信體，會讓人聯想到《一個陌生女人的來信》。是拙劣的模仿，還是巧妙的借鑒？實話說：都不是！思子讀茨威格，那還是十幾二十年前的事情。本作自認百分之百獨創，從故事情節到表達形式，而立意格調與尊敬的大師之相比，只高不低。題材和文風於漢語文壇皆為罕見，引來讀者好評如潮，如有狂熱的捧場者寫道："讀完這小說我的心得：震撼、驚豔、心悸、媚惑、魂鎖、飛魄，是激迸的火山，是滔天的洪流，是海妖的迷航，是星際的遊蕩，在偷窺心靈活動的暗潮裡，竟有如此偉大聖潔的愛情，病體倚重著狂熱的單戀對抗死神的預約，絲毫不帶猥瑣卑劣，更絕不攙和苟延殘喘，這是何等悲壯的生命禮贊詩歌，蘸滿靈氣整篇幅自在地揮灑，往返重複再三閱讀，蒼天啊，這是傑作，文壇肯定的傑作才子啊，中你文箭落馬的又豈止身經百戰的文將軍啊！”（ling1984的博客）

《華盛頓DC的小提琴》：又是愛情戲，卻是來源不明，似乎可算一時心血來潮的靈感之作，應該和作者當年在華盛頓DC工作過一段時間有關。寫得順風順水，毫無坎坷。網絡紙媒上發表後市場回饋不錯，隨之而來的評論美文比原作更青出於藍。小說講述了一個反傳統愛情故事，東女西男組合是平庸的現實，白領公主愛上了街頭王子是凡俗的理想，此段羅曼蒂克到底是可歌可泣還是虛飾矯情，需要由讀者來評判。其實本篇的主旨不在這見仁見智的花前月下，而在無家可歸或有家不能回。刻畫自我流放者形態，探索挖掘其深層心態，不無現代價值意義。另外值得一提的是作品的表現形式，思子首次嘗試反傳統寫法，無師自通跟著感覺走，竟操作得得心應手，完成得有韻有味，一曲詩體意識流應運而生。希望將來有機會再捲土重來。

《一塊錢小費》，《聖誕樹》：從整體故事到內容情節百分之九十五以上真人真事的紀實作品，主人公即作者本人，人物的行為舉止所思所想，正是當年他一家子煎熬于水深火熱中的如實寫照，真實境況比小說情景更有過之而無不及。人生即小說，人生勝似小說，信矣！兩個只能於現實生活中自然而然產生，而想像力再豐富的大腦也難以憑空編造出來的故事，泥土樣樸實，活水般靈動，可遇而不可求。敘事文筆不論，情節堪比經典。“有歐亨利之風，有福克納之心，難得的好文章。”（文取心）如果說《警察與讚美詩》、《麥琪的禮物》那出人意料結局帶給讀者的是眼淚，《一塊錢小費》、《聖誕樹》帶給讀者的卻是微笑。這一點有幾分了不起：面對血淚交織的人生，寫悲劇比寫喜劇容易，笑比哭難得太多太多。

《碩鼠》：為長篇小說《動物大起義》（未完成）中的一個場

景，獨立成文作為一個短篇。荒誕中見實情，搞笑中顯殘酷，真中帶假，假時亦真，是作品追求的藝術效果。“誇張生動，有科幻感，立體感，象電影院看3D片。你描寫的場面用3D技術拍攝，振憾。”（Xiaoman）這個評語令作者莞爾。順便說一句：以野生動物為素材、題材的詩歌、散文、隨筆和小說，在思子文集中佔有相當部分，多篇作品如《雪豹》、《白天鵝》、《乖兒她》、《動物三國演義》等讓眾多讀者不吝美言，在當代漢語詩人作家中不多見，反映了一種難能可貴的21世紀人文意識。

《動物大起義》故事梗概：恒古至今千萬年來，世上萬千物種飽受那貪欲橫流、殘暴嗜血的所謂萬物之靈的屠戮、滅絕、壓榨和摧殘。終於，全動物向全人類發動了一場聲勢浩大席捲全球的奴隸大起義。面對這開天闢地的突發事件，人類該怎麼應對，結局將如何收場。作為一個半環保半科幻的現代題材，本小說的想像驚人，視角不凡，潛力無限。只可惜剛開了個好頭，作者竟又自行流產，改弦易轍了。為什麼會是這樣?

《雕像時代》：與《動物大起義》同樣，這是一部想像力恣意妄為得登峰造極，情節奇異怪誕得令人毛骨悚然的作品，滿是超前的先鋒意識。“生動，離奇，迷幻，跨越，萬花筒般的鏡頭，引人入勝，而又疑竇橫生。”（唐夫）如果有所謂的“末日小說”，它就是了，同時，又絕對不乏現實批判意義。人性的貪婪扭曲，生命的無常幻滅，存在的虛無荒謬，末世的驚悚悲慘，全部被匠心獨運地熔於一爐。它是科幻，又不是科幻，科幻一詞難以概括其繁博精深之內涵。一個絕佳的題材，可惜至今仍然還只是個半成品。這次思子不承認自己要半途而廢，只是還沒抽出時間將其完成而已，但最終能否如願，他心裡也是實在沒底。為什麼會是這樣?

《血字》：一篇婚外性小品。寫得飛快，卻不乏心血注入。思子回應讀者道：“小說應該努力刻畫人物行為與心理的矛盾性、複雜多變性，這些都出於深層人性。小說切忌將人物表層單極化。”“小說塑造人物，一是表現人物的完美，二是表現人物的不完美。”這裡他做到了，以一支表淺意深的筆。這是一篇既抓人眼球，又容易引起爭議的文章。蒙娜麗莎在微笑，笑什麼？有人說她初戀了，有人說她結婚了，有人說她懷孕了，還有人說她婚外戀了，而事實真相就是沒有真相。任憑讀者眾說紛紜，作者在旁含笑不語。

《夜深了》：這是一篇頗具潛在張力的超短小說，一篇不論內容還是形式都不像小說的小說。袖珍的篇幅、散文筆調的敘述、幾乎沒有情節而不成故事的故事，承載著深不可測的思辨內涵，區區百字抵千言萬語，以小搏大再不能過。自然，曲高和寡，本篇極難理解，因為文本精短，留給讀者的想像詮釋空間極為廣闊。如果不是對靈與肉、生命與性愛那奇妙、詭異而荒誕的相互關係具有超凡脫俗的感悟與思考，賞識本小說絕無可能。點到為止，就此打住。

《越獄》：重頭戲壓軸，這是思子迄今所完成的（！）篇幅最長，同時寫作年代跨度最大的小說。2006年動筆，一年左右寫了四萬多字，按他的速度不算慢了，寫手網友們的回饋也熱烈積極。可接下來，他竟莫名其妙地撂挑子不幹，徹底歇工了，轉身去開闢新戰線，寫散文，寫新小說，寫貝多芬，就是不肯回過頭來將本篇完成，哪怕這已演變成了時不常想起來內在就隱隱作痛的一塊心病。有病不治，況且自己就是那醫生，手到自然病除。為什麼會是這樣？直至轉眼十多年後——時光飛馳得總是比想像的更加恐怖，2018年，他忽地大徹大悟，痛改前非，奮筆疾書，以半年多功夫完成了下半部的四萬字。謝天謝地，總算沒有再創爛尾工程。

這是思子的力作，一部於當代漢語文壇足夠冷門的作品：洋洋九萬字，接近長篇的規模，總共只寫了一個人，一個在大漠中孤身漂泊遊蕩的人。一部一個人譜寫的史詩，聽上去似曾相似？自然，西方經典中不乏先例：《魯濱遜漂流記》、《熱愛生命》、《老人與海》。那麼，《越獄》與其前輩範本的異同在哪裡？——它是《魯濱遜漂流記》般的歷盡千辛萬苦也要千方百計活下去的現代版，但又絕非僅僅就是要活下去，活下去的動機、目的和意義遠非活下去本身，為活而活那是任何野生動物出於天然本能都會做，且做得遠比人類更為出色的事情；它是《熱愛生命》般的熱愛生命的升級再現，與不自由毋寧死的最佳演示，但九死一生也要活下去的動因絕非僅僅是出於熱愛自由和生命，如果失去了活下去及獲得自由的希望和動力轉而厭倦甚至憎惡生命，還要不要義無反顧無所為而為地活下去，換句話說熱愛生命要活下去，不熱愛生命是不是也要活下去；它是《老人與海》般的百折不撓寧死不屈的硬漢精神的重演，但卻不是一個人可以被毀滅但不能被擊敗的翻版，意志至上、精神勝利無由在這裡充任當仁不讓的主旋律，生命的本體意義既不是一道意志選擇題，也不是一道精神證明題，勵志故事無需小題大做。這也不是那也不是，那它到底究竟是什麼？一言以蔽之那就 —— 生命即牢籠，人生就是越獄！！

作品走馬觀花完畢，接下來探討這個接二連三出現的問題 ——"為什麼會是這樣？"也即這個熱衷於小說創作，夢想成為優秀小說家的思子，為什麼幾次三番自廢武功，人為終止正進行得順風順水的寫作工程，另起爐灶到其它專題？

表層原因：在個體性情上。思子的思維過於活躍，奇思異想層出不窮，常常同時有幾個寫作動機在腦海裡翻騰。大腦多動症，既是好事也是壞事，好的是永遠不愁沒米下鍋，壞的是容易老熊掰棒子。而書寫中長篇小說，需要的是耐得住寂寞，認准一個既定目標，心無旁騖棄而不舍地鑽下去。這是他欠缺的一種素質。好幾次一個產品還在生產線上，新的靈感創意襲來，欲罷不能，忍不住就見異思遷。說移情別戀還是好話，其實他這是在逃避，逃避長期艱苦的工作。

深層原因：在人生思辨上，涉及作品的主題意義。思子有些好高騖遠，卻也努力尋求富有人本關懷和終極意義的主題，自認找到後開始著手創作。而骨子裡，他是一個根深蒂固到了無可救藥的懷疑論者，慣於自我質疑和拷問，心理充斥著矛盾與衝突，渾濁紛紜，剪不斷理還亂，比如他堅信上帝的存在同時又疑惑上帝的做為。一部小說如果不能一鼓作氣搞定，曠日持久之下，倦怠之餘，他就會陷入某種深重的糾結：自己點燈熬油、殫精竭慮地寫這東西，究竟有個什麼價值意義？它真的值得出籠問世嗎？值得你為之耗費寶貴的時間生命麼？即使完成了又怎樣？寫的時候欺騙自己，寫出來後欺騙讀者，是不是這個程序？豈不成了一出自欺欺人的騙局。質疑是洩氣的開始，再而衰三而竭，結果自不言而喻。經過不斷反思，思子開始逐漸明白：任何經過嚴肅思考後認准的主題，必有其存在的道理，最終能否達成你所尋求期望的所謂價值意義，關鍵在於作品完成得怎樣，而不在課題本身。觸類旁通，存在即合理，太陽底下無新事，任何人文課題都有其發展潛能。一個貌似高深的主題，可以被糟蹋成敗筆廢品；而一個明顯的淺薄主題，也不無被打磨成精品傑作的可能。運用之妙，存乎一心，一塊大理石可以雕成個豬八戒，而一團泥巴可以捏出來一個大衛。

思子已不再年輕，身心狀態依然處於上佳，談不上雄心壯志不減，亦毫無心灰意懶，他只是想寫下去，永遠地寫下去，直至生命的終點。迄今為止一直是業餘創作，感到自己的潛能還遠未發掘完畢。除了上述幾個半成品，另外還有幾個頗有價值，且已基本醞釀成熟的小說計畫，只等著天時地利人和湊齊了就剪綵開工——夠他忙活的，也是個勞碌命。只希望能夠做到寫一篇，就完成一篇，不要再總是朝秦暮楚，時間精力實在是浪費不起了。今生今世，除了寫作，他不知道自己還能夠做什麼更有意義的事情，而寫作是否真的有意義，他也深表懷疑，對之懷疑的事情卻不能不努力去做，因為他別無選擇。他是一個自我存在意識深重的個體，長年累月沉湎游走於天問的迷宮，缺少通常意義上的社會責任心和使命感，只是隱隱約約感到，這是上帝指派給他的一個終身制工作，自己只能，必須盡力而為地去做。自然明白這聽上去有些好笑，可誰知道呢。再者，成就感乃虛榮心的美容版，證明自我不脫自欺欺人；尋求共鳴有理且無理，你永遠只是你而非他或她；博取名利為以上問題之和的異化變體，看透容易超越難。不論怎樣，寫作能夠讓他比較清醒地意識到，自己還呼吸著，還思考著，還在向前走著——不算一具行屍走肉般地走著，還在享受著甘美的人生與生命——我寫故我在。這是寫作帶給他的莫大回報，除此之外，夫複何求呢！

2019年8月於安大略溫莎

越獄

一

他斜趴在亂石堆中，身體貼緊地面，將自己化成了一塊灰褐色的花崗岩。透過挺直鼻樑上的深度近視眼鏡，他目不轉睛監視著幾裡外的石頭建築群，和更遠處目力勉強能及的採石工地。他標準寸頭，頭髮卻過於細軟，烈烈西北風吹過，東倒西歪與荒原上的野草同步；臉孔五官籠罩著厚厚的一層塵土，幾乎辨認不出本來的形狀和顏色，只剩下那柔和多於剛硬的大致輪廓。

時間的蝸牛慢騰騰爬向正午，天上的火球沿著它週期的軌跡，攀上了拋物線的頂點，然後彷彿溶化在了那裡。乾燥的氣流切割過地表，送來一波波沙粒和熱氣。

平川上滑過一道鋼絲似的陰影。高空上，一隻渺小的兀鷲，雙翼鋪展如一把 180 度張開的剪刀，盤來複去兜著大大的圓圈，耐心俯察著它潛在的午餐。他慢慢翻轉過身來，仰面向天，眼目竭力放出光芒，急促劇烈地呲牙咧嘴著，展示著自己的生命強度，最終促使那饕餮的大鳥死了心，悠悠向遠方飛去了。

大漠上，身著制服的捕獵者用高倍軍用望遠鏡巡視方圓幾十裡天空，從鷹類的異常移動發現蛛絲馬跡，以決定下一步的追蹤方向。鷹鷲的成群盤旋揭示著地面上的大型獵物：十有八九的，不是傷殘老弱的羚羊、駱駝、野驢等，就是越獄逃亡的人犯，而兩者都是制服捕獵者的理想目標。

所以，不能讓鷹在人的頭頂上翱翔。這種他自小酷愛的生靈，眼下成了他最大的自然威脅之一，除了白晝的高溫，夜晚的寒風，和隨時可能突如其來的春天裡的暴風雪。

這一小片荒原是戈壁灘中的一塊飛地，東南和不知名的大草原遙遙相望，三天三夜的車程。其它方向幾百里上下是沙丘和石礫的海洋。荒原下有高質玉礦，上好的工藝品原料。青年重刑犯監獄建築在這裡，既經濟又安全，不能再理想了。只需在葫蘆口處加強警衛，一夫把關萬夫莫開，凶頑的囚犯們就像是被驅趕進了火圈的狼群，除了俯首貼耳接受勞動改造，熬滿自己的漫長刑期，別的出路只存在於海市蜃樓的夢裡。

除去獄方高層，包括下級警官、獄卒和人犯們在內，沒人知道自己長年累月身在何處，這裡的具體省份、地名和地理方位是什麼。監獄與外界的人員物資往來由特製的封閉警車接送，走的是荒原上七彎八繞的迷魂陣專線。探監被嚴格控制，壓縮到了最低限度。極少數表現優異囚犯的直系親屬經反復審查過了關，每三年有那麼一次。統統這些措施目的只有一個：防止有人裡應外合越獄。

這樣，經過多年不斷的改革實踐，沙漠監獄的警戒、保安工作日趨完善。裡面不該出去的飛不出去，外邊不該進來的摸不進來。懸浮在浩瀚的荒漠中，這是一座巴掌大的生命孤島。

當然哪兒都有不信邪的，更何況這千把四肢發達的亡命徒。每年總有那麼幾個怕生不怕死的，心懷僥倖鋌而走險。朝東南草原方向跑的，少則幾個鐘頭，多則兩三天被抓回來，先掛在放風場上的鐵籠子裡示眾四十八小時，然後秉章辦事加刑十年。第二次再跑無期徒刑，第三次死刑立即執行。傻呵呵往其它方位開溜的，獄方先是按兵不動，十天半月後派直升機去收屍，吊回來一具具活教材。

四月底，春風終於渡過了玉門關，冰雪剛剛解凍，酷暑尚未來臨，氣候暫且不那麼走極端，晝夜溫差的懸殊相對也比較溫和。理論上，這是全年越獄的黃金季節，人犯們都知道，獄方更清楚。

今年首先發難的是一個無期徒刑毒犯，據說當年穿越中緬邊境如進城趕集，野外的生存本領高強。幾十個特種武警騎著蒙古馬，領著德國狼狗向東南追蹤了幾個晝夜，最後居然空手而歸。重刑犯們暗暗騷動著，彷彿看到了一線希望：從沒聽說有人能活著跑出去，這小子將是破天荒的第一個，有種！

兩周後的一個正午，武裝直升機從西北戈壁飛回來了，徑直降落於放風場中央，拋下一個沉重的物體，鐵窗後一雙雙睜大的眼睛頓時黯淡了下去：那地上攤著一具大尺寸屍體，確切說是一堆白花花的骨頭，高原上的鷹鷲將他收拾得很乾淨。囚犯們幾乎集體絕望了。

誰也沒料到，還沒等那堆森森的白骨冷透，一個沙塵暴的日子，光天化日之下，緊跟著第二個跑的居然是他——一個念書的，綽號衣冠獸，連人性未泯血氣尚存的同僚都不齒的強姦幼女犯。稱之為獸真是抬舉了他，在這弱肉強食的鐵柵欄叢林，他最多只能算是一頭小叫驢。除了天文地理飛鳥走獸的侃侃大山，窮極無聊時給大夥兒解解悶，也為自己贏得幾分有限的尊重，平日裡除了埋頭幹活傻賣力氣，嚴格遵守獄規幾乎成了第二天性。進進出出見誰都夾著尾巴作人，從來是打不還手罵不還口，低調得讓那些頭等獄霸都不好意思總是恃強淩弱，當然他那一身長年累月於採石場磨礪出來的肌肉也多少有點讓人望而生畏。

模範犯人跑了，號子裡炸開了油鍋，上上下下交頭接耳著這頭號新聞。獄方的臉上重重地挨了一巴掌，晚餐撤了召開緊急會議，雷霆之怒的典獄長拍板下達軍令：要人出人，要物有物，不計一切代價抓回來。活的最好，死的也成！

二

暮冬初春的太陽草草落山了，捎去了一天一夜風的呼號、大地的嗚咽。幾百上千尺高的沙塵，於夕陽殘火餘暉的斜映下，默默地回歸故土。顆粒狀粗糙的天空斑駁縱橫，發散流瀉著金黃和血紅。

遙遙目送著七八輛越野吉普、十幾匹軍馬蜂擁出石頭建築群，方向東南，人喧馬嘶漸漸遠去了。他轉身爬下小山包，借著黃昏的餘光，穿行于高高低低的石堆，像頭潛行于密林深處的黑豹。走走停停，尋找著，最後摸索到一塊大石頭，上上下下摸個遍：就是它了。雙手用力掀開，後面露出個一尺多寬的洞口。伏下身子，腳朝內頭沖外，他一面鑽進洞去，一面用力扳住石頭，一寸寸向後挪動，直至將洞口嚴密封住。這僅容一具軀體的洞穴是他過去數年的業餘作品。

身體仰面平攤，腦袋歪向斜上方，嘴巴鼻子湊近洞口縫隙，大口大口喘息著。片刻，大腦電極接通了，立馬高速運轉起來：棉襖絨褲等冬衣都裝病套在身上了，帶不走的些許個人物品已於前些日子暗暗銷毀，十幾本早已翻爛了的書，包括辭典、自然、地理、百科全書等在給廚房幫工時當了柴禾，只有鋪蓋卷原封不動擱在通鋪上，權作留給獄方的禮物。

白天囚犯們集體出工收工，幾百號人混雜在一起行動，剛剛升任小工頭不久的他卻有幾分自由行動的空間。成功脫離隊伍後立即直奔飛沙走石地帶，大風抹去腳印，使嗅覺靈敏的警犬難以持續有效地捕捉到他的遺留體味，進而追蹤而至。誰能料到他原來根本就沒跑遠，相反於半道調轉頭殺了個回馬槍，借著風沙的掩護時而飛奔時而潛伏，接連翻過礦場左近的幾座荒丘，最後趁著天剛黑，獄方正亂套，在距牢房目所能及的這座鬼谷潛伏了下來。

最危險也即最安全的地方，無數歷史傳奇證明了這一生存真理。而對於他冒險計畫的制訂與實施，一件經典作品的催化效果就已經足夠：那是上世紀六十年代末，巴黎和平大街，一位阿拉伯老婦——大名叫作阿迪迦的——喬裝假冒成科威特王妃，帶著兩個年輕男助手，来到法國最大的珠寶店畢羅莎，大白天變魔術似的，自守店經理的眼皮底下偷去一隻鑲鑽祖母綠戒指，價值二億法郎。第二天，全國員警展開大搜捕的當口，已潛去外省的老婦人來到當地的一家食品店，當眾盜竊蔬菜，結果順理成章被捕入獄，獲刑一個月。就這樣，神不知鬼不覺，她成功地躲開了警方緊鑼密鼓的偵查圍捕，及兩大幫派集團為搜尋搶奪寶物進行的死傷累累的火拼，在執法機關的保護照應下安享了幾周的清福，風頭過後從容出獄，旋即與祖母綠鑽戒一道消失得無影無蹤，就此不知所終。更令人拍案叫絕的是，監禁期間，她將那價值連城的贓物當作一件廉價的假珠寶手飾，連同其它少許私人物品交與獄卒存檔保管，出獄時再完璧歸趙。大智大勇的阿拉伯婦人阿迪迦創造了人類盜竊史上的一個奇跡。[1]

開門紅，至此一切有驚無險照計畫進行。這是一個打他第一天進來起就開始構思，至今為止已經設計、修改、籌備、演習了整整九年的系統工程，絲絲入扣環環相接，容不得出半點差錯。順利的開始是成功的一半，眼下的既定任務是睡覺，睡不著就靜臥閉目養神，以保存體力，節省乾糧和比乾糧更加貴重的飲水。這樣熬過最多三天七十二個小時，當武警搜索隊自那僅有的飛地通道鎩羽而歸，進而方寸大亂朝其它方向漫無邊際掃蕩時，趁他們戰線拉長兵力分散，我就開始向東南跑，打他一個時間差，以時間換空間。而十天半月內，在獄方

1. 參見《國際刑警組織檔案選》，Dossiers D'interpol 著

覺悟過來重新殺回的時候，能不能跑出荒原就只有天知道了。玩這種邪門歪道，除去要有偏向虎山行的勇氣、異想天開的智慧和破釜沉舟的意志，還實在需要幾分冥冥中如有神助的運氣，神盜阿迪迦不就是在警方發現她蹤跡 48 小時前刑滿出獄的。

"嗚——嗚——"一波尖銳虛飄的高音長嘯，略短於超聲波的頻率，忽忽悠悠飄進洞口縫隙，清涼到了骨頭的陰風將頭顱一把罩住，霎時，他渾身上下的汗毛刺猬般炸起來，一時間，只感覺有千萬根細細的冰針穿刺進皮膚表層，浸透到了五臟六腹——有鬼！鬼來了！

這老半天光顧緊張了，竟然忘了個一乾二淨，他已擅自闖入鬼魂的宴會廳。

沙漠監獄一千多號重刑犯，在外邊個個都是牛鬼蛇神級的人物。可這是裡邊，與所處的環境相克，再剛硬頑梗的命也稀鬆平常，任憑早已對這方土地產生了深厚感情的死神予求予取。自殺他殺、橫死順死、正常反常，每個月總少不了那麼幾樁。這本不足為奇，生存本來講究的就是淘汰率，裡邊外邊都一樣。

幸運兒兩條腿一蹬蹬去了所有煩惱，丟給活人一個棘手的課題：怎麼處理他們遺留下來的這些臭皮囊，一二百斤的碳水化合物與碳酸鈣的混合物。送出去還給家屬很不現實，每天倒是有好幾部十輪軍用卡車駛離飛地，可它們的重要職責是運輸好不容易開採出來的寶貴礦石。走出荒原穿過草原，七八天的路程，極品玉礦給日益腐爛的屍體污染了可不是鬧著玩的，跌價跌老了，誰願意將隱隱散發著屍臭的精美工藝品擺放在自家豪宅的客廳、臥室裡。

冷藏處理，想都不要想，那高昂的成本，人活著時整條命都不值這個價。冰凍不可能，火化就更沒門了。荒原上除了陽光和風，不產其它自然能源，缺少燃料從事這樣的奢侈。將一具百多斤重的屍體燒成一小撮灰燼需要幾小時的上千度高溫，將消耗多少金貴的木柴煤碳。活人還分配不過來呢，哪裡顧得上死人，這些該死的死人。

就地掩埋吧，說說容易，具體實施起來也難。不毛之地上三天兩頭狂風卷過，沙礫的土地像被拖拉機犁過了一遍，屍骨被連根拔出來，零零散散暴露在光天化日之下，跟隨著滿地大大小小的石頭亂滾亂跑，既不衛生，也影響環境美觀，並且還嚇人。

開始時，獄方的解決方案是天葬，拖到幾裡外的無人區喂禿鷲，倒也乾淨俐落。可時間長了又產生了新的問題：變幻莫測的荒原風和不知好歹的飛禽，時不常將七零八落的骨頭又給送了回來，若干邪門的更像是長了眼睛，不偏不倚落到大牢圍牆內，回到了老家，做無聲的控訴或哀求，叫那些鋼鐵般的神經也有點綳不住。

這些個挨槍子兒的，作人時牛二，作了鬼還不老實，竟然拿起自己的屍體作武器，死人整起活人來了，簡直是豈有此理。為此獄方頭大得很，想來想去，最後想出來個好主意：將一座已經被翻了個底朝天，再不具多少經濟效益的礦場廢棄，開闢為沙漠監獄公墓。將死鬼們壓在層層亂石堆下，看你們還怎麼鬧騰。終於解決了這個大難題。至於死者親屬那頭，隨便撮把爐灰捎去，他們還能做 DNA 檢驗不成。

年復一年，日積月累，沒人知道究竟已經有多少屍體被埋葬在了這裡，連個粗略的統計數字也沒有。誰也沒有心思知道這個數字，知道了有百害而無一利。但有一點是公認確定了的，那就是這數字只會持續不斷地增加，而永遠不會自動減少。有塊土地安息總比曝屍荒野強百倍，還是令人欣慰的。墓地對於活人來說，既是一個遠在天邊的寄託，更是一個近在眼前的威懾。什麼時候自己也將橫著進去，誰也心裡沒數，而且越不想就越想，越怕就越說不怕。時間久了，空穴也來風，於是就產生了若干傳說。

或說墓地下面冤魂如麻，每當夜幕降臨，就絲絲縷縷的冒上來，聚集在一起哭喊、嘶號，舞蹈狂歡，氣焰直沖雲天，午夜的風暴見了都繞著走。天亮時陰魂仍舊捨不得散去，形成一股股愁雲慘霧，老鷹飛過也要掉下來。或說死人都化作了厲鬼，血盆大口、尖牙利齒，夜裡出來于荒原上東遊西蕩，來無影去無蹤，專門找人追魂索命，吸血抽髓。

這些有鼻子有眼的傳說沒人全信，也沒人全不信，但不管信還是不信，有兩個故事在號子裡代代相傳，活靈活現，有口皆碑：一個月黑風高的晚上，兩名人犯被強迫拉一個暴斃的去墓地，結果死人活人都整夜未歸。次日清晨大隊人馬趕赴現場，找到的是三具雙目圓睜、七孔流血的屍體。另外一個獄霸闖下了大禍，作為懲戒措施被流放墓地一宿，第二天人倒是還健在，但卻就此瘋了。

呸！——想到這他仰面啐了一口，黑暗裡，一半吐沫星子反彈回自己的臉孔：扯蛋，全是他娘的扯蛋！自己嚇自己，世間哪有什麼鬼魂。世間沒有，陰間也沒有，根本就沒有什麼陰間。有陰間、有鬼魂倒好了。有鬼魂就意味著有靈魂，有靈魂意味著雖死猶生，那陰間就是另外一個世界，那裡再怎麼著也不會比這人間更糟更爛，那還怕死個球呀，我可真要第一個搶著去死咧，天底下哪有這等好事。活在這世上，我只怕活人，從來不怕死鬼！來來來，死鬼們你們儘管放馬過來，讓我好好瞧瞧你們的面目，你們不來不是好漢！

伸手不見巴掌的黑洞中，伴著洞外悠悠忽忽的風，他數著自己一記記帶著回聲的心跳，久久不能入夢……

三

第三天，清晨。

他被遠方隱隱傳來的軍號聲驚醒，睡眼惺忪著，費力地頂開石頭爬出洞穴，東方地平線將將噴出一抹玫瑰紅。貓著腰，猱身而上，攀過亂石叢，四肢著地趴下，昂起頭，抬起袖口胡亂抹兩下眼鏡片，睜大眼睛向石頭城堡方向眺望：一團團霧靄懸浮於禿頭似的地表，或濃或淡灰濛濛，隨著晨風遊走飄忽，行蹤不定。透過其間時有時無的間隙，隱隱約約只見大牢進出口處兩道厚重的鐵門轟轟大開，約莫三四十匹軍馬滿載著軍警和給養，列隊魚貫而出，方向東南，蜿蜒絕塵而去。此情此景，他不由支起了身子，呆若木雞。

噢！——他像是肚子上挨了泰森的一記直鉤拳，痛苦地蹲下身去，雙手抱住自己的腦袋：該死，你這書呆子，真應了秀才造反十年不成。沙盤推演運籌帷幄，結果到頭來還是班門弄斧，大大低估了獄方的頭腦和手段。不知道這幾根老警棍是幹什麼吃的呀，尤其是典獄長，共和國衛隊的常勝將軍，他穿上這身黃皮的時候可能還沒你呢，什麼陣勢沒經歷過，什麼樣的亡命徒沒見過。

他定是料准了你這智慧型罪犯決不會重蹈那毒梟幾天前的覆轍，愚蠢到妄想憑藉著自己過人的野外生存本能闖過這茫茫戈壁灘——這賊小子一定是往飛地通道這唯一的自由之路跑的，雖然兩天兩夜的追蹤一無所獲，但只要加強警力擴大搜索面，他就保管插翅難逃，不論死活早晚將被捉拿歸案。

沒有異想天開的搜索空檔，沒有一廂情願的時間差，一念之差浪費了生死攸關的五六十個小時。早知道是這種結局一開始就直接朝東南跑了，那樣的話起碼還有得一搏，最後鹿死誰手將是個未知數。眼下可好，他們精銳盡出封住了瓶頸，網開三面，留給我的是鳥飛不過、跑死駱駝的大沙漠。開局失策全盤危殆。苦心孤詣準備了八九年，機關算盡太聰明，卻萬萬沒有料到，老奸巨猾的對手根本就不按常理出牌，我精心設計的這場冒險家的遊戲，才剛剛開始就已經接近終局，沒法再玩下去了。

想到這渾身一哆嗦，恐懼加絕望，將整個人從頭到腳擊穿了，兩行淚水止不住湧出來，匯入面頰上半寸厚的塵土。他曉得挑戰獄方被抓回去的下場：二十斤重的鐵鐐鎖半年，腳髁骨不磨出來見見光休想褪下來。就此，四十年的大牢是鐵定要坐滿了，如果自己能有幸這樣長壽的話。此時此刻，他彷彿聽到了典獄長那嚴父般的聲音：516號呀，既然你選擇敬酒不吃吃罰酒，也就休怪俺們這個……嗯，殺猴子給雞看了。

囚犯的越獄行為有多硬，獄方的反越獄行動就有多狠，一對作用力與反作用力，雙方沒有絲毫的妥協餘地。管理有方的監獄高層從來都是恩威並行獎懲分明的，憑良心說他們並不壞，要知道統轄這個妖魔鬼怪的世界也實在不容易，沒幾分血與火的手段還真不成，鐵砧必得鐵錘來侍候。所以，你走到今天這步田地，一點不能怪他們，要怪只能怪你自己——這是咋說哩。

咋說？他們樹立你為標兵刑犯，破格提拔為工頭，享有其他人犯做夢都不敢想的種種有限特權。甚至還慷慨承諾，如果繼續積極接受改造表現優異，不出三五年就可以獲得減刑，進而被提升為低階獄卒，搖身一變成為統治階層的一員。對你也可謂仁至義盡了。可你倒好，恩將仇報，放著腳下的金光大道不走，煞費苦心去找獨木橋。橫豎是軟硬不吃，對再誘人的餡餅也不屑一顧，從來不把沙漠監獄當成自己的家，既不甘心在這裡當牛做馬，也毫無興趣翻身做主人。王八吃秤砣了，一門心思想逃跑，要越獄！

自黎明到黃昏，他不吃不喝不拉不撒，仰面躺在耗子洞裡，眉毛眼睛擰成一堆，鼻孔嘴巴並用呼吸著，像一具橫陳在釘上了蓋子的棺材裡，眼巴巴只等著咽下最後一口氣的活死人。麻木的四肢脫離了軀幹，軀幹裡密封著無處可逃的血液，血液被迫維持著心跳，心跳成了活著的碼錶，碼錶採用倒計時制……

即使是等死，也總該想點什麼才對得起自己，只要還剩下一口氣。於是，他躺在黑洞裡想、想、想，想了個日月無光、昏天黑地。結果什麼都想了，又好像什麼都沒想：什麼叫想了，什麼叫沒想他不知道，知道的只是想著就是還沒死，沒死就是在想著。就這樣胡思亂想，一直想到洞外夜幕四合，繁星滿天。終於，他想完了，或是沒想完但是不想再想了，他昏沉沉睡了過去……

不知道過了有多久，恍恍惚惚，他發覺自己正穿行於一座黑森林，樹木密密匝匝，一棵緊挨著一棵，猶如高大的憧憧人影，隨時準備對他施行致命的伏擊。見鬼，人挪活樹挪死，老子才不怕你們——他給自己壯著膽，沒頭沒腦只管往前撞去——管他娘的，走到哪兒是哪兒。卻感到那林子越走越密、越走越黑，最後黑漆漆得什麼也看不見了，瞪大的眼珠子成了鑲嵌在面孔上的擺設。沒轍，只有向前伸長了兩隻手臂，瞎子般摸索著，一步步，踉踉蹌蹌，沒頭沒腦，持續不停地走去、走去……

忽然，眼前一閃，出現了兩道光，錐子似直直刺來，綠幽幽深不可測，卻是賊亮——老虎？！意識流將將反應過來，那綠光已飛撲而至，轉眼貼上了臉面，旋即一陣撕心裂肺感——啊呀，老虎吃人啦！哪顧得及皮肉傳來的神經末梢電波，他條件反射暴出雙手，一把來了個鐵臂合圍，死死掐住那老虎的脖子……"吱吱——"——咦，老虎咋這麼叫喚？

老鼠！——他驚醒了，腦漿翻騰幾下做出第一反應，感覺手裡正死死鉗著一個活蹦亂跳的物體，軟不拉嘰的，毛髮卻又粗又硬——沙漠墳墓碩鼠，他見得多了，兔崽子大小，不算尾巴半尺有餘，三四公斤重，以取之不竭的死屍為主食，吃人吃得眼睛都綠了。

此時此刻，那小畜生進入歇斯底里狀，肥碩的身軀拼了命扭動，長長的尾巴左右抽甩，強壯的後腿上下亂蹬，將他的手背撓出道道血印：不能鬆手，不能鬆手！鬆手意味著我立馬要變成一個血人。剎那間，他腦海上空略過一幅恐怖場景：

古羅馬人曾發明過一種刑法，風靡一時，叫作"勒索死"：將一隻猴子、一頭狼、一條蛇、兩隻貓、幾隻公雞，還有若干老鼠蠍子什麼的，一古腦兒裝入一個大牛皮口袋，隨後塞入被判處了極刑的人犯，接著紮緊袋口，任憑裡面鬼哭狼嚎、起伏跌宕。幾十分鐘過後風平浪靜了，打開口袋，倒出來一堆混雜模糊的血肉。

奶奶的，今天有我沒你，我叫你咬！我叫你撓！——他咬緊牙關，將掄了九年鐵鎬的手臂聚焦於兩個虎口，發力，再加力，七八秒鐘過後，感覺虎口裡的肉質被壓縮去了一大半，終於，一動不動了，隨之只聽得撲哧一聲，一股粘狀液體飛流直下，噴了他個滿頭滿腦，又騷又臭又腥……

哇，狗日的臨死還擸稀！他觸電似撒手，死鼠自由落體墜落，鋪天蓋地罩了他一臉，熱浪撲鼻，五味雜陳，熏得他幾乎窒息——媽呀！他原地一打滾，雙手向上猛地發力，大石頭骨碌碌滾開，手腳並用，狂呼大叫著，他發瘋般爬出黑洞，重見天日……

獵獵晚風中，他緩緩直立起來，整個人搖搖晃晃，閉上眼睛不動，好一會兒，腦袋瓜裡的動盪漸漸減弱。

舉起袖口，三下兩下抹去臉上的污穢，方才感覺左面頰上火燒火燎的。來回摸幾摸，按一按，那裡有七八個大小不一的窟窿，上下左右對稱排列著，血從裡面滋滋往外冒……

媽的，我操！真他娘的活見鬼，幾年大牢下來仍然頭是頭臉是臉，剛剛跑出來就給一隻小耗子破了相，倒了八輩子邪黴了！不過還好，不幸中的萬幸，要是反應動作再慢半拍，一塊肉給連筋啃下來，那可就沒治嘍——後怕，高興，我操！

有動靜！他忽悠打了個激靈，右手刷地搭上腰胯，困獸猶鬥的目光掃過去，卻見八九米開外，地上零零散散閃爍了十幾點綠光，齊刷刷向他射來，陰陰森森：敢情剛才那雜種是先頭部隊，這幫鼠輩還在眼巴巴等著開我的人肉宴呢。一顆心落歸原地。他低吼一聲，一點點綠光黯淡下去，漸漸與夜色融為一體，無聲無息。

回過身來，走去耗子洞口，一隻腳探進去，扒拉出那死鼠，踢去大石頭底下：難為你打了兩天兩夜的洞，想吃我的肉卻送了自己的命。你破了我的相，但叫醒我很及時，咱倆算是扯平，不過我還得謝謝你。

別犯傻了，小心破傷風，血也要儘快止住。他從外衣口袋裡掏出一小塊毛巾手帕，擦拭著面頰上的創口，橫一道豎一道，直至手帕又黏又稠了，血液還是拒絕凝固，那窟窿太深——罷了！我的血，還給我。他將手帕大半截塞進嘴巴，用牙齒咬緊，上下口腔的肌肉開始伸縮、蠕動，貪婪吸吮著，冒煙的舌苔立馬有了感覺——原來我自己的血是甜的，好喝！

他蹲下身體，伸出雙手在地上摸索著，找到一小片不那麼粗礪的沙土，抓起來一把，上下掂量掂量，一咬牙，徑直朝那些窟窿糊去，沙子撲撲落下，沒留下來多少，再來一把……兩把……終於，窟窿補上，血也止住了，人已經渾身濕透，熱一陣冷一陣打著擺子；四肢微微顫慄，只是不聽大腦的使喚。一屁股砸在地上，抬起頭，滿天的星星都是黑的。

良久，他重新直立起身體，輪流跺幾下兩隻腳，張開雙臂舒展，仰面朝天，大口大口呼吸著空氣。

末了，伸手去貼胸內衣口袋取出一個小紙包，一層層小心翼翼打開，借著微弱的星光，兩隻瞪大的眼睛湊上去，目光穿透近視鏡片：這是一張一寸見方的黑白照片，相紙已經泛黃，邊角磨得光禿了。上邊有一個陽光少女，正沖著他明明亮亮地笑，沙漠裡一汪泉水，荒原上空的天狼星。

半晌，他精心包起那相片，藏好。紮緊掉光了絨毛的絨褲，套上打滿了補丁的棉襖，俯身自耗子洞裡拖出來兩個不大不小的口袋，由數層塑膠袋、舊襯衫及膠帶紙、包裝繩結合製成，披掛上右肩，兩頭沉一前一後。完了，他甩開大步，出發了。

四

夜沉沉。一顆水晶骷髏頭大小的光球，遙遙懸於低垂天幕的東北角，仿佛掛在天地墓穴牆壁上的一盞長明燈，幽暗中搖曳著冷光。彎曲如漆的穹隆，縱橫無際的荒原，包容空間內沒有一縷雲翳。

月光白煞煞，如一絲絲粉身碎骨的雪花，揚揚飄灑下來，幽幽彌漫開去，密不透氣擁抱著這片土地，一道道或深或淺的溝塹、一塊塊大小形狀不一的石頭，與其間的一點顆粒，一個移動物體。它形影相弔，時而疾步奔走，時而踽踽緩行。浩瀚死海中的一滴沙塵，一個微渺鮮活的生命。

月夜下，他不懈地走著、走著，時不常停下腳步，微微抬起鼻子，嗅嗅清新空氣中殘存的馬糞氣味，以確認自己的行進方向。眼下他位於沙漠監獄和獄警第二梯隊之間，三點成一線，被追蹤者搖身變成了追蹤者。軍警們雖然以馬代步，但邊行軍邊搜索，注重的是行動而不是速度，這給了徒步者一個空子。捕獵者做夢也想不到，他們正夜以繼日追捕的逃犯，幾天來一直遠遠地跟在他們的屁股後面，踩著他們的腳印，不緊不慢地攆上來。雙方的距離在逐漸拉近。

眼下他採用的是彈坑戰術，從一本什麼小人書上學來的：戰場上，敵方一發炮彈飛來，在陣地上炸出一個墓穴大小的彈坑，老兵油子抓緊時機就往裡跳：根據實戰經驗，緊接下來的兩三發炮彈絕不會落在同一地點。螞蚱似的一個彈坑接著一個彈坑跳下去，一陣彈雨過後還能確保毫髮無傷，絕了！

這樣，他亦步亦趨跟蹤著馬隊，步步為營進入後者一兩天前剛剛剃過光頭，被認為是清掃乾淨了的區域。貓和老鼠互不干擾，各忙各的。至今為止，馬隊沒有發現他，他也沒看到馬隊。暗自得意之際，他保持著清醒的頭腦：這著棋，雖是無理中的有理，卻也兇險之極。如果在風沙掩埋了他的足跡之前，後面有人從監獄替補上來，或是前方有人換防下去，他都將在劫難逃。可他已別無選擇，成敗在此一舉。

對方是集體行動，表面上人多勢眾來勢洶洶，但相互牽扯制約，缺乏軍事上的靈活機動性。黑燈瞎火時更是顧得了頭顧不了腚，不要說荒漠裡找個把人如大海撈針，相互之間還非常容易失散。明火執杖的散兵游勇將成為暗中伏擊的絕妙靶子，短兵相接猛者勝，讓單打獨鬥的亡命徒一個一個收拾，各個擊破。另外還有，即使人扛得住，馬匹也需要充足的休息。如此分析，獵手們不得不選擇于白天作業，從而將夜班機會拱手讓給了獵物。以己之長克敵之短，兵法上我已占了先機。

晝伏夜行，好在接連幾個夜晚天公作美，雲層稀薄，大氣清朗得彷佛真空。那一天比一天更圓更大的月亮，黃昏自東方升起，淩晨於西邊落下，給這一大片不毛之地鋪上了一層霜雪，使他能夠分辨白天馬隊留下的蹤跡。迷路將是致命的，追捕者行進的路線是通往無名草原的捷徑，他相信。另外，他還有幾分迷信運氣，自助者天助，他似乎已經開始時來運轉，自從想出來這條智勇兼備的妙計。

午夜過了大半晌，費了老鼻子勁兒，才繞過一座突兀猙獰的孤丘。這裡背風，順著月光的引導，他來到一個井狀石堆前，停下了腳步：荒原爐灶！好哇，又一座搜索隊的行營被我佔領。趴下身子，一隻手伸進爐灶裡的灰燼：冰涼，還有點潮，起碼是前夜留下的。這意味著即使按保守估計，方圓二十裡內不會有他們的人馬，暫且安全。那麼就開始打掃戰場吧。

媽的！狗日的警棍一點不精神文明，滿世界隨地大小便不說，還亂扔垃圾，又要浪費我多少手腳。他嘟囔一聲，卸下肩膀上的行囊，輕手放在地上，開始以爐灶為圓心，不緊不慢，自裡向外兜起了螺旋圈。借著月光，低著頭，睜大了眼睛，除了尋找可以化廢為寶的物品，同時還得格外留心別踩上一腳狗屎。

日月底下什麼都好找，就是找不到一塊還沒被兩條腿野獸污染過的土地：天不怕地不怕，就怕人類製造出來的渣滓。我操！

走著走著，腳下發出脆崩崩的聲響，雖是細微，卻聽得真切。蹲下身子查看，兩隻手摸來摸去，好一會兒，從沙土裡摳出來三塊尚有兩分黏乎乎的東西，送去鼻子底下——香味兒，像蘋果核，他的狩獵者丟下的。雖然被啃去了八九成，顏色已接近煤碳，乾癟得像剝落的老榆樹皮，又哪裡捨得丟棄。右手五指往褲子上抹抹，伸向左手持有的果實，仔仔細細擦拭去一層層塵土，然後一個接一個，囫圇吞棗塞進嘴巴，連皮帶把細嚼慢嚥起來，一邊嚼一邊吐著沙子，有滋有味吸吮著絲絲含糖的水分，整個人不覺一爽，精神 !

接下來是五六塊分辨不出來是什麼瓜的瓜皮——瓜味早忘光了，東瓜西瓜南瓜北瓜管它什麼瓜，雖說窄裡窄氣單薄了點，但瓜到底是瓜，味道就是不錯，那麼一定是哈密瓜了。再下來的運氣就真正不可思議了，忽地發現石頭旁有個反光物體，一個健步上去，搶一般一把抓起來：嘿嘿，大半瓶水，礦泉水！瞎貓撞到死耗子，頓時喜出望外了。想了想，叫花子要留隔夜食，就寶貝似的揣進了懷裡。再接再勵邁開腳步，屁顛屁顛的繼續淘金。

圈子越兜越大，目光將腳下的沙土、石頭來來回回耕耘了幾遍，伸長了鼻子聞來嗅去，好運氣卻已蒸發得無影無蹤：他奶奶的，除了幾隻塑膠袋，一堆煙屁股，再沒啥鮮貨了。前兩次還搞到了十三根雞骨頭，外加四塊豬肉皮，今天倒楣，不開葷。罷了，別得寸進尺了。趕路要緊，趕緊撿馬糞吧。

很快，一口袋新鮮馬糞齊了，左右兩個肩頭滿了。一鉚勁兒站起來，面對著腳下的土地，他陷入了沉思：

馬蹄印分岔，沿著兩條直線延伸開去，當中夾著四十五度銳角。搜索隊再次兵分兩路，這已經是第三次了。狡猾狡猾地，狗日的採用的是扇形推進戰術，魚網越張越大。左側人馬多，右側人馬少，數量相差一倍有餘，這又說明了什麼呢？最有可能的是右翼將與前方的第一梯隊會師，送去對方需要的給養，然後變線成一字縱隊向左路靠攏，逐漸收縮包圍圈，最後合上扇子紮緊口袋，給他來個甕中捉鱉。當然不敢保證這推斷一定正確，想來最多百分之七十的概率。但又有啥其它選擇？以不變應萬變，拼他個魚不死網破，認定了左翼才是薄弱環節，方位更靠近大沙漠 ——走！

走，走，這一走，又是四五天的跋涉，三座行營的掃蕩，一二百里路的丈量……

八九天來，面頰上的幾個洞洞始終沒有放過他，不分晝夜提醒著他它們的存在。托荒原的福，空氣乾燥清爽，創口總算沒有感染化膿，就著糊進去的沙土，痂也一天天結起來，眼見得情況在往好裡發展。只是活罪難逃，疼痛週期性地發作，敏感一陣，麻木一陣，嚼東西時更是無時不刻。好在一個人過活，不用開口說話，更不用咧嘴笑，對面部神經的需求不是很多，而吃東西本來就是能省則省。

配給制的乾糧暫且還夠。這口袋一年來靠節省、偷竊和撿垃圾儲存下來的饅頭、窩頭、土豆、地瓜等早已風乾成了化石，食用前要用石頭先加工過，砸得粉碎了才能一小塊一小撮地入口。碳水化合物和養分總能維持基本的生理需求，這且不成問題。

主要問題是飲水，除去這些天不得不消費掉的，眼下約莫還有十五茶杯左右，算下來每天半杯可以勉強維持一個月，而強行軍中一天半杯無論如何也不夠。幾年來他在監牢裡暗自作過無數次缺水演練，不顧每天的超負荷勞動量，強制自己只喝定量的水，最多不超過一杯。現在看來這未雨綢繆多少還管用。可是，他從來沒有做過絕水的實驗。隨著時間點點滴滴流逝，眼巴巴看著供應日漸稀少，荒漠中沒有水意味著什麼，他不敢再想下去。

不管怎樣，吃喝暫且無憂，睡覺就更不在話下了，除了頭天遇到點麻煩。這荒原說荒也不荒，低矮的丘陵連綿不絕，石頭、土坑遍地。隨便找個背風的石縫橫下去，頭頂上春天的太陽高照，烤得人暖洋洋、昏昏然。一件破汗衫往臉上一罩，五六級風沙也奈何不得。只是石頭陰涼，特別是在清晨，地平線上紅彤彤的日頭才剛剛露臉，身子底下壓著一股股寒氣，反抗似的衝破老棉襖，絲絲縷縷地滲透上來，無孔不入往皮下毛細血管裡鑽。睡不安穩事小，就此落下個風濕性關節炎事大。

解決方案說來就來：當夜走著走著，他發現了幾小堆馬糞，不由靈機一動，上前撿起來一團，捏捏，外表已經風乾，掰開來，裡頭尚有餘溫，這不結了。馬上興致勃勃收集來一口袋。臨睡前，往岩石縫裡平平整整地鋪開，就是一張鬆軟溫暖的乾草褥子。至於氣味，馬糞可不比人糞，不管幹的濕的都那麼臭不可聞。食草動物就是比雜食動物天然純淨，連排泄物都帶著些泥土的清香。話雖這麼說，鼻子委屈了還是睡不舒服，那就給它用碎布條堵上，用嘴巴呼吸；嘴巴呼吸呼嚕打得轟天響，正好用來嚇跑膽敢接近的老鼠、蠍子什麼的。就此，睡覺品質得到了徹底改善，白天睡眠好，夜晚走路就有精神。

這夜，子午時分，滔滔雲海吞沒了月亮，大地被投入宇宙的黑洞。深一腳淺一腳，他一邊踉踉蹌蹌摸索著前行，一邊扯開沙啞的嗓子，模仿荒原狼的嘶號，發出一聲聲淒厲的長嘯，一時間忘記了四周潛在的危險，能量損失也在所不惜。

忽地，他頓住腳，張口結舌，胸腔砰砰砰震動：遙遙地平線上傳來一絲磷火微光，忽明忽暗搖曳不定——篝火！搜索隊宿營地。

好呀，老鼠到底撞上貓了，你們引路人、運輸大隊長的任務就此圓滿完成。拜拜了，我的首長、警官、教導員大人，咱們九年的緣分到此為止。對不起你們自己玩去吧，老子不奉陪了！

立馬啟動第二套行動方案，脫離通往草原的直線捷徑，九十度左轉，插入東北方沙漠，幾天後見機而行再折向正南，來一個戰略迂回曲線救國。這又是別無選擇的選擇，置之死地而後生，走！

五

淩晨。星移斗轉，海盆被倒扣上了天穹，鋪開一張墨汁的汪洋，隨風膨漲，向無邊無際擴散，掀起一波又一波無聲的海嘯，滾滾漫過雲層的島嶼和陸地。夜，死神的代理，以實際行動發佈著它的存在宣言：要吞沒所有的光，讓完美的黑暗主宰天空和大地。大氣顫慄了，挾起七零八落的星光，哀號呻吟著，向四野八荒逃竄而去。與此同時，東方，沿著蜿蜒曲折的海平線，一根若隱若現的金色髮絲悄然浮起。

他停下隨時就要從膝蓋、腳髁折成三節棍的雙腿，抬起眼睛，緩緩巡視著周遭：陰影重重疊疊，勾勒出憧憧鬼魅的輪廓，依稀可以分辨出，這是一片高原沉積岩地帶，散落聳立著高高低低的平頂山和孤丘。不難找到以下十幾個鐘頭的宿營地。

大白天絕對不能活動。他生長于現代都市，但從小酷愛大自然，成年後又天南海北地跑，這幾年在監獄大學深造，清楚地瞭解到：在太陽強光的直接照射下，人所消耗的體能和水分要比在陰影中多好幾倍。這簡單的生物原理乃荒漠的生死法則之一，說起來還有許多傳奇：

遠有阿拉伯戰神撒拉丁誘敵深入，以逸待勞大破十字軍，收復聖城耶路撒冷：近有第二次世界大戰期間，蒙哥馬利元帥統帥英軍，和以沙漠之狐隆美爾為首的德國軍團決戰于埃及阿拉曼。交戰中一架英國戰鬥機為炮火擊中，迫降于敵後撒哈拉大沙漠。那英勇的飛行員跳下飛機，開始了他傳奇的逃生之旅，幾天內步行數百公里，最後成功獲救。完成這不可能完成的任務，他靠的是夜行曉宿。

另外，白晝裡荒原上視野遼闊，高倍軍用望遠鏡可以發現二三十裡外的移動目標，哪怕是一隻野兔。還有現代化武裝直升機，獄方的最後一道殺手鐧。導彈上裝著千里眼，飛起來幾乎超音速，隨時有可能從頭頂上的雲層裡鑽出來，淩空而降，給他來個老鷹捉小雞。所以，欲速則不達，太陽底下停止一切行動，這是鐵的紀律。

步履蹣跚著，他走去不遠處的一座島丘，找個背風的角落，扶著石壁坐下來，自肩膀上卸下行囊，一層層解開，開始用他的晚餐。

一小口一小口，吞咽著煤渣似的地瓜碎片，格外當心滿是水泡的牙床、口腔壁不被磨破。嘴巴裡像含著一團火，努力分泌出少許唾液，又粘又稠，幾乎起不到消化功能。實在難以為繼了，就低下腦袋，伸長了脖子，將整張面孔埋入水袋，半張開龜裂的嘴巴，讓冒煙的口腔浸泡在水裡，許久，離開時舌尖打個滾兒，卷帶出來些許液體，含在口中許久，最後一滴、一滴吸收進喉嚨，像非洲大草原旱季一頭在乾涸泥潭裡掘水的野豬。不喝不行，喝了心裡又隱隱作痛。水倒是還有八九杯，可路，少說還有幾百里。

吃頓飯像打場仗，好容易填了個小半飽，不吃了。從棉襖口袋裡掏出那滿是血污的手帕，擦擦沒有油水的嘴巴，一一收拾起飲食、餐具，準備原地就寢。睡覺也能管飽，對此他深有體會。睡覺又產生了新的老問題，離開了馬隊，馬糞沒得撿，干草褥子沒得墊了。不敢直接躺在地上和石頭土疙瘩硬碰硬，那就背靠石壁，坐著睡。石壁溫度比地面略高，與背部的接觸面積相對也小些，而屁股上肉厚，更不會得風濕病。

臨睡前，照例要檢查一下周圍的情況。他強打精神，支撐著站起來，抬起石頭片子似的眼皮，勉強將目光投射出去，才只看了一眼，人，頓時愣住了：

天地分界線上，朝陽大夢初醒，剛剛露出來小半張臉，早已迫不及待開始發光，發千道萬道億萬道光。那光，漲潮似蜂擁而來，爆炸般輻射開去；那光，既是明快的，又是凝重的，如一陣發自無形席捲千里的颶風，給遠遠近近錯落起伏的旱谷、突兀陡峭的岩峰、奇形怪狀的石頭，不由分說迎頭噴上一層黃金、一層鮮血，時而黃金壓倒鮮血，時而鮮血蓋過黃金，金黃血紅交織變幻，反襯著物體背面的黑色陰影，構成一幅色彩流動的印象派畫卷。

金紅的光，仿佛挾帶著一波原始生命，燁燁閃耀著釋放出無數禁錮的靈魂，生命靈魂注入林林總總的無機載體，一座座、一塊塊死寂的天然墓碑活過來了，活成形形色色生龍活虎的走獸飛禽，大的有河馬犀牛大象長頸鹿，小的有斑馬野驢袋鼠黑猩猩，剛的有豺狼虎豹雄獅老鷹，柔的有綿羊小鹿駝鳥天鵝，刹那間，荒原變做草原，印象畫面演化成動物樂園。

發著呆，看著、看著，漸漸地，他的眼前模糊起來，瞳孔中一道道物象，化作海市蜃樓的波光幻影……

一陣陰風吹過，他猛地甩甩腦袋，抬起手，揉揉發酸的眼睛，醒過來了：媽的，太陽，你壯麗得讓人喘不過氣來，美得令人恐怖，美得我直想哭，放肆地大哭一場——多少年沒這樣哭過了，可又哭不出來，想哭沒眼淚，更不知道哭什么東西。

我這是咋的了，犯哪門子酸呀？莫名其妙，吃飽撐的。不就是個太陽麼，太陽光照在除了石頭就是沙礫的土地上，又不是沒見過，早看得膩味透了。今天咋這麼沒用，鬼知道。我操！

呆逼，睡覺去。回過身來，西天依然殘星閃爍，深藍色籠罩中，遙遙高空有幾點鳥影。他皺起了眉頭：反常！兀鷲怎這麼早就出動了？是沖著我來的，還是另有企圖？對異常情況不能掉以輕心，想當然常常大錯特錯。看看去。他拾起行囊塞進岩石縫。手腳並用爬上土丘，趴下身子，舉目向四周巡視：

深褐色的土地，時緊時鬆的風，荒原的黎明靜悄悄。西北方，一方小平原，碎石的雞皮疙瘩長滿了筋骨裸露的地面。小山下，兩三裡開外，依稀有一塊巨石橫臥在那裡，沒來由有點突兀，上面還隱約有光影閃動，但看不真切。

他全身的神經忽地繃緊，摘下眼鏡，裡裡外外用襯衣袖口擦乾淨，重新戴上，再目不轉睛地看。身後的旭日冉冉衝破山頂，這下看清楚了，閃閃發光的像是鳥兒忽煽的翅膀，這麼說那塊大石頭是？……他霍地站起來——慢著，別是警棍設下的陷阱，引我上鉤——哪能呢，這裡已是荒原和沙漠的結合部，龜孫子們早給我甩掉好幾天了，別神經過敏草木皆兵。

連滾帶滑下了土丘，他向前奔去，腿腳毫無問題。幾分鐘過後，跑近了，彎腰拾起幾塊石子，奮力向前投去，沒有擊中，幾隻大鳥嘩啦啦飛向空中。他衝刺上去，收住腳，目瞪口呆——

鎮靜，鎮靜！他強迫性盤腿坐下來，目瞪口呆盯著面前這筆飛來橫財，眼睛直愣愣地，呼吸開始沉重起來，只是不敢相信自己的視覺感官：啊，一頭大型食草動物，像頭驢馬雜交的騾子。灰褐色，體長兩米有餘，起碼有三百公斤；耳朵長大，頸部鬃毛短而直立；尾巴細長，四肢粗壯，前肢上部內側有雞蛋大小的黑色胼胝體，俗稱"夜眼"……

沒錯，這是一頭亞洲野驢，當年上大學時在北京動物園見過。這可是國家一級保護動物喲——而我又是幾級保護動物？——老鼠蒼蠅是幾級保護動物？想想真他娘的洩氣，罷了！

不懼風雪，更不畏烈日，這是典型的荒漠動物，足跡橫跨大西北幾百萬平方公里地域。主要生存於昆侖山至帕米爾高原的亞種被稱為西藏野驢，以準噶爾盆地到外蒙古為家的亞種叫作蒙古野驢。這麼說我眼下到底身在何處，新疆、內蒙、寧夏、甘肅、青海甚至西藏？都有可能。分辨不出這頭究竟屬於哪個亞種，也就無法通過個體作出推斷。知識到用時方恨少噢。

好一頭剽肥體健的畜生，看上去像是剛剛死去不久，屍身還乾淨，幾乎完整無缺，除了白肚皮給兀鷲啄破了幾個大洞，血淋淋的內臟翻露在外。身上其它地方沒有創口，意味著不是偷獵者幹的好事情。可惜，不然可以和這些王八羔子做筆魔鬼交易，請他們幫我逃出去。

背走二三十斤沒問題，才個零頭，絕大部分只有留給禿鷲了，作孽，倒便宜了它們。三十斤驢肉足夠俺享用個把月的，甚至更長時間。真是天無絕人之路，這下跑出荒原沙漠小菜一碟了。慢著，生肉很快就會腐爛，腐肉吃了要死人，那就烤熟了帶走。可是，這裡能起火嗎？炊煙暴露了目標咋辦？這倒是個難題。

都說傻人有傻福，福氣來了擋都擋不住，還真他娘的一點不錯。你這大傻冒，愁個吊呀。先甭管這許多了，立馬喝它的鮮血止渴，就從這最大的血窟窿下嘴。喝飽了再灌水袋，管夠。嘿嘿，還是頭母的呢，圓鼓嚨咚的大肚子，別是懷著驢寶寶吧。咦，嘴巴周圍滿是白沫，咋回事情？！

"咚……咚咚……"，幾聲悶雷炸開，近在咫尺，震得他一個蛙跳，從頭到腳過電似的哆嗦，幾乎站立不住，滿腦袋天網恢恢束手就擒字樣亂閃。喘息片刻，沒動靜，下意識四下張望：幾十米開外，三五隻禿鷲垂死撲煽著翅膀，腳爪抽搐幾下，一動不動了。

一股寒氣自腳底心直竄上天靈蓋，他驚顫的目光重新轉向那野驢：它死不瞑目的頭顱，死死壓著一件什麼什物，晨光照射下亮晶晶。啥玩意兒？他上前幾步，雙手用力搬開驢頭：一個破損的塑膠礦泉水瓶！

明白了，他奶奶的全明白了：狗雜種警棍抓不到我，黔驢技窮，竟然在礦泉水裡下了毒，不是砒霜就是氰化物，作為誘餌扔在荒野四處，指望饑渴交迫的我上鉤。好毒呀！他們想要毒死我，毒死我的自由。可人算不如天算，我命不該絕。你們的如意算盤再次落空了，哈哈哈……

他單膝著地跪下來，伸出一隻手去，給野驢闔上雙眼。站起身，後退一步，低垂下腦袋，右手按上前胸：野驢呀，你以你的自由和生命，挽救了我的；你死得其所，願你安息！

睜開眼睛，他自懷裡摸出幾天前撿到的那礦泉水瓶，揚手向天空投去，隨之發出一陣狂笑……

六

又一個黎明。當他沙袋似的雙腿走出乾涸的河谷，踏上荒原最後一道衝擊錐，期望已久的景象突如其來拉開了帷幕：

戈壁灘，波浪起伏的沙丘彷彿一條自夢中驚醒的黃龍，朦朦朧朧睜開半隻充血的獨眼，那鮮紅欲滴的旭日，面對面，上上下下，和他相互打量著，暗暗掂量著陌生嶄新的對手。看著、看著，他的瞳孔漸漸散了光：以山腳為基點，巨龍自東方地平線昂起頭，挺起腰杆，流雲飛霧的身軀緩緩上升、上升，直至呈九十度角直立，如魔瓶裡釋放出來的神燈精靈，一座通天塔，森森橫亙在他心靈的窗戶前面……

霎時，他的胸腔被抽成一個真空，腿一軟，癱坐在碎石堆上……

邁出這一步，就正式脫離了人類社會，逃得越遠，越自由；越自由，也就越兇險。雖然這社會齷齪到了骨髓，冰冷到了血液，但它到底是由和我同樣或近似的同類分子構成，那些警官、獄卒、同僚犯人，大多也並非妖魔鬼怪狼心狗肺，其中還是有不少好人，甚至可引為知心朋友、難兄難弟。掙扎在這文明圈裡，生物原理叢林法則讓人難以忍受，可畢竟還有碗飯吃、有口水喝，有人操著同樣的語言和自己打哈哈、談天說地，有一個陰暗骯髒但卻足以遮風擋雨，遠遠勝過藍天作被大地當床的一塊角落。而一旦跑到了圈外，從此就踏上了一條生死未卜的不歸路。

眼前這沙漠，莽莽滾滾無邊無際，沙丘連著沙丘，從地平線到地平線，荒得不含半點雜質，野得一塵不染，荒野得竟是如此地完美徹底。這是西遊記裡的火焰山，還是塔里木盆地的死亡之海？這是人呆的地方嗎？這是生物應該存在的場所嗎，包括那渴不死的駱駝、飛不死的蒼鷹？踏進這生命禁區，豈不等於隻身登上火星，明擺著有去無回，萬劫不復！剛剛逃出一座監獄，旋即陷入更大的一座。我這是何苦來著，早知如此何必當初，天吶……

他雙手半舉起來，繞去自己的後腦勺，解開那裡紮緊的兩股麻繩，摘下深度近視眼鏡——那他視為半條性命的家當，隨手放去一旁的地上。閉上眼睛，許久，一動不動，忽地又睜開，急急伸出手去，自貼胸內衣口袋取出一個小紙包，一層層打開，兩隻比冬天裡的雪狼還孤獨陰鬱的眼目放出光來，映照著戈壁清晨的太陽：照片上那水靈水靈的少女，正沖著他明明亮亮地笑，沙漠裡一汪清泉，荒原夜空上的長庚。

才只這麼一瞥，他眼前一陣發黑，像是患上了喜馬拉雅雪盲。不敢再看下去，兩隻手哆裡哆嗦，匆匆收拾起來，物歸原位。接著人往後一仰，如同一大塊烏黃的爛泥，鋪攤在冰冷的地上……

臨發配沙漠前一天，她來探監，唯一的一次，以他妹妹的名義，用兩萬元人民幣成交的機會。一見到他，她立即笑了，像以往那樣，一見他她就忍不住要笑，溫柔地笑、歡快地笑、羞澀地笑、忘情地笑，只是笑不夠。此時此刻，她笑得盈盈燦燦、流光四溢，笑得一刀又一刀戳著他的五臟六肺。他張口結舌，說不出一句完整的話來，只是分秒必爭，死死盯著她，盯著她蓓蕾初綻的面龐、花枝嬌柔的身體，像是要將其從頭到腳，一口囫圇下去，帶去海角天涯。

她也沒什麼話，她從來就不善言辭，只是笑，一邊眼睛裡閃爍著淚花，一邊微笑不停。終於，他也跟著笑了，開始比哭還難看，漸漸地自然了許多。就這樣，他倆相視而笑，渡過了最後這幾十秒鐘。該走了，她收起了笑容，輕聲留下一句："哥，你等我，等我長大，我是你的，這輩子！"這話啟動了他的淚腺，立馬決了堤，更引發了他的歇斯底里，嘩啦啦一片腳鐐響起，他猛虎下山朝她撲去，"轟"的一聲，後腦勺結結實實挨了一警棍，一棵自根部被斫斷的楊柳，他直挺挺倒了下去，半道上，太陽穴將牆壁砸出來一個窟窿。

從此，九年沙漠監獄，幾千個日子，白天在採石場，黑夜在牢房，他再沒哭過，而只是笑，傻笑呆笑陰笑狂笑，莫名其妙地笑，皮笑肉不笑。到後來，他變得只會笑，再也不會哭了。

眼下，哭笑已是過眼雲煙，這回在劫難逃，死定了。死他娘的就死吧！不越獄，生不如死幾十年，到頭來還是難逃一死；自由自在天高地廣幾十天也是一死，生命是一道選擇題，橫豎左右不就是一死麼。不後悔，死不後悔，被後悔藥毒死那才叫窩囊透頂。逃離為了歸來，進入為了出去，這是一個無可逃避的迴圈週期，命中註定。因為愛，所以死；因為死，所以愛。生命想穿了就是這兩樁事情。最終不是在大漠中風化成不朽的木乃伊，就是九死一生去和夢中情人相會，二者必居其一，哪個都不錯！

荒原位於什麼地理位置，沙漠有多長多寬，他毫無概念。從小對天文地理興趣濃厚，但卻沒能學得更好，書本知識又脫離實際，不然根據時令和與之對應的日月星辰的運行軌道，應該可以計算出眼下所處的經緯度，進而推斷出大致的地理方位。不過，知道了具體方位又怎樣，路還不是要一步一個腳印地丈量下去。眼下重要的不是方位，而是方向。只要把握住總體方向，逃亡就將少走彎路，直至成功的彼岸。

他在心裡勾勒出一張大地圖，再配上一幅幅鮮活的畫面：第一階段，面向東北，沖出荒原進入沙漠，往戈壁的心臟走，最終徹底逃出追捕者的輻射圈，就此成為真正意義上的自由人。曠野上的自由雖然很可能短暫，但寧肯倒斃于大自然母親的懷抱，也不要死於同類的毒手，所以叫作真正的自由。

第二階段，折向正南，一頭紮到底。南方有座無名大草原，草原上有豐盛的植物花果，取之不竭的河流湖泊，及天上飛的地上跑的水裡遊的各種動物，光遍佈於河灘草叢的鳥蛋就可以維持溫飽小康，更不用說那不會跑的兔崽子、落單的小綿羊、傻呵呵的大馬哈魚，實在不行泥鰍、青蛙、昆蟲甚至田鼠蟑螂也成。他是喜歡肉食的，這幾年肚皮受盡了委屈。

當然更令人神往的不是飲食，而是南方有火車，火車通往西方自由天地、極樂世界。那裡沒有皮鞭和鐐銬，沒有人把人當牲口，沒有終身監禁和苦役，而應有盡有陽光、棕櫚和沙灘。無數次，他在夢中和他的天使約定，有朝一日在那人間天堂重逢。

意識流一層層朦朧，嫋嫋飄上雲端，他仰天躺在荒原與沙漠的交界點，步入夢鄉……

七

晴朗的夜晚，他以星象定方向。眼下是五月初，所謂斗柄東指，天下皆春，一個星座加一顆星，東南西北已經在握：大熊座正位於子午圈上，距離天頂僅一步之遙，壯麗的北斗七星當空高懸，徹夜不落；勺頭連線指向地軸頂端的北極星，斗柄延伸出去是明亮的大角星，卓然挺立於東方閃耀著橙色光輝的五邊形，牧夫座。與北極星遙相呼應，南天的獅子座雄踞於春季星空的中心，反問號構成獅子頭，三角形權作獅尾，頭西尾東，其間那火紅的明星馳名遐邇——軒轅十四，全天球四大王星之一。雄獅鎮壓地頭蛇，在更遙遠的南部星空，長蛇座蜿蜒逶迆，平行橫跨于地平線上方，此時也已全部展現。

接連好幾個夜晚，烏雲壓頂風沙彌天，甭說抬頭望不見一顆星星，六七八級的大風挾裹著棱角鮮明的沙粒鬼哭狼嚎而來，打在臉孔、脖子、身上皮膚裸露處，浸出點點斑斑血跡，眼睛睜開了都要給吹瞎掉，如果沒有兩排又長又密的睫毛外加雙重眼瞼，像駱駝那樣。這也難不倒他，活在這塊土地已經幾個寒暑，通過細心觀察，他瞭解到這裡一年到頭包括短促的春天刮的全是西北風，估計南方有巨大無匹的山脈，不是天山就是昆侖，隔阻了亞熱帶印度洋吹來濕潤的風。那麼就以風向來定位。垂直於西北風，跋涉在沙塵暴，半閉著眼睛跌跌撞撞、走走停停，一整個夜晚最多才七八裡，也比原地坐等風平沙靜強，那樣的話不被沙土活埋也要凍死，不凍死也得愁死，而走死也比活埋凍斃愁死，更能讓人接受。

晝伏夜行馬不停蹄，除了吃喝拉撒睡和必要的休息，他將所有時間用於走路。除了走，還是走；走得快最好，走得慢也不停；只要走就行，不走不行。走、走、走，他將自己走成了一台永動機，骨頭作活塞，關節作齒輪，血液作潤滑油，心臟作發動機。

倒不完全因為距離即自由、時間就是生命，而是因為只有走，才能使他這早已不堪重負的大腦肌體，暫時停止那些無謂的日常運轉，即使不能徹底停止至少也消弱幾成，而只有當大腦被行走催眠過去了，冥思狂想的活動空間為生物本能佔領，他的身體才能生產某種物質不滅能量，支撐著他繼續走下去，竭力活下來。停止行走意味著死亡的加速逼近，思考是通往墳墓的一條捷徑，生存的理想境界是身體的活躍、大腦的麻木。當終於領悟到這些道理，他自認找到了荒漠求生法則。

脫離荒原進入沙漠好幾天了，荒原和沙漠的本質區別在哪裡，學問上他不十分清楚。他只知道，荒原上多的是石頭，沙漠裡多的是沙子，而石頭和沙子大同小異，對他來講是一回事情，如果沒有水的話。

頭頂烏雲，肩膀上扛著風沙，他走著、走著，每隔一定時間，就忍不住卸下吊在脖子上的水袋，拎在手裡上下掂量著。“我像葛朗台數著自己保險櫃裡的黃金”——他想從自嘲中找點樂觀，但顯然不很成功。水還剩下兩三杯，乾糧也半斤八兩的，頂破天還能維持三兩天。擔子越來越輕，心越來越重。

自逃亡開始起，他就已經未雨綢繆，以備用塑膠袋貯存自己的尿液。量一直很少，沒等到需要喝的時候就派上了其它用場，太陽毒辣時抹在額頭、四肢上去火降溫，效果還不錯，也就不能算是浪費。隨著時間的漂移，體內的水分越來越稀薄，排泄也就難以為繼，眼下忍著疼痛憋出來的滴滴答答，已是尿和血的混合體，食之無味，棄之可惜。

又一個黃昏，太陽落沙漠了，風沙也終於告一段落。他睡醒了過來——生物鐘已經十分準時。閉著眼睛身子不動，醒醒透，意識流剛剛接上電波，第一感覺是肚子裡的肌肉抽了筋，像是有一打蛔蟲在四下亂竄，疼得頭倒是不那麼暈乎了，精神頭清爽了些許。慢慢睜開雙眼，一片黑暗，一把掀開蓋在上半身包括腦袋在內的老棉襖：噢，天還亮著。

懶洋洋，自沙土裡挪出身子，灰頭土臉爬起來，站穩了，一頭撞進眼簾的又是一望無際的金黃顏色，莽莽滾滾，渾天渾地，一時間，他勃然大怒了：“大漠孤煙直，長河落日圓”，哪個狗屁詩人，胡謅的什麼雞巴玩意兒，他奶奶的騙死人不償命，這鬼地方哪裡有煙，哪裡又有河？操蛋！

幾天沙塵暴居然給挺過來了，主要得益於夜行曉宿這一正確戰術，但是體力消耗得也很嚴重。白天愈發燥熱，吃了上頓沒下頓，睡覺也不再管飽，一鼓作氣走出沙漠明擺著不現實了。謝天謝地身體倒是沒大傷病，還能堅持多久取決於水和糧食，不能等彈盡糧絕了才想辦法，那樣的話體力將接濟不上，萬一脫水了更是死路一條。看來不得不停止行軍，開始找水、找食物了。追捕者終於被甩掉，沙漠取而代之成為頭號敵人，以不同形式的冷酷。

八

天色還沒黑透，依然算黃昏。他爬上一座二三十米高的新月形沙丘，正準備沿著它柔和的脊背走下去，一眼瞥見前方斜坡上有一堆陰影：噢，一株植物，確切說，是一棵樹。以前的書本，現在的切身經驗都告訴他，沙漠裡雖說荒無人煙，卻並非寸草不生，鳥飛不過蟲豸絕跡，恰恰相反，這裡的動植物甚至可稱豐盛。

他連蹦帶跳著奔過去，借著地平線下落日的殘照，上下左右打量著這樹：它足有一人半高，枝椏叢生呈灌木狀，灰頭土臉其貌不揚，毫無大樹神木的氣象。軀幹深褐色，枝條長而纖細，剛柔並濟微微低垂，隨風悠悠搖曳著，兼具青柏的莊重、楊柳的飄逸。透過那灰黃濛濛的面紗，淺藍淡綠的葉片細細密密，宛若層層魚鱗環繞依附於枝莖上。荊條的頂端星星點點，穗狀序列成圓錐形，沒有櫻花嬌豔，比臘梅更清瘦，一叢叢淡淡粉紅色的小花開得正熱烈興旺。

啊，小紅花，這不是沙漠生命的象徵檉柳嗎？！當年在上海植物園觀賞研習過。檉柳又叫紅柳、西河柳，她獨樹一幟的紅花，堪稱不毛荒漠中的一道奇景。檉之名最早見於《詩經：大雅》“啟之辟之，其檉其椐；攘之剔之，其檿其柘”，形容先人華路襤褸開荒造地的景象。檉柳其實不是柳，而是自成一科。作為一種特立獨行的常綠喬木，她喜陽不喜陰，既耐酷暑，又耐嚴寒，抗風沙、乾旱、鹽鹼和瘠薄。

根系強悍，堅韌不拔，盤根錯節鑽入地下，深度和廣度數倍於表面高度。風卷流沙掩埋她一層，她就迅速再生長一節，水漲船高，始終傲立于滾滾黃沙之上，將戈壁灘牢牢地踩在腳下。生命力頑強得猶如無機物，黃河上下大江南北，遠至生命的禁區柴達木盆地，隨意插到哪兒就蔚然成活在那塊土地，高原大漠更是她的故鄉樂土。其枝葉還是一味不廣為人知的中草藥呢，有疏風利尿、解表解毒之功效，主治風疹哮喘、風濕痹阻、關節骨痛等多種疾病，據說療效相當不錯，《本草綱目》上都有記載。

想到這他不覺有些激動，眼前那灌木叢的形象也頓時高大起來，思緒一溜煙奔跑起來，一時竟刹它不住：

幾千年前，猶太先知摩西帶領成千上萬的以色列人逃出埃及，脫離殘暴法老的奴役。在返回故鄉迦南的路上，于沙漠中斷水斷糧，陷入了絕境。這時上帝顯靈了，從天上降下如雨的"嗎哪"，一種乳白色的圓形食物，味道甘美賽過乳酪麵包，耶和華的子民得救了。離奇的神話故事並非空穴來風，經近代學者考證，這嗎哪原來是中東西乃高地隨處可見的紅柳樹的分泌物，一種水晶體樣的樹脂。

眼下我寧願相信荒誕不經的神話。這麼說，上帝也要在我身上顯靈，救拔我於水深火熱之中？既然如此，我欣然接受。思路嘎然終止，他的右手伸向左邊腰胯，抽出了一把刀。

這刀半尺多長，由一截大號木工鋼銼打磨而成。刀體三四公分寬，三毫米上下薄厚；尖端呈30度銳角，單邊開刃形成副刀口，筆直向下傾斜，與主刀口成150度鈍角，結合部不帶過渡圓弧，邊角生硬犀利。鋼體鋒刃淬火，兩側刀面當中各有一道放血糟，原始鋸齒為刀背，犬牙交錯狀。兩塊見棱見方的T 形木塊左右夾住刀體，由螺絲螺母固定，構成結結實實的護手和刀柄。

幾年來，作為監獄礦場的勞改標兵，牛馬般好使喚的他逐漸贏得了獄方的信任，按照獎懲條例被恩賜了某些特殊待遇，伙房、木工間、圖書室等部門缺人手了，常常被叫去打雜幫工。不用風吹日曬事小，重要的是這些地方滿是他搜尋的東西，天賜良機，他心中竊喜，於是加倍地勤學苦幹任勞任怨，從早到晚髒活重活搶著幹，將自己生生變成了一匹被蒙上眼睛套上磨盤的騾子。效果自然不言而喻，分派到哪兒都大受歡迎，只除去一個人——他的木工師傅阿木。

老阿木小七十了，當他大伯富富有余。身子板倒還硬朗，就是滿臉爬滿了橫七豎八的車道溝，一幅濃縮的荒原景象，又像是蒙著一塊烏黑油膩，被揉成了一團的抹桌布。抹桌布上半部雕刻著三道深深的橫向溝壑，上面兩條是額頭紋，最下面一條為連成一線的眯縫眼睛，兩道似老狼又似老狐狸的光不時從裡面射出來，讓他一照面就不寒而慄：面由心生，這老頭決非善類，得格外小心伺候。

阿木頑石樣沉默，孤僻得如一頭被趕出了群體的老公猴。平日裡公事公辦冷若冰霜，從沒賞他一絲笑臉，更不要說聊家常套近乎了，碰上他偏偏又是個天生不會甜言蜜語的主，二人的關係也就一直犯沖。阿木釘是釘鉚是鉚，監管得他沒半點脾氣。碰到後勤科長下來檢查工作，給他的評語最多就倆字——“湊合”。可恨在這木工間寶庫，除了順手牽羊幾顆有用沒用的釘子，他沒有任何自由發揮的空間，挫折得十分痛苦，不由暗暗詛咒這老不死的冷血動物。

這天，他無意發現車間簸箕裡冒出來幾截斷鋸，一時間，巨大的狂喜突襲了他的腦袋：眼下正值嚴冬，春天正悄然逼近。臥薪嚐膽七八個寒暑，如今萬事俱備只欠東風，就差一件得心應手的傢伙了，真是踏破鐵蹄無覓處，機不可失失不再來。目送著窗外的阿木慢吞吞走進茅房，大院裡冷冷清清不見一個人影，他飛轉身，沖過去扒拉幾下，抓起最長的一截鋸條，馬不停蹄沖向電動砂輪，一把拉下閘門，強壓著超高頻率的心跳，兩隻手湊上去，刹時電光石火、金星四濺——三分鐘，只要三分鐘！

馬達的轟鳴將他送入前所未有的亢奮，完全忘乎所以了。當房門“吱呀”一聲，阿木幽靈似出現在門口，他渾身上下一振，雙手僵持在半道，猛地回過頭去，四隻眼珠子迎頭相撞，同時驚愕得幾乎要爆出眼眶——人贓俱獲，完蛋！不是魚死就是網破，他眼前一黑，一組電影鏡頭閃電式掠過：他雙腳一蹬，餓虎撲食竄上去，一道白光劃過，赤紅的鋼條已直直送進對方那張大的嘴巴，鮮血噴向空中……

呼——他吐出一口長氣，直愣愣釘在原地，失魂落魄，兩隻繃緊的胳臂耷拉下來，選擇了坐以待斃。

他至今仍然不能相信接下來的一幕：阿木的失態只持續了三五秒鐘，隨即，他收攏似老狼又似老狐狸的目光，低垂下眼皮，慢騰騰進屋、關門、脫帽，再沒給他一個正眼，像是房間裡根本就沒他這人。阿木陰沉著臉一聲不吭，徑直走過來，經過他身旁，自顧自從桌上拿起自己的煙袋鍋，轉身，不緊不慢步出房門，於屋簷下的臺階上蹲下來，沖著滿天大雪吞雲吐霧起來。

接下來三天，阿木在風雪中抽了十幾袋煙，心照不宣替他望風，讓他從容完成了這把刀——堅固鋒利，品質絕對一流。完工時，他興奮得直想給自己一刀試試。做刀幹什麼，逃跑、防身還是報私仇？阿木從來沒問，他也就沒有機會解釋，精心編好的故事沒能派上用場。他很想好好酬謝一下師傅，卻始終什麼也沒說，更不知道該怎麼做。除了悶頭幹活，兩人的話愈發少了。

阿木是二月底去的，這個冬天沒能熬過。頭天晚上還好端端的，像往常那樣，蹲在屋簷底下的臺階上，沖著血紅的夕陽悶頭抽煙，一直抽到滿天漆黑，煙袋鍋子還星星閃閃的，磷光鬼火一般……

天才濛濛亮，他被一陣人喧馬嘶吵醒，趴上鐵窗，昏暗的燈光下，只見老人縮在自己的那條破棉被裡，頭臉被遮蓋得嚴嚴實實，兩隻青筋暴露烏黑巴焦的腳丫子撂在外頭，橫著被抬出木工間，徑直上了等在門口的驢車，給拉去幾裡外的監獄墓地。

小道消息謠傳阿木是自己上的吊，獄方的正式公告是心肌梗塞。有人說他是復員軍人，早先作高級獄卒，後來犯了政治錯誤被貶職成了工人階級；也有的說他原先也是囚犯出身，是這座監獄的建國元老，刑滿後被強制留了下來。人已經沒了，這些都不重要了。沙漠監獄裡死個把人，新聞時效最多三五天，更何況死的是個老傢伙，不死才是新聞。

他不曉得師傅的真名實姓叫什麼——後悔當初沒問問，在世上可有什麼親人，有的話在哪裡。背地裡，他想為師傅哭一場，一個人死了，至少該有一個活人為他哭兩聲。於是偷偷跑去墓地，在師傅墳前跪了半晌，一門心思想大哭一場，努力試了幾下卻不成，擠不出一滴眼淚來，比哭出來還難受，只得作罷。他不知道自己還有沒有眼淚，荒漠上的水分總是那麼貧乏。他知道的是：自己不能像師傅這樣過一輩子，監獄墳場不是他人生的目的地，不是！

眼下有了這刀，他感到從骨頭到血液憑添了一股剛猛。文明世界的武器將他與原始野獸區分開來，必要的話，這刀可用來刺瞎天山雪豹的眼睛，割開荒原狼的喉嚨。他明白自己有點自欺欺人，同時也更明白，過於理智是對自我的犯罪。

九

漫天黑暗了。狂風在夜空中逃亡，烏雲在狂風中逃亡，月亮在烏雲中逃亡。

他一頭撞進荊棘叢，左手來回摸索著，抽出一根相對細嫩的枝條，右手一刀斫下來，掐頭去尾，削去裹附在上面的花葉和表皮，切下小拇哥大小一段，緊皺著眉頭，送進含著一塊炭的嘴巴，試探性地咀嚼起來：

嗯，舌苔還工作，倒是有一丁點甜，但更多的是酸、鹹、苦、澀，分辨不出的五味雜陳，乾巴巴沒幾個水分子。想必苦菜花、狗尾巴草也比這玩意兒美味百倍。乳酪麵包？又是哪個窮酸文人幹的屌事兒。聖經聖經，封建迷信荒誕不經。我操！

噢，等……等等，好像嚼出點味兒來了，唾液也給刺激得開始往外冒泡，還真像那麼回事兒。嘿嘿……

吐出殘渣餘滓，食髓知味又是一口，啃甘蔗般正式用將起來。兩片腫脹的嘴唇大幅度上下運動，槽牙智齒一起上，連咬帶嚼，嘎哩嘎巴半晌，喉嚨解了點渴，空空如也的腸胃卻不領情，像生吞了一條沒死利索的烏賊魚，全方位抽搐翻滾起來，發起一輪比一輪更狂怒的抗議，神經波輻射開去，渾身哆嗦。終於顧不得許多了，這回嚼得稀爛了就吞咽下去，定定神，沒啥不良反應，相反倒有幾分受用，腸胃漸漸息怒了，像是開始了正常運作。後續效果相當不賴哩，他咧開嘴巴笑了。飛快，細長的枝條下了肚，噌地爬起來，再去砍，反正有的是。

數年牢獄生涯，幾千個棒子麵蘿蔔乾鹹菜湯的日子，一口牙齒居然堅固如初，也是個不大不小的奇跡——當然這和他的精心保養不無關係，每天兩次刷牙雷打不動。一口鋼牙加上一副鐵胃，沙漠裡餓不死人。

風捲殘雲，十數根樹枝填了下去，總算飽了，或者說再也嚼不動了，兩個腮幫子酸痛酸痛，想必啃牛筋就這感覺。懶洋洋，他扔下手裡小半截剩飯，咽幾口吐沫，清洗清洗喉嚨和食道。伸出一隻巴掌拍拍肚皮，意猶未盡。想了想，站起來繞著灌木叢巡視，找個稀疏的所在，趴下身子鑽進去，四肢著地，摸著黑，兩隻手交替著刨那樹根。一把、兩把、三把……幾十把沙土過後，十個指頭火辣辣的，竟沒有一絲陰涼。

罷了，別得寸進尺了。這岩石般的植物，根系不可思議地深入，沒有三五米挖不到水的。得不償失，好不容易暫時擺平了肚子，保存體力第一，還是歇歇吧。

翻身坐起來，脊背貼靠上樹幹，好舒服！拍打乾淨手上的沙土，兩條腿岔開來、平攤。微微仰起頭，目光投向夜空，那裡有若隱若現的光傳來。一時，心緒不覺有幾分蒼茫，恍然若有所失：哦，久違了，你這淡淡的憂傷、悠悠的哀愁。這份雅興卻也來之不易。

那麼，沉思吧。每時每刻，肚子和腦袋總有一個不肯閑著，安撫了一個，另一個就趁機冒上來，交接班似的來搗蛋，都這麼不好伺候，沒轍。可眼下，又想些什麼好呢？

想想自己為什麼比月亮還孤單？月亮至少還有個更大更美的地球作舞伴，日日夜夜圍繞著旋轉，而我呢，唯一的伴侶是一張夢中情人發黃的黑白照片；想想美妙的人生怎麼比沙漠還荒涼？沙漠起碼還環繞著草原平川，有一塊塊綠洲點綴其間，我的草原綠洲在哪裡？更進一步，我這又是往哪兒走呀？拼死拼活想要逃出去，可逃到哪裡才算是出去？縱然逃出去了又怎樣？逃亡這件事情，終究是一個過程，還是一個終極目的？

呸！——真該死，怎能如此滅自己的志氣，也不看看眼下是什麼時候，想找藉口繳械投降嗎，你這沒出息的草包、懦夫、膽小鬼，窩囊透頂！這還用問嗎，逃出去就是逃出去，逃出監禁肉體和靈魂的牢獄，逃往那光明天空、自由土地，和情人的懷抱。這件事情簡簡單單，目的不能再明確了。目的明確了，手段就是不擇手段。你給我好好記著：寧可死于明天的白日夢，也不要活在昨天的耗子洞。

再想想兩千年前的佛門祖師爺，盤腿端坐於菩提樹下，合上憂愁的眼目，春來秋去，苦思冥想著死亡和存活的概念、人生與生命的定義，這些我自小也十分感興趣的課題。想來當時貴為婆羅門王子的他，必定是有個彌陀佛的肚子，裡面灌滿了瓊漿玉液山珍海味，即使是食素，也總不會是一堆樹枝。難怪他有這份閒情逸致，換了咱也行。

那麼，如果真能跑出去——什麼如果，我當然能跑出去，絕對能跑出去——定要先將這肚皮伺候好了，一日三餐給自己喂得飽飽的，沒有雞鴨魚肉粗茶淡飯也行，然後隨便找一棵樹，像這樣的紅柳就很好，坐在底下想呀想呀，想他個幾年如一日，最後不留神想出個人生理論來，也算沒白來這世上走一遭，對得起自己的志趣和雄心。

你得了吧，剛剛填飽肚子就犯神經，雲裡霧裡的天馬行空，不知天高地厚的東西，死到臨頭了還做夢，呆逼、傻冒，愚不可及到家了。起來，大哲學家，走！

十

第四天午夜，連帶著花葉和枝莖，他吞咽下最後一根樹枝。

當時，他躊躇不決了許久，到底帶上多少這樣的乾糧才合適。帶多了，負重是一個問題，而且很可能是作無用功，白白消耗了有限的體力。這玩意兒雖然能解燃眉之急，到底不是真正的食物。可帶少了，又不知道還要走多遠才能再碰到這樣的救命樹，或是什麼其它飲食。左右平衡了半天，他決定帶上七八斤，約莫三四天的食用。

接下來是一根根選材、砍伐、修剪，碼齊了紮成一捆。末了，再鋸下一段齊肩高、瓶口粗的樹幹，枝丫削平了，兼作手杖和棍棒。總算忙活完了，原本一棵好端端的樹給修理得七零八落。眼見月亮業已偏西，折騰了半宿沒挪窩，時間怪心疼的。背柴禾上肩，重新整裝出發，忽然又發覺不好：腸胃蠢蠢欲動起來，裡頭的烏賊正慢慢蘇醒。沒法子只有停住腳，回過頭再去多斫它幾根，啃著上了路。

這樣湊合下去不行。他邊走邊嚼、邊嚼邊嘀咕著：營養遠遠不夠。跑出來大約兩三周了，不是和尚卻整天吃素。要知道在大牢裡如果表現優異，十天半月還能配給二兩醃肉外加三個鹹鴨蛋呢。萬萬想不到自由的日子竟是這樣，化石般的窩頭地瓜土豆，加上現在這上帝賞賜的紅柳，除了提供些碳水化合物，熱量和養分都少得可憐，治標不治裡。眼下迫切需要補充蛋白質和脂肪，確切說是動物性蛋白質和脂肪。換句話說：我要吃肉。

沙漠裡有肉，天上飛著、地上跑著各式各樣豐富多彩的肉，這個毫無疑問。

這天晌午，沉睡的他被一陣清脆的鳥鳴驚醒，睜開迷迷糊糊的眼睛，抬起手腕使勁兒揉明亮了，確認自己不是在做夢，立馬意識到不是綠洲即是草原一定就在這附近，頓時大喜過望了。一骨碌翻身起來，自襯衫口袋裡掏出近視眼鏡，胡亂擦乾淨了戴上，接著就撒開了丫子。連跳帶爬攀上距離最近的一座沙丘，高高站立著，兩隻手掌平舉，於眉頭上搭起涼棚，遮住明晃晃的太陽光，伸長了脖子四下張望……

望穿秋水，只是不見一草一木，失望得滿眼發黑，也終於清醒過來：可能是因為他的棲息處背光，有一小片蔭涼，吸引來了那被滾滾熱浪追逐的鳥，一種昔日於城郊野外和動物園從未見過的鳥：通體沙褐色，前頸和頭頂披戴著烏亮的黑邊，翅膀閃耀著寶藍的金屬光澤，尾羽一把雪白，好漂亮。

這是只什麼鳥？連我這個超級鳥迷都不認得。太陽鳥？極樂鳥？荊棘鳥？都不像，歐亞大陸也沒這些鳥呀。大小形狀酷似一隻烏鴉，那就叫你白烏鴉好了，天下烏鴉原來不是一般黑呀，等一下……隱約想起來了，動物百科全書上見過，這白尾巴烏鴉好像叫作沙漠鳥，生命絕地的精靈，稀少珍貴，也是國家一級保護動物哩——而我又是幾級保護動物。我操！

居然在戈壁灘上飛翔著跳躍、跳躍著飛翔，稱你為極樂鳥也不為過，不能不讚美你。可越欣賞你越想吃你，味道好極，香味撲鼻，哈拉子都流出來了。管你他娘的是幾級保護動物，在我眼裡你就是一頓肉，一頓被我看到就該由我享用的肉，吃了你我也會樂瘋掉。可恨沒有一副鷹的翅膀或一雙鴕鳥的腿，烈日底下和你賽跑是找死，只有被你無情戲弄的份兒，最後眼睜睜看著你帶著你的肉，大搖大擺消失於沙丘盡頭。

到手的肉飛了，肚子怒不可遏，翻江倒海給了他一頓好整。他一邊討饒一邊發誓：下回再看到肉，拼死也不放過！

肉還說來就來，夜晚，他走著走著，眼前忽左忽右晃過一絲絲白光，仿佛近在咫尺，一伸手就能抓住。跳鼠，一種穴居沙漠的嚙齒類。前肢短小，後肢強壯，一把大掃帚尾巴，比一般的家居老鼠肥碩許多，一頓撐不著也管飽。名符其實特別能跳躍，這麼個小不點一夜能跳幾十裡。整個一澳洲袋鼠的袖珍版，風沙中一躍一兩米出去，不間斷地七蹦八跳，飛也似轉眼就不見了蹤影。開始他還嘗試著去追，結果不要說手腳，連眼睛都趕不上。

對此他早有準備，不慌不忙，自行囊中取出一個老鼠夾——三年前從伙房順來的，裝上芝麻粒大小的地瓜幹——謝天謝地，備用糧還剩些零碎，安放在跳鼠出沒的低窪處，然後順著風向，弓著腰倒退著走，邊走邊用手掌抹平自己的腳印。這樣走出去二三十步，估計距離差不多了，四肢著地趴伏下來，將整個身體淺淺地擠進沙堆，留下半個腦袋在外，露出來兩個鼻孔，借著月光瞪大了眼睛，只等著好戲開鑼。

月兒在天上滴答滴答爬著，心兒在土裡砰砰砰跳著；一分……又一分……打埋伏的時間都慢，感到總有兩個鐘點過去了，這裡的沙漠靜悄悄、陰沉沉，直等得他昏昏欲睡。倏忽，一道白光躍入窪地，東跳跳、西蹦蹦，左右飄忽不定，但目的地是明確的，七拐八繞奔著誘餌而去。兩顆綠豆眼睛在夜幕下閃爍著光芒，一對比翼雙飛的螢火蟲。

他渾身的血肉繃成一張滿弓，咬緊嘴唇屏住呼吸，上下眼皮紋絲不動，牢牢鎖定遠在天邊近在眼前，那疙瘩白花花的肥肉。只見那鬼東西在夾子前定住腳，上半身直立起來，兩隻圓耳朵骨碌碌四下轉動，賊眉鼠眼東張西望，沒發現什麼動靜，隨即低下頭去，伸長了鼻尖嗅那誘餌，只半秒鐘功夫，立刻，不屑一顧地抬起小腦袋，原地縱身一躍，飛過他精心設下的陷阱，與坑外的幾道白光會合，片刻不知所終了。

可望而不可即，眼巴巴到嘴的美味佳餚再次不翼而飛，他的自信心也再次遭到重挫。自小被教育人乃萬類之靈，雄踞於大自然食物鏈的頂端，一切動植物都是天經地義的盤中餐。可脫離了自己憎惡的文明社會，置身于原始天然狀態，這才發現根本不是那麼回事，萬物之靈原來是最低等的動物，低等得連巴掌大的老鼠都不如，真正進化到只剩下吃樹的本事了。

三天三夜省吃儉用，到底，最後一根紅柳連皮帶肉下了肚，於是樹也斷了頓。熬了半天就滿眼金星，他的大腦開始與腸胃聯手，鬧騰得不亦樂乎。更糟的是，該進來的沒得進來，該出去的居然也沒得出去，禍不單行，他的便秘日益嚴重了。

接連好幾天，他和自己的排泄系統作著貼身肉搏，方便時肛門托著一塊秤砣，瓶頸迸得爆裂，下來的只有一滴滴血。以逸待勞暗暗使勁，厚積薄發猛地用力，幾次三番昏天黑地，十八般招數用盡了，可東西橫豎就是拒絕做自由落體。開始他還想順其自然：瓜熟蒂落，不怕你不下來，看誰摽得過誰。

直到這天深夜，步子都邁不開了，終於絕望：這樣下去不是回事兒，糞便悶在大腸裡久了要腐爛穿孔，進而污染整個內臟系統，那還不死菜，一個大活人總不能活活叫屎給憋死。他急了，掏出手帕塞進嘴巴咬緊，拼了小命向下運氣發力，同時伸出兩個食指去幫忙，連掏帶摳，不顧死活，整個人幾乎虛脫，最後總算，弄出來幾小塊血淋淋的黑疙瘩。

仰天癱在沙地上，四肢張開一個大字，雙手雙腳兀自抖個不停，渾身冷汗浸透了衣衫。他比目魚樣的眼睛直愣愣望著冷漠的月亮，生平第一次感到：這回死神對他十分地嚴肅。

十一

淩晨，無形的巨手揭開東方天幕一角，托出一彎球形的廣角鏡，遙遙漫漫旋轉著升起，將地平線下大夢初醒的光，那赤金、古銅、玫瑰紅、紫羅蘭等糾纏不清的顏色，拋上殘破千里的雲空，雲空籠罩著匍匐於長夜末梢的荒漠，與其間的一點黑影。

斜對著晨光，他站在一座色彩斑駁沙丘的半腰，雙眼透過蒙著一層薄沙的眼鏡片，死死盯著自己的最後生命。他右手緊握著一柄長刀，由他的匕首和棍棒牢牢捆綁而成，於這不毛之地絕對地強大先進。他自然明白：大刀的長處是近距離劈殺，將其當作標槍投擲，不是野外求生者的合理操作。脫了手的矛頭容易折損甚至丟失，比如撞在了岩石上，或是擲入大型野獸厚實的臀部。可眼下的他，要效率不要理性。

他最後的生命是一條沙漠蜥蜴，學名沙蜥、麻蜥，俗名沙和尚，變色龍的遠房堂兄弟。半尺長，不算尾巴；精瘦，沒有幾兩肉。從頭到尾覆蓋著一層灰白的盔甲，醜陋怪異的相貌承自太古，具體不清楚是白堊紀還是侏羅紀。這些都不重要，重要的是它有血有肉，即使不很多。此刻，這血肉正趴在區區數米外，看樣子隨時可能拔腿開溜，一時又受制於自己的好奇心，傻呆呆望著這高大的不速之客，目光交織著疑問、思索，和幾分天然的友善。

典型的你死我活了，這小子看上去木訥，其實賊油，竄起來比野兔還快，逼急了還能鑽進沙子逃遁。立定，不要再得寸進尺試圖接近了，該出手時就出手，他暗暗迸足一口氣，鼓足餘勇揚起右臂——投射……

筆直一條線，梭標飛去似箭，生命的殺手和救星……

“擊中了！”他大吼一聲，腸胃滾過一陣痙攣，兩手握拳半舉起來，二頭肌繃緊了揮動著，但卻只有兩三個來回，隨即反映在他充血瞳孔裡的，是那瘦小的血肉之軀發瘋似地扭動、翻滾，活生生掙脫了被釘住的半截尾巴，旋即一頭紮進沙土。留給他的是標槍的盡頭，刀尖上那兩寸長短，還在左右甩動的一小口肉……

“不！”——他拔腿向前奔去，腳步踉踉蹌蹌，哪裡注意到左近射來一道目光……

這目光陰鷙而兇狠，陰鷙兇狠中透著和他一樣的絕望：饑腸轆轆狩獵了整個夜晚一無所獲，黎明時好不容易發現了理想目標，並且已經成功地悄悄逼近，不想這志在必得的一擊竟讓這局外人給攪了，那麼……

“蛇！”一個字眼於腦海上空炸開，電閃雷鳴尚未波及全身，偷襲者已掩襲而至，自右上方斜刺裡躍起，直取獵物的胸部，嘴巴張開成直角，清晰可見比例碩大的管牙、黑色信子尖端的分岔……

對手沒有給他時間感覺恐怖，一切服從生命的潛力和本能，兔起鶻落，他猛地向後傾倒躲閃，與此同時右手順勢掄出一記直勾拳，電光石火，一個回合一秒鐘，接近、碰撞、分離，雙方都得手了，攻擊者和還擊者向相反的方向跌去……

沙地上打了幾個滾停住，他仰面朝天，兩眼空空洞洞，仿佛被拋入了一個明晃晃白花花的夢，旋即，大腦深處一個念頭閃過——“完蛋！”一時間，沒有悲傷，只有幾分冤，不甘：“就這麼玩完了，操蛋操透了！”

哎，身上咋不痛不癢的？是疼得麻木了，還是蛇毒擴散到了中樞神經？沒這麼快吧。手伸向前胸，一摸，濕漉漉的，心下又是一沉，舉到眼前來看：怎麼？是水，不是血？！

他一骨碌翻身爬起來，扶正歪去一旁的眼鏡，三下五除二甩去上衣，手眼並用檢驗著：胸腹、四肢、肩膀、脖子，完好無缺，我沒被咬中，咋回事情？

金色沙地上頗有幾分狼藉：三件叫花衣，兩隻牽連在一起的口袋，一個鼓鼓囊囊，另個完全癟了，上面有個大窟窿。七八步外，後腦勺著地肚皮朝天，橫躺著一條彎彎曲曲的長蛇。啊！——他的白日夢魘雲開霧散：水袋，我的水袋，那裡面僅有的，不到萬不得已不能動用的最後一碗水，替我擋住了那致命的一擊。

悲耶？喜耶？哪顧得上這許多，先結果了這該死的畜生再說。看樣子它是被震昏了，我那一拳好像正中它的下巴，結結實實的借力打力，夠它喝一壺的，但隨時有可能蘇醒過來。要不然就是在裝死，這是蛇類慣用的把戲。小時候無毒草蛇玩過，知道怎樣將計就計。

高度緊張驅散了饑餓疲憊，動作飛快，他自行囊裡掏出膠鞋穿上，系緊鞋帶——沙漠裡行走一直打赤腳，既為了省鞋，雖然備用鞋還有一雙，也為了防止沙子灌進鞋裡磨破腳。套上兩雙高筒麻布襪子，沙漠裡走路沒問題。

撿起襯衣，拎在身體前作盾牌，遊走個弧線，繞去蛇的側下方，它順勢挺起頭頸和上身攻擊的死角，躡手躡腳蹭上去，目不轉睛接近目標。那蛇，始終紋絲不動，安靜得如一具標本。近在咫尺了，他慢慢移開盾牌，輕輕抬起右腳，鞋底橫著對準那三角形腦袋，猛地一腳踏下去，頓時，蛇身抽風樣扭動起來，扭成一條空中揮舞的花皮鞭……

狗日的果然是在裝死！他驚怒交集了，將全身重量轉移去右腿，雷霆萬鈞踩壓下去：我叫你裝死，我叫你活，我叫你死！我叫你死！霎時，他內心騰起一股殺戮的瘋狂，不可抑制。

幾十秒過後，蛇身完成了它最後的舞蹈，"啪"地砸向地面，再左右抽搐幾記，一動不動了。他不放心，繼續兇狠地發力，直到腳背深陷入沙地，流沙幾乎淹到了膝蓋。終於，他沸騰的熱血漸冷下來，意識隨之清醒：我，幹掉了這條沙漠毒蛇！

拔出腿腳，低頭看，蛇頭已是血肉模糊一堆，給踩得稀爛了。翻過腳背看看鞋底，血污中有兩道清晰的牙印，不由倒抽了一口冷氣：好尖的毒牙，鞋底都要給扎穿。我定是瘋了，放著現成的刀不用，去和這畜生較勁兒。要不是這軍用膠鞋夠結實，今天就和它同歸於盡了。後怕，我操！

心有餘悸拎起長蟲的尾巴，平舉起來端詳：哈，足有一公尺長，半個手腕粗細。一碗水換一條蛇，這買賣值，值呀！他咧開嘴巴笑了，笑給自己看。

蛇頭在淌血，一滴滴緊著往下掉，喚醒了暫時休克過去的腸胃。他伸出左手攥住蛇身，張開嘴巴湊上去，猛地半道打住：慢著，顏色濃黑，看上去不對呀。這血是否有毒？毒腺位於頭部嘴巴附近，從這裡流出來的血是不是混有毒汁？蛇毒融入人體血液要中毒，那麼直接喝下去又如何？應該沒問題，但不十分肯定。別冒失，還是小心為妙，饑不擇食要壞事。可總不能眼看著這救命液體就這樣白白流掉。他強壓下直沖到嗓子眼的饑渴，腦袋瓜急促亂轉著。

有了！他將獵物輕放在沙地上，騰出兩隻手來，快速解開、抽出褲腰帶，打個活結，過去套上蛇的脖子，雙手往外拉，使勁地勒緊，還不行？再繞一個活結，繼續勒。成了，血止住了，最後打個死結。他松了口氣，忽地，人不知怎地虛掉了，一屁股砸在地上，大口大口喘息著，雙手還捧著那蛇。

噢，瞧這夥計，好個美麗的丑類。背脊砂黃，身披兩行深褐色圓斑，左右斑點併合，形成一列細窄橫紋；中段背鱗二三十行，腹鱗和尾下鱗密集，眼眉上緣鑲著一道黃白花邊……嗯，如果猜得不錯，這應該是一條蝮蛇。原來是老相識呀。小時候看紀錄片《蛇島的秘密》，裡面成千上萬的蛇只有這一種。此品種進化得相當成功，適應性強，分佈極為廣泛。東起內蒙，西到新疆的亞種應該叫作高原蝮或仲介蝮，是北美著名響尾蛇的近親。

殘忍、貪婪，嗜殺成性，特別毒。毒好，據說吃蛇就要吃有毒的，無毒蛇好像根本就上不了除了桌椅板凳什麼帶腿的都吃的國人的餐桌。自小喜愛動物，除去老鼠蟑螂蜘蛛臭蟲等丑類，而蛇則是丑類中的丑類，不然《聖經》怎麼會勞駕它扮演魔鬼。從來厭惡同胞好吃野味的陋習，對號稱美味的蛇更是敬而遠之。今天正式破戒，逮著什麼吃什麼。好了，吃蛇羅！

一鉚勁兒站起身，走過去拾起標槍，自刀尖上拔下來那小段蜥蜴尾巴，放進食品袋：這兩口肉待會兒要首先享用，要知道這是我沙漠裡狩獵的第一件成果，自然意義非凡。再解開一道道麻繩，卸下利刃。從行囊裡取出幾個備用塑膠袋，一隻只套起來，做成個新水袋，用來裝一次喝不完的蛇血。

一切準備停當，左手撿起那死蛇，一把抓住頭頸，按在一個破損的塑膠袋上，右手操刀，對準那已不成形的三角腦袋的末端，手臂肌肉繃緊了，心一橫，一刀直切下去，隨著頸骨割裂的刺耳聲響，蛇頭被生生斬下來，隨即用刀尖一挑，再一甩，血淋淋的飛去了。回過頭定睛看，蛇體上端成了個齊刷刷的橫截面，紅的是血管白的是肉，頓時有些急不可待了，動作笨拙解開那兩道死結，霎時血湧如注，手忙腳亂捧起來舉過頭頂，仰面向天，嘴巴張開到了極限：噢，爽，爽呦！……

十二

五月的沙漠，早上的太陽尚未十分狠毒，只要不作劇烈運動，人隨便躺在哪兒都還行，不背陰也不至於熱得發昏。又有陣陣微風襲來，沙粒滾動，摩擦著沙沙作響，五音不全吟唱著一曲金黃的催眠曲。

蛇肉用得猛了些，身體享受到另一個極端，活活給撐得失眠了，這倒是生平第一次。那就權作閉目養神吧，反正大白天也不能趕路，急也急不出來。肚子給捋順了，隨遇而安不是問題，何況天氣難得地這樣熏人，渾然欲醉。

多少年沒這樣大快朵頤了，印象中，上次飽餐肉食還是十幾年前的事情，恍若隔世。那是一堆鐵板麻辣羊肉串，去內蒙旅遊時嘗的鮮。而這次可是正宗的野生蛇肉。蛇肉是烤過的，生啖怕不衛生，在這地方吃出病來不是鬧著玩的。人的腸胃是越吃越嬌貴，越進化越虛弱，沒治！

血放乾淨後，囫圇一整條烤的，皮沒剝，沒費手腳開腸破肚，要知道蛇膽、蛇肝、蛇心、蛇肺，都是高級營養品。雖然一向不感冒吃啥補啥，更不信什麼某某動物的全身都是寶，但現在看來起碼都是有機物，也即蛋白質和脂肪，白白丟棄是暴殄天物。即使也明白，那蛇肚裡面定是有些不潔的東西，比如消化未盡的老鼠殘骸什麼的，只有求助於火的威力了。

火柴有三四百根，多年來假借抽煙積攢下來的。哪怕不一根切成兩根地拆開使用，平均每天三四根，也足夠幾個月的消費。包裹在層層塑膠布裡，沙漠裡不怕它泛潮，火柴皮攜帶的也充足。另外還備有一塊醬油瓶的瓶底——從伙房弄來的，厚厚的透明玻璃，下平上凸，可以充作放大鏡，利用光學的聚焦原理，將取之不竭的太陽能轉變為火源。已經實驗過了，好用，雖說要費一番手腳。

燃料是一種野草，兩尺來高，紮堆生長，灰白的顏色，像是土地爺半禿腦袋上的頭髮，沙窩裡東一塊西一撮的到處都是。從來沒見過，叫不出學名來，但估計不出書本上說的駱駝蓬、豬毛嵩、駝絨藜之類。這白毛草簡直就是植物中的駱駝，只靠吸收陽光和空氣就能存活，活得比誰還都滋潤蓬勃。只可惜乾枯得像被割下來暴曬了幾天，根本不能食用，難以置信它居然也是一種有機生命。雖然不能充作食物，作燃料卻正好，一點就著，辟辟剝剝的還挺能燒。

一米多長的蛇橫著切割一二十刀，脊樑骨斷了皮肉相連，鬆鬆垮垮，一條細鋼絲從頭到尾貫穿，成了一根滑溜溜的九節鞭。架在兩頭凸中間凹的沙坑灶臺上，翻來覆去地烤，直烤得表皮焦黃，油滋滋叫著冒泡，估計裡面也七八分熟了，出爐。切成小姆哥大小的一塊塊，蘸上一點鹽巴和胡椒麵，味道叫那個美噢，沒法說。於是放開喉嚨，吃一口肉，喝一口血……

殺蛇前後脫了上衣和褲子，一直沒顧得上再穿起來，眼下身上只剩下一條粗麻布褲衩。就這樣大刺刺躺在沙丘上，四肢攤開，面無表情，雙眼安詳地閉著，任憑全身上下的血液爭相流向腹腔，協助腸胃愉快地工作。大腦卻又耐不住寂寞，自說自話地發動起來，他想想些什麼，想些這個時辰應該想的，卻又想不起來應該想些什麼。一時間，意識一片空曠，思維陷入灰色區域……

無意殺死了本來理應殺死自己的毒蛇，縱然不被殺也已瀕於餓斃的邊緣。不料再次戲劇化地絕處逢生，幸運女神說到就到，像個忠心耿耿的隱形保鏢，過後想想真感到有點不可思議，自己的命實在是夠硬。看來在這大漠之上，活下去十分艱難，死卻也不是一件輕而易舉的事情。大難不死必有後福，以下的路定會越走越寬，要知道我有的是勇猛和智慧，沙漠之王舍我其誰也，哈哈……

嗷呦，肚子又開始嘶吼，不，這回不是烏賊魚，是攪拌機，倒海翻江來勢迅猛，受不了了。他一個鯉魚打挺跳起來，雙手捂住下身，弓著腰竄出去幾步，與喝剩的血、吃剩的肉拉開一定距離，一個哧溜扯下褲衩，以自由落體的速度蹲下去，與此同時，底下已是稀裡嘩啦一片……

呵呵，大便通羅！他雙手捂住鼻子和嘴巴，想放聲大笑又不能，只有強忍著，全神貫注于此刻的生理運作。高高地蹲在沙丘的脊樑上，飛流直下拉了個不亦樂乎，酣暢淋漓……

得啦，再沒有了，大腸空空如也，完事。困擾多日的要命問題須臾得到徹底解決，如釋重負，妙不可言舒服死了！見鬼，怎麼排泄比吸收還幸福，幸福一百倍，人的身體真是一部奇怪透頂的機器。

等一下，這麼說剛才我像古羅馬鬥獸場上的斯巴達克，赤手空拳擊斃那兇猛長蛇的時候，肚子裡面原來塞滿了粑粑？心目中的自我英雄形象一下子大打折扣，好不令人洩氣。再想想看，那高高城樓上莊重肅穆的領袖偉人、王室慶典上風度翩翩的達官顯貴、奧斯卡舞臺上恍若天人的美女帥哥，敢情表皮底下全都是這副慘不忍睹的模樣兒，無時不刻攜帶著一泡臭不可聞的大便？唉，人這玩意兒不能多想，多想了人都不是人，都是一具具酒囊飯袋、一台台造糞機器。噢，可憐我們一代代飯囊糞袋行屍走肉，在這座星球上動來動去生老病死的幹什麼呀？想想真悲哀啊！

他用力搖幾下腦袋，要趕走這惱人的骯髒狂想：瘋子，你自己才是造糞機器。該死不死，活下來又有什麼用。吃飽了就犯神經，永遠改不了臭毛病，一輩子也就這點出息了。——俺就這出息，你要俺怎地？——罷了，不談！

人仍然保持著蹲姿，一隻手抓過褲衩，繞過大腿，伸到下邊去，向後抹一道，拿起來折疊一層；伸下去，再抹一道，取回來，再折疊一層。邊動作邊用眼睛查看，以確保工作品質，就這樣精心擦乾淨屁股。末了，捧起幾把沙子掩埋好排泄物。走去幾米開外，以沙代水，清洗著褲衩和雙手，一遍又一遍，不厭其煩，直到看不見、聞不出一絲蹤跡了。

折騰完了，人感到幾分乏，他重新躺下來，赤身裸體仰面向天。他知道，大白天毒蛇蠍子老鼠蜥蜴都躲到地洞裡去了，不會有人來咬他的命根子，可以儘管放心。

還是睡不著，只是躁得慌，坐起來，再躺下去；眼睛閉上，再睜開。咋搞的？腸胃蠕動柔順多了，人也很困，卻橫豎睡不著。只感到自天靈蓋至腳底心，有股暗流於神經中樞到末梢四下游走，像是那蛇於身體裡面逐漸復活、蠢蠢欲動，再三五秒功夫，一切歸於明朗：他勃起了！

十三

他右手向下伸去，四指在前拇指在後，抓賊似的，兩面包抄合圍，一把自根部捉住那罪魁禍首，緩緩收攏、攥緊：滾燙，跟那蛇剛死時不相上下；爆挺，比那蛇僵冷下來還堅硬幾分。如纏繞在一座荒原石柱上的幾根野藤，上面浮雕凸起的血管突突突跳，和咚咚咚的心臟遙相呼應，躲在後面一上一下倆球球也腫脹成了鐵蛋，如清閒老人家手掌裡把玩的健身鋼球。看來災情十分嚴重。一時，他不知道是喜是憂，不覺有些困惑。

不清楚跑出來究竟有多少天了，開始還計數，每天往衣袋裡放一塊小石子，後來石子換成了大顆沙粒，再後來石頭沙子不小心掉了出來，從此就不辨日月了。粗略估算一下總有三個禮拜了吧，這居然是頭一回，大幅度刷新了個人記錄。起初老朋友不來拜訪還十分慶倖，少了多大一個麻煩。漸漸發覺反常了，又開始擔心起來，別是緊張過頭身體功能出了問題。命根子失去功能，即使最終成功逃了出去，又有什麼實際意義。那麼眼下，還是應該高興才對。

提起這位老友，永遠不會忘記十三歲那年：一天洗澡，無意間他發現自己從不起眼的小雞雞——那時還沒聽說過陰莖這學名——竟然像孫悟空的金箍棒，渾然不覺中噌噌噌拔地而起，一下子腫脹得老長、好粗、特硬，兩把都攥不住。頂端的皮肉像是被吹到了極限的長筒汽球，粉紅色，光亮透明；當中裂開一個微微張開的血口，像蛇的嘴巴，竄起來要咬人。直挺挺帖著肚皮向上，如一根巨大的彈簧，壓下去又彈起來，幾次三番，非但怎麼也弄不回原來花生果的形狀，相反越折騰情形越糟。他當場給嚇得呆住，自己身上怎麼長出來這麼個怪異醜陋的東西，給人家看到了該如何是好。這到底是怎麼一回事情呀？我得了什麼可怕的疾病？

開始留心後沒多久，他就恍然開了竅，徹底搞清楚了身上這不可思議玩意兒的功能和用途。先是耳聞，從書本上和日常的罵人用語，多少還有些間接朦朧，知其然不知其所以然，接下來是一次里程碑似的目睹：

開春和幾個夥伴去郊遊，京郊圓明園遺址，那時還有大塊大塊的荒地，農家在裡面放養著一群牲畜。其中有兩匹高頭大馬，不知何故，不肯老老實實低頭吃草，而是長時間地你來我往、追來逐去。喜愛動物的他碰巧路過，覺得不大對勁兒，隱隱預感到了什麼，於是耐心地跟在後面，不遠不近觀察著，馬兒們則目中無人繼續著自己的遊戲。最終，當雄馬那兩尺多長杯口粗細，令人恐懼的漆黑傢伙直愣愣挺進母馬那豐滿雪白的臀部，區區幾秒鐘內，他仿佛立即明白了生命。

更刺激的還遠不止與此：當時在那荒郊野地裡接受大自然啟蒙教育的並不只他一個，幾步外居然還有三個比他小不了多少的女孩，也在興致勃勃地觀看這可遇而不可求的西洋鏡。看也就罷了，煩人的是嘴裡還嘰嘰喳喳："哪個是公的呀？""我猜是上頭的那個。""它們這是在幹什麼呀？"……清脆的聲音攪得他周身熱血沸騰，費盡吃奶的力氣才勉強將自己釘在原處，沒有立馬沖上去將其中的一個放倒在地，當場給她來個有樣學樣，以實際行動教她們分清公母。這使他第一次意識到，自己原來是一頭叫作人的動物。

打那以後他病了，病入膏肓小二十年，直到今天，病根就是身上的這個孽障。沒日沒夜，這死對頭從來都是不宣而戰，不分場合時間，氣勢洶洶說來就來，來了就輕易趕它不走，搞得他不得不騰出一大半精力應付，疲於奔命苦不堪言。

夜晚以硬木板為床，總是四肢張開脊背朝天，趴著睡，下面緊緊彈壓著一根燒火棍，自根部直逼肚臍，以沉重的軀幹作為滅火器。沒奈何壓迫愈深反抗愈烈，這勞什子天生吃軟不吃硬，睡去時頂天立地，醒來後仍是一條好漢，一整夜挺屍。白天上學校，他不敢將襯衣掖進長褲裡；很喜歡游泳，但從來不做日光浴，大白天的褲襠動不動就高高地撐起一把雨傘，羞煞人。苦熬幾年到了大學，他最忌諱的場所是公共澡堂，去了總不能一直泡在濃湯滾滾的大浴池裡不出來見人，而一出來，心腹之患隨時隨地可能發難，不管三七二十一跳出來，無情地出賣他那比性命還重要的臉面。總之這器官反客為主，完全不以擁有者的主觀意志為轉移，讓他困擾不已，死去活來。

他隱隱感覺自己可能有點異類，其他男生怎麼隔三岔五就呼朋喚友的往澡堂湧，難道他們沒有這個見不得人的苦衷？在裡面一個個耷拉著那肉瘤似的破玩意兒走來走去，相互搓背、打鬧，談笑自若，誰都比他從容自在，真是邪了門了。滿臉嚴肅謝絕朋友們一道去沐浴的友好邀請，他獨自穿著褲衩在宿舍水房沖冷水澡，寒冬臘月也不例外，凍得又叫又跳、放聲高唱，對外美其名曰此乃最酷的健身運動。

想不通，只是想不通，為什麼人活在這世上，天馬行空的思想意志沒有公開見光的權利，老鼠一般被驅趕到大腦的下水道裡東遊西蕩苟延殘喘，而生來陰暗骯髒的生殖器卻要被迫暴露在大庭廣眾之下？這叫哪門子事兒呀，什麼混帳邏輯。我抗議！可還沒想好怎麼抗議，他出事了。

這天踢了一下午球，一身臭汗的被幾個球友連拉帶拖，實在盛情難卻去了澡堂。存衣間裡他心懷鬼胎，三下兩下脫光了搶先進去，立馬就暗暗叫苦：碰上了維修，大浴池裡沒放水，咋這麼不巧噢。沒法子，只有硬著頭皮用淋蓬，想草草沖幾下就走人。可就在這幾下之內，越擔心越要來事，他到底沒能打熬得住，說時遲那時快，腦殼裡滾動的灰白質跟不上血管中奔流直下的液體，當意識回過神來，大雞雞早已怒髮衝冠，昂首而起。整個人立刻慌作一團，抓過一塊毛巾捂住下身，裝做肚子疼往外開溜。卻不想已被哪個好事的給盯上了，搶先一步抄走了他的衣服，頓時狼狽得一塌糊塗，心急火燎東張西望，只見一二十個認識不認識的男生自四面八方慢慢圍攏上來，一雙雙賊眼盯著著他的下身三岔口，齊齊壞笑著，更有一個膽大妄為的主，竟伸手來搶他的遮羞布。

一時間，他怒急反笑，手一揚，毛巾飛上那壞小子的嘴臉。一聲神經質的怪笑過後，如一頭被追殺到了懸崖邊的野獸，他面色如鐵，手臂繃緊著下垂，兩隻手攥緊拳頭，裡面的骨頭錚錚作響。但是，他沒有動手，身軀岩石般挺立著，陽具小鋼炮般高聳著，整體造型比大衛還大衛。霎時，鴉雀無聲，眾人被他震懾住了，笑容凝固在臉上，不知道該如何收場是好。集體無意識中，時間分分秒秒過去，漸漸地，一幫大男孩的目光游離了他的下身，一個個瞪著紅通通的眼睛，你看看我、我看看你，猛然，不約而同發出一陣哄堂大笑：他們，都勃起了。大大小小林林總總，從三四十到一百六七十度，或彎曲或筆直，或蠟黃或烏黑，肚皮上懸掛著一條條被啟動的小蛇。

澡堂事件不日傳遍校園，使他成了風雲人物，男生見了他翹大拇指，女生見了他掩了口笑，從此他多了一個雅號——勃爵。

十四

右手攥住自己那老冤家，整整飽滿一把，一根剛剛淬過火的鋼筋：唉，真是委屈你了，醉裡挑燈看劍，虛度了大好光陰，整個一英雄無用武之地。現在肚子飽了有閒心，讓我好好犒勞犒勞你吧，當然不是真槍實彈，但餓急了糖果也充饑，你就將就著點吧。慢慢地，從上往下擼，下去，上來；再下去，再上來，漸漸加速。小弟弟愈加興奮，根根青筋暴突，表皮外翻下落，光頭面向天日，直直高高挺舉著，享受著主人的慰勞……

你這是幹什麼？我在手淫嗎？沒有，絕對沒有，我沒有行淫，從來沒有。萬惡淫為首，而我沒有做任何惡事，沒有傷害任何人包括我自己，又何惡之有。更何況萬惡淫不為首，為首的是殺人放火和剝奪好人的自由。我在自慰嗎？也是，也不是，安慰一詞實在過於輕飄了些。確切的說法應該是：我在自愛！既然被剝奪了和戀人相聚的權利，那麼只有自己愛自己了。如果連自己愛自己的權利也被剝奪，人活著還有什麼意思。哦，愛的幸福和甜蜜已經遙遠，又像就在昨天：

他的情史簡單而世俗，一個三言二拍的二十一世紀版：大學畢業後的那個暑假去海南旅遊，於一個偶然的機會和小家碧玉的她邂逅，相互碰撞出了火花，火花迅猛燎原。她喜歡他什麼他不很清楚，他喜愛她不論面容身材還是神情氣質，酷似波提切利《維納斯的誕生》中的女主角。於是不走了，留下來直到愛情開花結果，再到惹出了大事情：

本地的一個高官兼富豪，綽號"新世紀南霸天"的三公子看上了她，用盡水磨功夫卻鎩羽而歸，她的心裡只有他。衙內情場上競爭慘敗，原形畢露，軟的不成來硬的，三天兩頭上門尋釁。惹不起躲得起，為逃避日益險惡的迫害，他攜她逃回東北自己父母家，暫時擺脫了地頭蛇的糾纏。不承想惱羞成怒的地方官父子神通廣大，數千里追殺而至，勾結省城官府將他羅織入罪 —— 將她的年齡由十八篡改為十六，一應證明文件齊全，坐實了他的罪大惡極 —— 強暴幼女……

右手不停，左手跟上，把弄兩個鐵鴨蛋，於其上的沖天小鋼炮。摩擦生電，精氣勃發，激發大腦皮層上演紀錄片，一幕幕，逝水流年，活靈活現......

結識初期，相互試探。除了盡力表現，以展示自己積極的方方面面，他要確認除了令人銷魂奪魄的外貌，她確實是自己夢寐以求的終身伴侶。他無意逢場作戲隨便玩玩，而要對自己和對方負責。什麼是他另一半的評判標準，除了美，就是善。他希望她的善如同她的美。怎麼確認一個人的善惡品性，他沒什麼經驗，只能跟著感覺走，準備打一場持久戰。不想一個小小的意外事件，竟讓他處心積慮尋求的答案輕鬆地提前獲得：

一日兩人獨處，雙人沙發上端坐，東拉西扯，由淺入深談笑著，忽然闖來一個不速之客 —— 一隻大頭金蒼蠅，嗡嗡嗡圍著他們打轉，煞是煩人。他跳起來，抓過一張報紙揮舞，要將那第三者就地正法。見狀她急急站起身，伸手去攔他：“快別打了，你看它飛得多漂亮呀，我不想看它死！”一隻手呆在半空，回頭看著她，她那如水的大眼睛，他笑了：“太好了，聽你的，它飛得是很漂亮。那我們放生吧！”他們打開房門，一起去趕那蒼蠅，不想一個沒出去，更多的撞進來，讓他們好一陣忙亂，最後總算如願以償，室內重歸兩個人的世界。氣喘著，兩人跌坐在沙發上，笑成一團。他表面上不露聲色，暗自心花怒放：“好個美善的可人兒，就是她了！我要和她終身，我要擁有她，越快越好！”

她含苞待放仿佛夏夜池塘裡一朵睡蓮，情竇未開好比一塊沉睡千年的水晶；他血氣方剛如一匹三歲小馬駒，卻是個百分之百的處男，男女經驗也是白紙一張，只待當事人去塗抹揮灑。她的那片原始處女地，是一座早春二月的山谷，靜靜地等待著他去探險開發。一切跟著感覺走，效法天然，走步步為營，循序漸進的征服套路。他一步步向前進發，她一步步敞開菲門 —— 心理的和身體的，每一步都要花費大量心思和時間，少則幾周，長達數月，前後加起來一年半。失敗了，再來；契而不舍，屢敗屢戰：

第一步，謀圖觸摸她的手，那一雙真玉手也的小手，以一些自然得難以被對方拒絕的藉口，比如"伸出你的右手來，讓我看看你的手掌紋，給你算算命吧"，"今天天氣轉涼，來比比我們倆誰的手更冷"等等，在她幾次欲拒還休的躲避後，終於大功告成，她的手任憑他拉，隨便他撫摸了。這微小的一步，對其他男人而言或許小兒科得可笑，可對他，卻是漢尼拔遠征羅馬，翻越阿爾卑斯山的第一峰，開天闢地頭一回，具有劃時代的意義 —— 這乃是他有生以來首次和異性肌膚相親。激動莫名之餘，自信心及勇氣暴漲。旋即進入下一歷史性階段：撫摸她的秀髮，進而面頰。開始時是裝作輕描淡寫般，比如在散步閒談時，隨時隨地趁機，幫她理理幾根淩亂的髮絲，以手指摩擦一下她的臉蛋兒，動作儘量輕柔，淺嘗輒止點到即走，絕不多做停留，為的是讓她有時間去適應，不會一下子感覺突然，從而羞澀不安。他越愛她，就越不忍心讓她受到傷害，傷害她就是傷害他自己。漸漸地，她接受了他的初步愛撫，進而安之若素了。他攻克了又一重要關隘，取得了第二戰役的輝煌勝利。他的手碰觸到她那美麗的臉龐了呀，像是一隻腳踏進了聖殿大門，幸福感充溢全身。

趁熱打鐵再接再厲，接下來是一項更加艱巨偉大的工程：擁抱和親吻。為此他花費了足足三四個月的時間，和功夫。因為自己的經驗為零，他首先需要征服自我，克服自身的膽怯、害羞與笨拙。一開始他鼓足勇氣，誠惶誠恐向她發出懇請："讓我親你一下吧？"突如其來的提議叫她霎時緋紅了臉，美目匆匆瞥他一眼就慌忙避開，嬌羞低聲回應一句："不...我不要...現在......"這叫他既好不洩氣，又似乎看到了希望。事已至此他不會半途而廢，既思前想後，又跟著感覺走，他開發出一個頗具陽剛氣質的突襲戰術：日常交往中審時度勢，時不常突然一把摟住她，飛速送出一吻，哪個部位姑且不論，手背、頭髮、前額、耳際、面頰甚至嘴唇，哪裡得空什麼地方便利，他的吻就蜻蜓點水在那裡。而她，自開始時的心慌意亂，到後來的習以為常，再到最後的怡然接受。以一個勝利者的姿態，他的遠征跨越又一座險峰。他們開始親吻了，長時間，由淺入深，忘卻時空。盡情享用甜美成功果實的同時，他常常感到幾分困惑：實在不明白為什麼她的嘴唇—— 不就是異性那長在面孔上，用來進食和言語的人體器官的表層部分麼 —— 竟然具有如此神奇的魔力。困惑只是一瞬間，欲罷不能是現實。在與她陷入深深長吻時，他感覺自己融化在此特殊時辰，生命就此定格在了這裡。

行百里者半九十，親吻就是那九十分界線。隨後的征途雖也幾經曲折，卻多少行進得順其自然，水到渠成，這也是一個里程碑式的飛躍 —— 撫摸身體。自上而下，由表及裡，首當其衝是那馳名遐邇的景點天塹 —— 乳房，那打他自斷奶後就再沒有機會親近，甚至目睹也極為難得，但卻一如既往憧憬嚮往的美妙所在。又是開天闢地頭一回，借著深吻，借著將她吻得雙眼緊閉，如癡似醉之際，他笨手笨腳解開了她的胸衣，眼前的景象頓時讓他酒不醉人人自醉了：見過，見過，名畫圖片上見過，喬爾喬內《沉睡的維納斯》，形狀尺寸不差分毫，惟妙惟肖，卻是更加血色鮮活，嬌嫩欲滴，要知道那個是紙面上的，遠在天邊，這個卻是活生生的近在眼前呀 —— 啊，終於切身體驗到了什麼叫作美不勝收！這是什麼？這不是由腺體、導管、脂肪、纖維等冷冰冰生物術語構成的人體器官，這是一件造物主賜予人類的神奇珍寶。微微顫抖的手湊上去，一把捂住，不讓絲毫洩露，再輕柔施力，壓力與摩擦力。手掌眼睛並用，細細把玩品味，只是愛惜不盡，如摩挲著一件心儀已久，歷盡千辛萬苦今天終於尋獲了的聖物。她依舊緊閉著大眼睛，身體象徵性地扭動幾下，隨即聽之任之了。漂亮的一場攻堅戰過去，馬不停蹄乘勝向全體進軍，自然又耗費了好些時日，本著一分耐心總會得到一分回報的堅定信念，最終，愛撫行進至漫山遍野，花木扶疏深處。再向頂峰進軍……

此時此刻，他雙眼緊閉，意識聚焦於器官，視感覺需要調整雙手動作，速度與力度，時而猛烈時而柔和，發送總動員令至周身上下每一根毛細血管。血流四通八達循環往復，高溫高速流湧奔騰，如一部風馳電掣超級跑車發動機裡的機油……

又經過幾個月的情感砸實，終於，春去秋來，花開蒂落，他們做愛了。官二代開始發難，向他們步步緊逼，讓深陷愛河漩渦中的他們別無選擇。當然，沒有這不利的外界因素，禁果業已熟透，伸手採摘也是箭在弦上，勢不可擋的了，雖然時間上或許會推遲幾分。

處女處男經驗加起來為零，使得初始三兩天不免有幾分狼狽，雖說也是刻骨銘心的體驗，但卻不那麼盡善盡美。好在他們都十分肯學 —— 那是，什麼不肯學這個也肯學，肯學就好辦，肯學就能學好。就這樣，他們邊學邊幹，邊幹邊學，攜手跑步進入了佳境，直至得心應手，水乳交融：

他們的做愛天然而狂熱，首先是頻率密集，一個久旱逢甘雨，一個情竇初開放，自然是烈火乾柴，當仁不讓。每天都要做，少則一兩次，多則三五遍，不叫二十四小時空閒，空閒乃虛度光陰，天誅地滅。飯可以不吃，覺可以不睡，這件事情不做不行，唯此為大。時時惦念著，滿腦子就是它了，兩人只要獨處，此事就免不了，成為日常作息項目之一，雷打不動，學習緊張工作勞累不在話下，感冒發燒也擋不住，以男歡女愛當靈丹妙藥。一日，大中午的，他又是一把抱住她，求歡的信號再明顯不過，她不失矜持地略作抵抗，隨即順從地解帶寬衣，再對他嬌嗔一句："壞蛋，你咋沒日沒夜的，人家不習慣這樣嘛！"他笑答："親愛的，愛是不分晝夜，無論春夏秋冬！"白天如此，夜晚更不必說。

一天深更半夜，早就合歡過了，她香甜酣睡著。他一覺醒來，興致又起，湊過去，輕手輕腳將她剝成沉睡的維納斯 —— 她不像他喜歡裸睡，旋即翻身而上，動作盡可能輕柔地進入。她被驚醒，反應是不滿地默默推他，可情欲高漲的他已欲罷不能，她只有放棄抵抗，玉體橫陳，任他為所欲為。最終雙雙進入高潮，盡歡而罷。再一次，同樣的境況，她睡得熟裡透了，他翻來覆去睡不著，就又悄悄褪去了她的睡衣，想要重施故技，可再下來，他竟良心發現，不忍往下進行，再驚醒她的美夢了，只有強壓下勃發的欲望，自我中止犯罪，摟著她進入夢鄉。

其次是持續長久。少則半小時，長幾乎無窮無盡。他是一個勤奮而優異的吻者，層出不窮的吻，熱如火，深似海，從頭到腳吻遍她的全身，無遠弗屆，每一方寸，他在自己奉獻的親吻裡注滿了對她個體的愛憐，與對總體女性的崇拜，每每吻得她醉入花溪，登臨仙境，結果自然是對他的愛回報以愛。比如他喜歡變換身姿，尋求多樣的刺激體驗，找來有關生活指導類材料或AV等，想和她依樣畫葫蘆。她總是開始欲拒還迎，最後心甘情願配合。他們狂野而自然，但卻不來變態的東西。而什麼算作變態，他們有自己的標準尺度。愈來愈嘗到甜頭後，她也就愈來愈忘卻羞澀，雲雨時迎合他說情道愛兼調侃，比如："我真傻，這麼小就被你這個色狼給騙上了賊船。""後悔了？""從來不！""噢，你的這個壞東西好燙，像一束燃燒著的接力棒！""不，你才是火。我是賣火柴的小女孩，你就是那火柴，給我帶來溫暖和光明！""你是我的！""你也是我的！""永遠！""永遠！"

偶爾也有不和諧音，有時弄到最後，時間超長了，讓扮演主角的他不覺產生倦意，沒完沒了的結果是某種說不清楚的麻木。此時此刻，他感到自己濃縮成了自己那器官，它是一條來自太古的水蛇，穿遊於她那春潮氾濫，溫暖而黑暗的沼澤深處，茫茫然不知所終。對此他實在有些困惑：我不是樂此不疲的嗎，怎麼時間太長了會感到機械？男男女女為什麼要這樣做呀？我們作為萬類之靈的人類，寶貴生命的目的和意義難道就是這個？這叫個什麼事兒。唉，不想了，想多了人不是人，想多了人就變成了動物，哦不，禽獸不如！

難忘是高潮：他最喜愛且拿手，同時她也最歡心享受，從而使用頻率最高的終曲演出場面：全方位零距離接觸，俯身在她滾燙的玉體上，胴體緊貼著胴體如膠似漆，下肢交織纏綿好比常春藤；一隻手臂繞過她的秀頸，抱緊她圓潤的香肩，另只手負責乳房及其櫻桃，輕重緩急搓揉摩挲；嘴唇壓住嘴唇，或閉合或張開；舌尖貼上舌尖，密不透風昏天黑地熱吻。下方深深植入，猛烈高速長距離進進出出，最後將自己的洪荒生命力盡情噴薄在她的宮房深處。極點終於來臨：二人過電般顫抖著，周身大汗淋漓。她傾盡全力將他擁進懷抱，恨不得就此與他合二為一。最終，兩人或是同步登上那極樂世界，或是她先春雨傾盆，隨之他火山爆發，完成此次身心靈肉的洗禮。

時辰到了：體內深處發出一波悸動，仿佛天邊隱隱傳來雷聲，激發他的雙手奮力運作：轉瞬之間，雷霆完成了它的原始聚集，風暴鋪天蓋地而來。這是水與火的混合體，滾滾浩蕩，穿雲裂霧，沖入血脈的蠻荒叢林，帶動千萬神經末梢草葉，掀起周身億萬細胞沙塵。即刻，隨著一波聲振八荒的嘶號，白色岩漿沖天而起，噴射向蔚藍色天穹……

十五

夜半，蒼穹裡沒有一絲風、一片雲，只有一輪飽滿到了極限的月，壓低著懸垂於半空，叫大氣層眼看著就要被壓破，再也無力阻止兩座天體的逼近。塵埃消盡的虛空中，衛星的光亮度被放大了數倍，凸顯出其上顆粒狀粗糙的平原、大塊傷疤的黑海，與渾圓球體邊緣的陰影輪廓。逼真的立體感投射下來，給習慣於平面月亮的瞳孔送去的，與其說是皎潔嫵媚，莫如說是白色恐怖。

冷清入骨的光華，將天地八荒影印成一幅三維黑白照片，一派原始到了混沌的宇宙景象：戈壁拱起如暴風雨中凝固的海洋，浮雕的沙濤連綿逶迤，大處起伏著勾勒出重巒疊嶂的形狀，小處紊亂中堆砌著千變萬化的細節，層層疊疊蔓延開去，白花花的波峰化作無數凝視的目光，黑洞洞的波谷仿佛一個個深不見底的窟窿；目光和窟窿自腳下陰森著向外擴散，最終消失於視覺光譜的禁區深處。

地上到底比天上更瘮人，因為它更近。他想。

月光下，伴隨著自己長長的身影，他于茫茫沙海上走著、走著，走著走著就走出了一種感覺，他感覺自己此刻正走在月球的表面，踏著厚厚的太空粉塵，跋涉過一座座環形山；而地球，他美麗而冰冷的故鄉，是頭頂上方那仿佛近在眼前伸手可及的明亮星體。

即刻他打了個寒戰：敢情我是地球的棄兒，被放逐到月亮上來了。就像當年的大洋洲，這月球一定是我們人類新近開發的流放地，一座完美無匹的現代化監獄，與之相比，地球上的所有監獄都那麼原始落後。說是監獄，這裡卻有自由，一個人置身於一間無限大的牢房，獨來獨往，擁有絕對的行動自由。追求自由的下場原來是這樣，逃出沙漠監獄，卻又陷入月亮牢房。沒有飛船，我怎麼才能逃回去呢，逃回地球？

走著、想著，漸漸地，意識流恍恍惚惚飄離軀體，悠悠升上大氣，自高空低頭俯瞰著自己：一個小不點兒，可憐又可笑，不仔細看根本就發現不了，典型的微不足道。一顆有機沙粒，蜉蝣般于沙海中蠕動著，惶惶茫茫然，不知道自己從哪裡來，更不知道要往何處去。早就已經精疲力竭，支撐到了生理極限，對自己也算有個交待了，為什麼就是不肯順勢停下來，倒下去，與無邊大地上幾尺厚的宇宙塵融為一體，任太空的風暴吹來打去，接受天道命運的自然安排？

孤獨得狠了。放眼望去，月球表面上見不到一個活物，死的也沒有，連只蒼蠅也沒有，除了沙礫還是沙礫。天上的地球上也見不到一個人，據說那裡活著幾十億人，存在著日益嚴重的人口爆炸問題，可眼下這幾十億同胞和他徹底斷絕了聯繫，他被遠遠地拋出人類的生存圈，開始自成一類了。他一個人就是全部世界，整座星球。

夜遊魂忽悠著逃回本體，人一下子感到好虛，虛得五臟六肺連帶著血肉經脈，被一隻無形的爪子一把把往外掏，直至掏得空洞乾淨，最後剩下一具皮包骨頭的軀殼，頂著個光禿禿的腦殼支撐在那裡。沒人說話，沒有物件交流、傾訴，難受得真想撒野、發瘋，不發瘋馬上就要死掉。那麼就來吧，他扯起沙啞的嗓子：

“喂……有人嗎……這兒有人嗎……啊……有人你給我滾出來….別躲著藏著像個膽小鬼……沒人……沒人你也給我聽著……”

“聽著……你他娘的給我好好聽著……我要出去……放——我——出——去——憑什麼把我扣在這兒…….我要回家……我要回地球……回地球老家……和親人團聚……這月亮不是人呆的地方……”

“這地方沒人……甭說人……連個鬼都沒有……哦不……有一個……我就是一個……一個還剩下一口氣的活鬼……不讓我做人……那就讓我做鬼也成……做鬼也不錯……做鬼也比做人強……強一百倍、一萬倍……”

“做人幹嗎……活著幹嗎……活著是個什麼東西……活著有什麼用處……活著為了活著有啥意思……活著不如死了幹嗎還活著…….早晚都要死幹嗎還活著……活著……活著是一個天大的玩笑……一點都不好笑的笑話……”

“哦……我要死了……我就要死了……死了……一個好人就要死了……死了……這是怎麼一回事情呀……死了……壞人不死……專死好人……這是什麼混帳邏輯……死了……告訴我……死它娘的叫什麼事兒……是它娘的什麼滋味……告訴我……”

“老天爺……你是瞎子……土地爺……你是聾子……你們都是什麼雞巴玩意兒……我……我操……我操……我宰了你們……”

幹嚎了半晌，沒人答理，連個空穀回音都沒有。沙漠陰沉著，月亮冷漠著，空氣沉睡著，嚎到高潮處，他忽地自覺沒趣了，頓時泄了勁，一頭向沙地栽去……

他搞不清孤獨的空虛是讓他恐懼，還是讓他無畏。害怕孤獨勝過畏懼死亡，此時此刻只想立即死去；肉體可以在沙漠裡挪來挪去，心靈卻無法忍受於真空中跳動。而連死都不怕了，這不是大無畏麼？可恐懼怎樣，無畏又怎樣，絲毫改變不了客觀存在，不過是主觀的自欺欺人罷了，而他對阿 Q 精神一向很敏感。

半晌，他翻過身來，百來斤平攤在地上，透過厚厚的近視鏡片，兩隻眼睛死死瞪著月亮，像要將那白煞煞的圓盤盯出兩個窟窿來。他想哭，痛快淋漓地大哭一場，淚水能洗刷體內積攢的毒素，給瀕於崩潰的神經減輕些壓力，哭泣是痛苦中的享樂。可哭喪著臉嘗試了幾回，卻擠不出一星半點眼淚來。淚腺功能已經失效很久了，剝奪了他享受哭泣的權利。活在這世上，笑由不得自己作主，哭也由不得自己作主。這叫什麼事兒。

他開始認真考慮殺人，殺死自己這條卑微的生命，終結這具行屍走肉徒勞無謂的物理和生化運動。與其活生生等著精神和靈魂先於肉體死去，莫如主動出擊，叫截然相反的事情發生。一生無力主宰自己的命運，除去這最後一次。

那麼，以何種方式自我了斷好呢？首先想到的自然是刀，自己製作的刀，鋒利的刃口往脖子或手腕或大腿動脈上這麼輕快地一抹，在比蚊子叮咬痛苦不了多少的感覺當中，不知不覺就玩完了，乾淨俐落。不行！要死也得留個全屍，在沙漠裡風乾成天然木乃伊，保不准幾百幾千年後能有幸被後人發現，當作珍貴文物請進自然博物館呢。即使進不了博物館，至少也能為考古解剖學貢獻一具不可多得的標本。

第二種解決方案是吞沙，幾把砂石充作毒藥就著剩下的蛇血吞下去，保管吃不了兜著走，萬無一失。這種死法倒是蠻有創意的，聽上去挺不錯，可惜卻也使不得。一直好奇死究竟是怎麼一回事情，臨終作為生命這時空存在的最後一道環節，還想細細體驗大限降臨時刻的點滴身心感覺，到時候疼得滿地打滾呼天搶地的怎麼成，那不白死一回了，白死等於白生。

上吊怎麼樣？繩子倒有，夠長也夠結實，但卻沒有樹，不時可見的檉柳等植物缺少粗壯的枝幹，不能承受生命之重。更大的問題是吊死鬼的模樣實在不夠雅觀，兩隻眼珠子上翻，血猩的舌頭吐出來半尺長，想起來都噁心，一點不符合我必須尊嚴加莊嚴地死去的基本要求。活得不美，死得要美；死亡是一種美，一種大美，如同出生——

至少理論上是這樣。

如此看來文明社會就是好呀，那裡有許許多多經前輩同志們反復驗證過的，簡潔便當、優良先進的自裁方式可供挑選。比如手槍，多乾脆，幾分之一秒內艱巨任務就圓滿完成，絕不拖泥帶水。不成，說好不能見血的，另外槍支也不好搞。那麼跳樓呢，時下最流行的？卻也不可行，本人有嚴重的恐高症，一站到高處就頭暈目眩，難以相像怎麼熬過空中墜落那恐怖萬分的幾秒鐘，肢體給摔得七零八落更是大煞風景。投河？餿主意，屍身給浸泡得腫脹直至腐爛難看死了，喂魚喂蝦喂王八更不甘心。看來這些壯烈的終結手段不是太過兇殘，就是有欠尊嚴。

嘿，還從沒聽說想死居然達不到目的的，你這傢伙到底誠心死不？有了：煤氣、燒炭、氰化物、安眠藥等等，安穩而舒適，不都是理想的終極解決方案，但卻又有逃避痛苦，自殺了反倒被人說成膽小鬼的可能。管它呢，死都死了，還在乎這許多。生為自己而活，死為自己而死；活著受苦，死時也該享受享受。剩下的最大問題是遠水解不了近渴，這裡是沙漠，哪里弄得到安樂死必需的工具設備。看來歹活不易，好死也難，半死不活最容易。想來想去，還是順其自然餓斃的好，不用煞費苦心，現成的路子。可是，餓死乃迫不得已，那能算自我了斷嗎？

我操，死都沒個兩全其美的法子。頭好暈，罷了，不想它了。折騰半宿天都快亮了，困覺，睡醒了再說，醒不過來最好，一了百了。

十六

不知從什麼時候開始，他發覺自己置身於一個大房間內，很大，巨大的房間，長長方方，棱角分明，像是一個室內足球場，可四周沒有看臺。天花板相對低矮，與房間的面積尺寸不成比例。上面懸掛著一盞盞燈，燈光閃爍像夜幕上的星星，空氣裡混合著若有似無的煙霧。

放眼望去，身影憧憧，大房間裡有人，很多、很多的人，男人、女人、小孩、老人，以成年人為主體。他們有著大同小異的面孔，類似服裝店櫥窗裡的衣架模特兒，分辨不清具體某個人的面貌特徵，他也就一個都不認識。

這許多人，一堆堆聚集在一起，鬆散而緊密。他們相互之間似乎都熟悉，只除去他一個，孤零零站在大廳中央、聚光燈下，房間裡的燈光怎麼一下子都打在了自己身上?

他不曉得這是什麼場合，自己怎麼會參加這麼個聚會，跑到一大群陌生人當中來了，整個一個不速之客。或是原先是知道原委的，但眼下已經全然忘記。沒人認識倒還不成問題，問題是……

進一步意識到自我此時此刻的存在，忽地他吃驚地發現，自己和人們不一樣：他們每個人，所有人都穿著衣服，清一色的深色晚禮服，婚禮或葬禮場合下才動用的服裝，一個個衣冠楚楚、體面莊重。而自己卻是裸體，從頭到腳一絲不掛，連雙鞋子都沒有。怎麼竟然會沒穿衣服?自己的衣服呢?他又是不曉得或忘記。

一個個身形挺直，眾人站在各自的位置上，視線從四面八方向他聚焦，像觀賞著一個外星人，或是一頭什麼稀有動物。他們的表情居高臨下，眼神混合著怪異和冷漠。他很窘，強打起精神，迎著眾人視線的刀光劍影，心裡懷著一個熱切希望。他希望他們也脫去衣服，變得和自己一樣，既然他找不到衣服，無法向他們看齊。

如果你們不肯脫衣服，我當然不能強迫。穿衣服是你們的天然權利，正如不穿衣服也是我的權利，沒人能夠剝奪。那麼，能不能請你們停止這樣看我?你們這樣齊心合力千夫所指地看我，不禮貌，也不公平。知道嗎，你們這樣看我，能把我給看穿、看死。行行好，請求你們不要這樣吧，要看你們就相互看自己好了，反正你們都穿著衣服，不怕看，更看不死……

無人理睬他的懇求，繼續將陰風、箭簇般的目光投射過來，源源不斷。事實上，他的請求表達得很不清楚，不知怎地，喉嚨像是被什麼東西卡住了，發不出一絲聲音。沒法子，只有將切切期望寄託在悲哀的眼睛裡，指望眾人能理解。這樣又過了一會兒，情況非但不見好轉，相反越來越糟，他的悲哀漸漸轉化成了憤怒。

這不明擺著欺負人麼，怎麼辦？寡不敵眾，還是先逃出去再說。說幹就幹，他立即行動起來，強忍著揪心的羞恥，挺胸抬頭，目光平視，赤身裸體向眾人走去。所到之處，像是躲避著麻風病，男男女女潮水般向兩旁退去，紛紛給他讓出一條通道。他穿過一堆堆人群、一叢叢目光，走來走去，卻怎麼也找不到這巨大房間的出口，恍若摸索在一座由流動人體組成的迷宮裡，轉來轉去又折回了原地。終於，他的憤怒轉化成了絕望：噢，今天我真要被這些人給看死！

忽然，人群騷動起來，遠處隱約傳來幾聲喊叫"地震啦！"隨之響起悶雷般的聲音，咚……咚……咚……像是恐龍自遠而近的腳步。人流愈加洶湧，洪水般向四面八方漫去，轉眼間奔流得一乾二淨。留下他站在原地，發著呆，不知所措……

咚……咚咚……大地在抖動，建築物在搖晃。抬頭望去，巨型房間正中的頂棚開裂、塌陷了，萬丈陽光豁然傾瀉而下，刺得他睜不開眼睛，條件反射伸手去揉，再使勁眨巴幾下，眼睛睜開了……

原來是一個怪裡怪氣的夢！他咧嘴一笑，算是表達某種慶倖。夢裡有那麼多人，卻冷到了骨頭；眼前的世界沒人，卻又熱得皮膚發燙。都是些什麼莫名其妙的事情？

懶洋洋爬起來，雙臂過頂，仰頭挺肚子，伸個放肆的懶腰：幾點了？太陽直上直下，不離正午前後吧。一口氣睡了七八個鐘頭。肚子咕咕叫，先吃點東西墊墊底吧，蛇血蛇肉還有些存貨，一天一頓總得保證，還要趕路。嗯，風挺柔和，天氣夠意思，除了有點熱。哎，不好，有情況！

極目處，約莫幾公里外，隱約有一個移動物體，方向正沖著自己這塊兒。他渾身一震，忙不迭取下眼鏡，提起衣角擦乾淨了，重新戴上，手搭涼蓬，屏氣凝神眺望。

還好，看上去不是人，是一隻動物，四條腿的動物。不是兩條腿的人就好，是動物則好得不能再好。慢著，像是一匹馬，馬背上有人，天，狗日的竟然追殺到這沙漠心臟來了，真個在劫難逃麼！別慌別慌，看清楚了再草包不遲，近了……更近了……啊，不是馬，是……是一峰駱駝！

我操！送上門來的血肉，老天還真掉餡餅，當仁不讓，宰了它！他低吼一聲，太陽穴突突暴跳，頓時忘乎所以了。一把抓起包裹甩上肩背，三下兩下紮緊了。右手操起梭標，連蹦帶跳下了沙崗……

動物向人奔來，人向動物迎去，兩者的距離迅速縮短著，最後一千米……五百米……二百米……，猛地，他煞住踉蹌的腳步，面孔勃然失色：不好！

調轉身，一百八十度，他發瘋似撒開了丫子……

十七

駱駝和牛馬豬羊一樣，生性膽怯溫和，尤其畏懼身形矮小的人類，不論家駝還是野駝。但卻有一種例外：正如荷爾蒙是萬物之靈一切麻煩的起源，處於發情期的野生公駱駝可以媲美饑餓的獅子，兇暴而殘忍。為了爭奪佔有族群中的所有雌性，它們之間的打鬥異常慘烈，不撕咬得頭破血流以分出高低勝負絕不甘休。根據勝者為王敗者為寇的生物法則，情場敗陣的雄駱駝被驅逐出族群，永遠不得回家，就此開始了它孤獨流浪的命運，終於變成了瘋駝。

大漠上傳說，瘋駝瘋了，心中充滿怨恨，眼中沒有恐懼，滿世界遊蕩著尋找它的夢中情人，每一見到眼前出現任何活動物體，都當成可以讓它釋放巨大繁殖能量的同類異性，立馬不顧死活撲上去，以幾百上千斤的身軀撞倒對方，再死死壓在胯下，強行與之交合。所以對牧人和牲畜來說，瘋駝兇險之極。

這傳說確切與否他不清楚，但卻親眼目睹過一個旁證，那是一部類似"滑稽鏡頭集錦"的紀錄片，裡面有一頭從沒見過的有蹄類，高頸，小腦袋，長相頗有幾分滑稽，大小介於驢馬之間，學名羊駝——野駱駝的一個遠房變種？這可憐的生物發了情，器官腫脹成一根柴禾棒，卻苦於找不到發洩物件，失魂落魄在曠野裡東跑西顛，最後闖入一座農莊，原本可能是想找匹家馬苟且的，不意撞見一個胖胖的農夫，藏身于農舍外一片草叢裡，正蹲在那兒享受出恭……

男人肥白的臀部刺激了羊駝的視覺神經，條件反射沖上去，以奪目的量變器官、明確的肢體語言，向農夫發出做愛要求。後者被氣得幾乎發瘋，倉皇起身，一隻手拎著拉到了半截的褲子，另只手拼命揮舞著，狼狽不堪中狂呼大叫，企圖嚇跑這昏了頭的畜生。情欲高漲的羊駝哪裡吃這個，好不容易發現了意中人，不就此做成好事豈肯善罷甘休，它鍥而不舍向對象發起一輪輪衝擊。不甘受辱的農夫奮力抵抗，十幾個回合下來終於耗盡了力氣，被羊駝牢牢地壓在身下，威嚇的叫喊變成了哀號哭泣……

這真是既好笑又恐怖的一幕，從此他懂得了：儘管看上去憨厚老實，食草動物也是人類的潛在殺手。

將將爬上一座沙包，剛直起腰，身後蹄聲、氣喘聲已嘈雜成一片。跑不了了，它娘的豁出去了，準備接戰，不是你活就是我死！他一個急停、轉身，雙手握緊梭標，居高臨下嚴陣以待。

強敵長途奔襲而至，距目標一二十米外開始放慢腳步，站停，稍事喘息，雙方做決戰前的相互打量：

這簡直是一頭小猛獁，肩高不下兩米，比他多一個頭；體長三米半外，少說上千斤。身披一層棕黃色體毛，細密而鮮亮，宣告著它的血氣方剛；半個車輪似的頭頸、肌肉堆積的胸部，其上累累疤痕清晰可見，展示著它的角鬥經歷。四肢細長，大漠裡奔跑如飛的利器；雙峰，圓錐形，堅實挺直。兩眼突暴，餓獅般凶光畢露；鼻翼烏黑忽煽忽煽著，噴出一股股熱氣；萎瑣的扁嘴巴匝巴匝，周圍沾滿了粘稠白沫……

好個瘋駝，整個一素食猛獸，兔子急了還咬人，何況這龐然大物。他渾身汗毛倒立起來，血管神經過電般繃緊，一根接一根直繃到心，猛地一驚：抖啥？還沒見老虎獅子呢，裝什麼熊。這傢伙不過是欲火中燒，個頭稍大點罷了，又沒有尖牙利爪，連犄角都沒有，而我卻有鋼刀，怕它個球呀！

我怕它，笑話，我連兩條腿的人都不怕，還怕四條腿的野獸？今天倒要看看鹿死誰手！不過，要智取，不能硬拚，關鍵是不能受傷，不能被它撞著踩著，擦點皮毛都不成，受傷則意味著完蛋，和它同歸於盡就虧老了。這麼說只有完勝才算贏，這仗怎麼打？……

一聲響鼻，低頭弓脖子，瘋駝發起衝鋒，沙塵飛揚一陣風，猶如轟上來一輛重型坦克。雖然有思想準備，他還是為對方的氣勢所震懾，走為上，一頭往斜刺裡紮，連蹦帶跳竄出七八步，急轉身，挺起手中槍；只見那坦克正碾過他方才站立處，與此刻的位置形成垂直，露出諾大一個肚皮空檔，唉，可恨遠了些。沒等他決定是否趁機沖上去，瘋駝已刹住車，晃悠悠調轉過頭，面對面，眼下雙方處於同一水準高度……

一甩腦袋，瘋駝奮蹄再上，志在必得以泰山壓頂之勢。不敢迎面攖其鋒，他故計重施沿斜線溜。攻擊者卻也學乖了，咬定目標，邊追邊調整著方向。不出五六步，令人窒息的熱浪自身後撲來，如晴天裡卷起一陣狂飆，驚恐萬狀下他突發奇想，高速中猛地右拐，徒然作九十度變線，沒幾步，再變線，發瘋似蹦跳著竄逃，這樣幾次三番，生生兜出一百八十度半圓，繞去敵後十來米開外，站穩了，以標槍支撐著身體，氣喘吁吁……

好懸！拜託這傢伙塊頭大了點，奔跑中轉身遲鈍了半拍，不然這回合就栽了。不行，不能讓它撵著跑，這樣玩下去我死定了。以守為攻行不通了，要及時改變策略，主動出擊！

驀地，他腦海裡閃過一個名字——克拉蘇，古羅馬貴族、軍團統帥，殘酷鎮壓斯巴達克奴隸大起義的劊子手，最後死于對波斯王國帕提亞的遠征。對，就用智勇雙全遊牧騎士全殲那不可一世羅馬軍團的古老戰術，先封了你，再從容刺殺！

風向？此刻是自西往東、從低往高走。他目不轉睛監視著對手，腳下偷偷挪動步子，抓緊時間搶佔有利地形，十秒鐘後一切如願。這裡雖處下坡，又面對驕陽，但卻背靠強勁的沙漠風……

頂風，走兩點一線，瘋駝直取目標，三十米……二十米……十米……開始吧！他將梭標插進沙地，刀尖打橫，鼓足力氣挑起一撮撮沙子，頓時，眼前揚起一張厚實的黃色螢幕，上面映著渾濁的太陽光暈……

可他錯了，錯得離譜：駱駝天生長有兩排又長又密的眼睫毛，及雙重眼瞼，兩側眼皮均可單獨啟閉，故沙塵中仍能保持清晰的視力，另外耳鼻都具有精巧的防風結構，讓他這人造風暴成了一個徹底的笑話……

瞬間，刺眼的陽光為一座巨大的陰影遮蔽，他倉皇後撤，才一邁步，右腳踩進個沙坑，小腿隨之下陷，心急火燎用力去拔，哪裡可能，另只腳更陷了進去，下半身被活活釘死在原地，一髮千鈞危如累卵，他一咬牙，手中長戟變向，掄圓了橫斫出去，轟地一聲，黑影倒下如山崩……

瘋駝沿著沙坡滾下去，他身體大幅度搖晃幾記，挺住了，兀自站立在那裡……

十八

當天邊那末道血色沉入地平線之際，他站住腳，兩腿過電般一陣哆嗦，屁股以自由落體向地上砸去，烈日下狂奔的一條狗樣張大嘴巴，大口大口呼氣、吸氣，上下兩片嘴唇只是闔不上門，舌頭龜縮得不見了蹤影。最後望一眼前方高處，幾百步開外，佇立於沙丘頂端那座金色雕像，他的腦袋帶著上半身，於空中劃過個四分之一圓，向後栽去。

在上下眼皮合攏與意識流墮入無邊黑洞的間隙，腦海上空閃過一組蒙太奇：那金色雕像動起來了，化作一頭黃毛巨獸。巨獸自山頭一蹦一跳著下來，徑直沖到這具氣息游離的活屍前，抬起石臼般的蹄子，堅定地踏了下去，一記、兩記、三記……沙地上一片血肉模糊……

沙岡上，瘋駝昂首挺立，兩眼垂視下方，磅礴的身軀顫顫巍巍。但見追擊者倒下了，旋即，如八級地震下的一間土坯房，轟然倒塌，變成一灘爛泥，濺起沙塵飛揚……

它不可能沖過眼前這片沙地，以其千鈞重力將他踩在蹄下，踏個稀巴爛，像碾碎一隻被烈日曬得半幹的耗子。與其說它沒那個力，不如說它根本就沒那個心了。它的左前腿被他的利刃連根斫斷，僅靠著些許皮肉連接著軀體，無助地耷拉在胸脯底下，跑起路來前後左右亂甩，像條長錯了地方的狗尾巴，看上去滑稽可笑，又有幾分觸目驚心。它沙漠風暴般的情欲，隨著滴滴答答的鮮血流進了大漠，這使它還原成一頭馴良膽怯的野駱駝，再沒有了強暴的意志、殺戮的勇氣。

它是否變得馴良了他不清楚，他清楚的是它有血、有肉、有皮，沙漠裡除了血肉皮，其它什麼都是假的。它已經無意傷害他的事實對它沒有任何幫助，這與他要殺它沒有絲毫關係；它傷害他，他要殺它；它不傷害他，他也還要殺它，只因它是他的生命。不殺了它，沙漠就將殺死自己，所以，他要殺了它，這沙漠的一個有機組成部分。

第三天，他追蹤它到了第三天。每天清晨，獵手自昏睡中蘇醒，獵物已在前方睜大了眼睛等待，獵人一開拔，獵物隨即動身啟程，雙方像是約好了似的，配合得十分默契。獵物在前一瘸一拐地逃，獵手隨後一步一顛地追，這對難兄難弟之間隔著幾百米的距離，誰也無法將其擴大或縮小，一兩裡路隔著生死兩重天。黃昏，獵人躺倒下去，獵物跟著垮下去……

他不停地流汗，太陽站在它一邊，與他為敵，但卻不能於夜晚追擊，幾裡外與沙漠渾為一體的目標黑暗中無法捕捉，夜行曉宿的法寶失靈了，而白天行走體力成倍損耗，出一身大汗像脫去一層皮。精打細算按時而非按需分配的蛇肉蛇血終於告罄，他開始啃皮帶——嘴巴裡總得嚼點什麼，配合體內器官消化著剩餘的脂肪。幾天下來，人小了一圈。

它不住地流血，本能要它歇息，以減輕撕心的疼痛，讓斷腿傷口處的血液凝固，況且以三條腿跑路實在力不從心，所以它能不行動就不動，敵人停下也就跟著拋錨，哪裡懂得原本可以借著夜幕逃之夭夭的道理。三天了，獵手以汗液拼著獵物的血液，一頭是皮包骨頭的餓狼，一頭是身負重傷的大象，雙方挑戰著各自的生理極限，以希望拼著絕望，人與獸，做著先天本能與生存意志的較量，看誰首先崩潰。

一道晨光，刺進他緊閉的眼皮，自夢境返回人寰。原地躺著不動，醒醒透，半分鐘後人翻過來，左臂撐起上半身，抬頭向前看，看懸掛著他百來斤生命的那根絲線，左看右看、遠看近看——什麼？！

野駱駝不見了！！

一時，他的心往裡縮，腦漿往外湧，意識一片白花花，溶化於東方射來的金光中……

“操蛋操透了！”半晌，他回過神，咬牙切齒嘟囔一聲，硬撐著爬起身，包袱上肩，跌跌撞撞向大沙丘奔去……

“天，它跑了，狗日的居然跑了，我完蛋了，這回是徹底玩完！

死……死神，又來找我麻煩……”

“不！地上有血跡，它怎麼跑得了，我咋會完蛋？你跑不出我的毒手，我定要殺了你！你是我的！……”

數十分鐘後，沿著一條几百米長，長蛇彎曲著向上飄逸的弧線，他手腳並用，匍匐前進，爬上那座巨型沙丘的頂端，逆著光，放眼望去，頓時，大腦皮層下又是一片灰白……

啊，老朋友還在，不光老朋友，他還看到了——綠色，綠色的植物，好大一片！

閉上眼睛，再睜開，使勁地眨巴，終於恍然大悟：老馬識途，野駱駝認路，它認識通往水源的路，引導著自己的追殺者，來到這生命的亞綠洲。

卸下包裹，系在右腳上，將梭標往懷裡一抱，人隨即往後一仰，躺倒了，眼睛一閉，向沙丘下滾去……

奔近了，他放慢腳步，雙手握緊標槍，渾身肌肉緊繃，一步步逼近野駱駝，一百米、五十米……怎麼著，對手毫無異常反應？那醜得滑稽的嘴巴片子不住咀嚼著，大眼珠子瞥瞥他，再轉向身旁的灌木林：明白了，它仍將自己當作同類，眼下有吃有喝，大家幹嘛還要搏命？

也好，先吃素，再開葷。他緩緩放下屠刀，腳下兜一個大圈，來到那綠色植物前：

梭梭！他失聲叫起來：只見那樹高不下三五米，頗具小喬木的氣勢；枝椏叢叢，又有灌木的特徵。根根枝條閃爍著綠色光澤，枝葉渾為一體，星星點點，似空氣中飄遊著無數魚鱗；幹形扭曲，樹皮呈灰褐色；根部粗壯，主幹地徑幾近半米，可謂挺拔蒼勁……

不錯，是梭梭，“無葉樹”梭梭，以沙漠荒原為家，性喜光，抗旱力強；生命力堅頑，悠悠生長於零上40度及零下40度之間；根系深廣，四通八達；耐鹽鹼，所以又稱鹽木；壽命可達百歲以上，乃大漠上馳名遐邇的不老松、英雄樹。

肉蓯蓉，肉蓯蓉呢？他猛地撲下身去，以刀代鏟，在樹根下挖掘起來……

肉蓯蓉，俗名大芸，多年生肉質草本植物，寄生於梭梭根部。莖肉質，圓柱形，高幾十公分至一米半，粗五至十公分，重達數公斤；體內存貯著大量水分，更含有豐富的生物鹼、氨基酸、維生素和微量元素。全草皆可入藥，自《神農本草經》起即有記載，至今已有兩千多年醫用史，具滋腎、壯陽、潤腸、補血之功效，被中醫列為"上品"之藥，美名沙漠人參。

"還他娘的是國家二級保護植物乜，而我又是幾級保護動物，我操！"

多年來為越獄做準備，他千方百計收集資料，口頭的和書本的，將沙漠動植物研究了個遍，紙上談兵的知識此刻派上了用場。順著梭梭根部暴露在外的花蕾，沒刨多深，期望中的果實現身：

咳，長圓錐形，上尖下粗，中部飽滿腫大，還打個弧形彎曲，像極了俺那勃起的傢伙，活靈活現！——他驚奇地瞪著眼睛，一時竟忘了有所動作：

說起來這沙漠人參還有著一段千古傳奇呢：蒙古草原上傳說，當年成吉思汗鐵木真與結拜把兄弟劄木合鬧翻，自相殘殺起來，雙方鏖戰於大漠。鐵木真兵敗，被圍困于長滿梭梭灌木的沙山，人困馬乏精疲力竭，瀕臨窮途末路。這時天帝派出神馬，飛躍至沙丘，仰天長嘶，噴射精血向梭梭樹根，再以馬蹄跔出如其生殖器般雄壯的植物根塊。鐵木真與眾將士吃了，頓時勇猛煥發，如狼似虎沖下山去，大破強敵，一舉統一了蒙古諸部落，進而東征西討，鐵蹄橫掃大半個世界……

放屁！我呸！鐵木真這殺人如麻禽獸不如的屠夫魔王，老天爺會幫他，除非瞎了眼，如今來助我還差不多。他兩隻手加緊行動，刨出幾大根。翻身坐正了，樹蔭下，左手握著那棒槌，右手持刀，將表面刮去泥土，再剝其皮，食其肉……

嗯，水靈極了，微甜，並有點酸鹹，味道還不錯嘛，呵呵……幾分鐘狼吞虎嚥，三四個大芸下了肚，已是腹脹如鼓，不得不住了手，讓肚子喘口氣。

背靠樹幹，舒服得像要馬上死去。閉上眼睛，想打個盹兒，忽地腹腔有些難受，還沒來得及有所反應，底下竟尿急起來，慌裡慌張起身，手忙腳亂，褲帶打得是死疙瘩，一時解不開，肢體動作又大了點，刺激到有關器官，褲襠裡竟然開始稀裡嘩啦一片。沒法子，只好任其噴湧了，反正一會兒就幹，沒啥了不起。哦，爽，爽……

嘿嘿，好大一泡，足足尿了一分鐘，還滴滴答答的沒完。說這玩意兒利尿通便，還真靈，不可思議，怪不得有那典故：一日蘇東坡去……

"轟……"那邊倒了一堵牆，野駱駝一頭栽在地上，它也撐著了，梭梭枝條原本是它的美味佳餚。只見這傢伙癱在沙地上，彎曲著脖子，長舌頭伸出來，舔拭著斷腿上的傷口，眼睛半睜半合。

睡意蒸發了，眯縫著眼睛，直直盯著這亦仇亦友，他心下打起了鼓：餓死的駱駝比馬壯，除了一條斷腿，看來這夥計恢復了大部分元氣。怎麼宰了它，而自己毫髮無傷，怎麼完美地宰了它，還真是一個問題。

十九

當暮色如一片黑壓壓的螞蟻，紛紛爬出東方地平線，森森然向西方天空進發之際，他站起身來，伸展四肢，做深呼吸，開始屠殺行動。對，是屠殺，不是獵殺——他想。

一切準備就緒，體力恢復得不錯，雖然時間不允許其程度達到充分。腳下是殺戮武器，一堆古羅馬式標槍：將梭梭灌木粗大及比較粗大的枝幹鋸下、修剪，一端削尖。短的兩三尺，長的一二米。這是整整半天的勞動果實，因為他知道得很清楚：

殺戮這古老遊戲，最原始的手段的是肉搏，或曰貼身角鬥，拳腳交加、抓撓撕咬。人類酷愛這個，但和野獸相比又最不擅長，沒有尖利的爪牙、深厚的毛皮，赤手空拳的人類不過是猛獸不用去毛剝皮的簡易速食，一隻二三十斤重的狼獾，可以輕易放倒、撕碎進而吞噬一個二三百斤重的女人，或男人。

據說由猿進化為人的標誌是火的使用，瞎掰，照我看是武器的發明。自從猿猴們發明了武器，他們就擺脫了動物行列，開始被叫作，或是自稱為人了。所以"人"這個字，是武器的同義詞，殺戮的近義詞。原始武器斧頭長矛大刀，原料石頭青銅生鐵，格鬥從身體接觸躍進到器械碰撞，尖牙利爪大腦白癡的獅虎熊豹一下子就被人類篡奪了王位，變成任人宰割的行屍走肉。這不，用極其原始的盾牌、長矛武裝起來的非洲馬賽人，竟以屠宰獅子為職業，十幾歲男孩子的成年禮是獵殺雄獅，他們殺得那裡的草原之王幾乎滅了種。當然猿猴進化為人後，野獸再也不是人類的對手，屠殺野獸淪為人類的副業，人類自相殘殺成為其殺戮的專業主流。

人類于殺戮中進化，武器于進化中發展，器械碰撞逐漸也過了時。上下幾千年，從標槍弓箭到土炮火槍，再到機關槍坦克車加農炮，直至今日的隱形飛機核潛艇洲際導彈，人類殺人，越來越講究個不接觸、長距離，所謂按鈕辦公室中，殺人於千里之外。殺人要用頭腦，器械、機器、高科技殺人是人類智慧的結晶。

行了，別天南海北的胡謅了，眼下是人對動物，不用大腦，對不住我這人的尊貴稱號。今天我也要給你來一個不接觸、長距離，上演一場完美屠殺，讓你領教領教萬物之靈——人的優越性。

蹲下身，一一抓起沙地上的標槍，平攤於手掌掂量著，挑挑揀揀，最後選中三柄，兩短一長，頭部相對更尖銳。標槍，大學體育課上玩過，能擲個五六十米，感覺像個古羅馬士兵，怎麼也想不到將來會來玩真的。

站起來，深深吸一口氣，慢慢吐出來，啟程，一步步向前走去：

不錯，是你救了我，幾天長途追逐耗掉半條命，卻不想陰差陽錯，你竟幫我找到了梭梭肉蓯蓉，不僅填個死飽，半條命又回來了，且解決了接下來好幾天的食物問題。為此，我應該感激你。感激等於感情，我該為感情而放生嗎?

不！感激是感情，但感情抵不上原始本能。原始本能讓我需要血和肉，而你擁有血和肉，所以你就是我的血、我的肉。素食是不得已，葷食是致命的生存需要。我現在放過你，回頭就可能被餓死，或是因為吃素營養不良而死。所以我放過你，等於謀殺自己，這怎麼可能。我不吃掉你，你也要給其它野獸，四條或兩條腿的野獸吃掉。我吃掉你，你就成為我的一部分，你就變成了人，這實在是抬舉了你。你若不識抬舉，就罵我恩將仇報好了。身處荒漠，我是寧做中山狼，也不做東郭先生。好了，不多廢話，就這麼定了：今天不是你死，就是我活。不，今天是你死，我活！

好一座巨無霸，趴在地上像台板車，難怪號稱沙漠之舟。把你給宰了，吃不了，兜著走；割下三四十斤肉，烤熟風乾，壞不了，足夠消費一兩個月，只可惜了那帶不走的，不是腐爛掉，就是便宜了哪個野獸，瞎貓撞上死耗子。還有，再兜下一二十斤血，喝的也解決了。走出這茫茫戈壁灘，給養就此不成問題。老天爺往我腦袋上扔餡餅，我怎能不笑著張開嘴巴。

那畜生趴趟在沙地上，碩大的軀體原封不動，肚皮鼓脹成一隻大號啤酒桶，滾滾起伏波動著，消化系統正開足馬力工作。眼睛半眯縫著，兩片猥瑣的扁嘴唇上下咂巴咂巴，細嚼慢嚥著乾燥的空氣。好一副酒足飯飽的表情。

這傻大個以為我也是吃素的，我倒要叫你知道，我吃素更吃葷，吃素是湊合，吃葷是天性，不吃葷我沒法活，今天我要在你身上開葷，行了，閒話少說！他在它五米開外站住，剎時，大腦停止運轉，右手操起一柄標槍，面對目標，跨出左腿，揚起右臂，奮勁投出去：

血，飛濺起來——擊中，但不正，力道過猛，槍尖傾斜著抵達目的地——對方肚皮上方背脊，劃開半尺長的血口，彈跳開去……

野駱駝炸了窩，嘶吼猶如人聲，一條長條狀器官噴出口腔，猩紅，氣球般脹起，再癟下去——那是它的聲帶。長脖子左右猛烈甩動，後臀上撅，前腿跪地，拼命掙扎著要站立起來……

你開跑我就玩完，哪怕你只有三條腿。他的思維重新流動，三五秒功夫，第二槍出手，調整了把握重心，槍身於空氣運行中繃得筆直，自發射點至終端兩點一線，零點零幾秒後，"撲哧"一聲，槍尖馳入靶心，那鼓脹的肚皮，定住！

肚子裡憑空多了根木頭，那畜生竟毫無反應，或者這就是反應：昂首挺脖，它硬生生支起身來，轉眼在他面前隆起一座小山，巍巍然，顫悠悠，斜著向他傾壓下去……

不接觸！他掉頭回奔，一氣竄出十來步，身後沒氣浪傳來，放慢步子回頭，只見那畜生居然搖搖晃晃，沖著相反方向，上了路。短尾巴左右亂甩，露出後腿間夾著那兩團土豆般又黑又髒的睾丸……

狗日的想跑！他急眼，回身抄傢伙，攆上去，順手拾起第一支槍，近了，再近，他自它右側迂回，包抄而上，人與獸並肩平行，跑動中，梭標出手，近在咫尺居然擦肩而過，左手換右手，冒險接近，再投，中了，擊中對方頸項，橫穿而過……

野獸終告不支，它僅存的前腿一跪，轟然倒下，順著斜坡滾去，插在肚皮、脖子上的木棍受外力衝壓，進一步向深處鑽去，留在外面的半截喊裡唠嚓斷裂，鮮血且濺且湧……

他得理不饒人，步履矯健上竄下跳，返身抱來一捆梭標，長短粗細七七八八，嘩啦啦拋在沙地，它的近距離斜側方，再從容不迫一支支拾起，居高臨下——眼下他比它高大了，對準面前這座坍塌的龐然大物，沒頭沒臉，鉚著勁兒砸下去……

一梭標插進去，一道血泉冒出來，八九道泉眼過後，駱駝全身血流成河，金黃色的皮毛零零碎碎，成了血河中的孤島、沙洲。它早已放棄了抵抗，軀體痙攣、四肢亂蹬，眼睛裡滿是淚水，哀鳴淒厲，酷似人聲……

驀地，他高舉的右臂定在空中，像是被一隻無形的手掌托住，再也砸不下去，即刻沒精打采耷拉下來。被死死捏住腰杆的梭標，漸漸掙開那粗礪的虎口，直至徹底脫離，了無聲息沉入沙土……

"嗷！—"他一屁股砸在沙地上，放聲大哭……

他且哭且嚎："你死吧，你去死吧……別這樣，別這樣哀嚎……你哀嚎得像人，像小狗剩兒，兩年前他躺在我懷裡，也是這樣嚎，死到臨頭了，還哭爹喊娘，就是不肯離去，嚎得我的心成了八爿……你死吧，現在就死、立馬就死，痛痛快快去死吧……你……你他娘的不過就是一個動物、一頭畜生，活著有啥用……而我……我是一個人，人活著有用，人不是畜生……人也是他娘的畜生，人是兩條腿的畜生，人是不是畜生的畜生，人是畜生中的畜生……只有你這畜生死了，我這畜生才能活下去，不管活著有用沒用，我總要活下去……懂不懂呀，你這畜生，我要活下去！……"

野駱駝眼巴巴望著他，四肢抽搐，哀鳴尤甚，不絕於耳，猛然，他噌地站起，揮一把淚，嚎哭轉為吼叫：

"你小子又貓哭耗子，荒郊野地裡做給誰看，殺頭畜生還這樣娘娘腔，到該殺人的時候咋辦！來吧，給它個徹底了斷！"

挑起一杆槍，最生猛的一支，長不下三米，虎口粗細，頭部一尺有餘，尖端銳角二十五度。兩手握緊了，大步走上去，距目標左側站住，紮一個左弓步，瞳孔槍尖目標三點一線，腰身後傾，牙一咬，猛然向前發力，突刺，尖端劃過一管空氣，與目標相接，零點幾秒遲頓，克服表皮阻力，旋即進入，就此遊刃有餘，直奔心室而去，洞穿，血，冒著騰騰熱氣，噴射向空中，濺得他滿頭滿臉……

野駱駝四腳徒然蹬直，尾巴一陣抽風，逐漸減速，最後徹底耷拉下來，一動不動了……

雙手抱緊槍身作為支撐，以防止人整個癱下去，身子沿著木樁慢慢滑下，最後跌倒在畜生身上……

人，幾乎脫虛，沿著血腥氣，面孔湊過去，于畜生那皮塌塌的脖子處定住，嘴巴摸到一眼血泉，舌頭伸長出來，試探性地舔：味道還不壞，溫熱，黏乎乎，又苦又甜。於是眼皮合攏，大口大口吸吮……

忽地，人打個激靈，脊樑骨貼上一隻冰手掌，心房一陣聳顫，渾身汗毛倒立起來，第六感官發出警報：背後有人！

停止吸血，強壓下心跳，他頭頸支撐起腦袋，猛地甩向身後……

二十

背對夕陽餘光，二三百米開外，一座大沙丘上，幾點黑斑浮現於那側臥少女腰肢樣的圓弧曲線上，兩大兩小，突出嶄新。剪影形狀顯示非自然物體，而定是某種活物，粗看似人類，睜眼仔細看，是——啊——狼！

一時間，他肝膽俱裂。出走大漠後，最懼怕碰到兩類生物，一自然是人，二就是狼。前者要將他打入死牢萬劫不復，後者要將他生吞活剝茹毛飲血。要知道除去兩條腿的洪水猛獸，狼乃這方不毛之地上無可爭議的霸主。身處食物鏈頂端，地上跑的所有生物，大到牛馬駝羊，小到鼠兔蛇蠍，無一例外是它的日常盤中餐。眼下又搖身一變晉升為國家保護動物，更乃人莫予毒，橫行千里了。

他認識狼，或者說比較懂狼，因為欣賞狼的一些天然秉性——當然不包括嗜血，所以專門研究過狼。大學時，自動物學和紀實資料中學習狼，而對文學作品中的狼不感冒，認為作家大多是科盲，野生動物知識貧乏不說，還好發驚人之語以嘩眾取寵，閉門造車，胡亂編排狼，其結果或是將狼神化，或是把狼妖魔鬼怪化，更多的是後者，狼的自然本真形象被他們歪曲糟蹋得很慘，直至聲名狼藉。鋃鐺入獄後，他更加關注狼的信息，言傳、新聞、科普讀物等，這就不是出於興趣愛好了，而是基於需要，需要未雨綢繆知己知彼。他知道沙漠裡有狼，春天的沙漠裡更有狼。地球上有人的地方都有狼——除非被人趕盡殺絕了，地球上沒人的地方都可能有狼，比如荒原、沙漠，甚至冰雪覆蓋的北極圈。

明白了，全明白了，我利令智昏盲目追殺，誤打誤撞進了狼群的領地兼伏擊圈。它們不是初來乍到，而是早就佔據了這塊沙漠中的亞綠洲，為的就是守株待兔，等待饑渴難捱，急切尋找飲食的食草動物前來自投羅網。駱駝找到了植物，狼就找到了駱駝，螳螂捕蟬黃雀在後，好你個高智商野獸，算計了駱駝，還順便算計了人。來者不善善者……

他正在這裡細思極恐，“嗷唔……嗚……”沙丘之上，那領頭大狼仰天長嗥數聲，聲震八荒。隨即一躍而下，單槍匹馬，疾若旋風，直直沖他的所在奔來……

糟！三十六計走為上，準備開拔。掉轉身，十萬火急收拾行囊清點細軟。包袱裡零零碎碎沒幾樣東西，但件件都是珍寶，多年來在監獄裡處心積慮，不擇手段收集來的，數量極有限，大漠裡金不換。除了必要的衣服，計有：鹽巴、砂糖、牙刷、針線、創口貼、阿斯匹林、火柴、繩索、搪瓷碗、塑膠袋、天象圖、剃鬚刀片、備用眼鏡、瓶底放大鏡，及手中這把自製鋼刀。另外幾個鐘頭前又精心打造了一件愛不釋手的大殺器，這柄三米有餘虎口粗細筆直堅硬的棱棱長矛。

這矛，令他膽魄倍增，豪氣干雲。

話雖這麼說，卻沒必要和狼死磕，我只管取走自己應得的份額，剩下的本來就帶不走，給誰不是給呀。為此和狼大打出手犯不著，那不過是逞匹夫之勇，非不能也，乃不為也。嗨，好你個阿Q，慫就慫了，還振振有詞給自己臉上貼金。快別胡扯啦，東西收拾好了，趕緊去割肉，噢不好……

一個快板走神，大狼轉眼殺至，幾十米開外轉換奔襲節奏，收攏大步流星，代之以小碎步，近前，十米上下處，立定，左顧右盼，先巡視一番戰場形勢，以狼行千里吃肉的大將風度。末了，扭轉腦袋，兩道冰淩樣的視線將死駱駝旁的他牢牢鎖定，目不轉睛，如一位審訊室裡的警長面對著剛剛抓捕來的殺人嫌疑犯……

好大匹狼：目測體長一米七八，體重九十上百斤。夕陽下，面目有幾分模糊，琥珀色的瞳孔炯炯閃爍；皮毛厚密而淩亂，隱隱反射著光澤，估計正值壯年；體格粗大、肌肉精壯，卻是很有些偏瘦，肋骨隱隱外露，肚皮鬆鬆垮垮，吊在脊樑骨上像只半空的麵粉袋，忍饑挨餓顯然有些時日了。餓狼體能不減，且愈加兇猛，我……

生平頭一回近距離無間隔一對一面對頂級掠食猛獸，他的心跳如黃土地上響起的腰鼓，呼吸加速如患了高原反應，背脊上的根根汗毛瞬間被拔高半寸，腦洞被抽成了一管真空。只瞬間功夫，人緩過神來，猛一跺腳，同時發一聲吼：“你他娘的怕個屌呀！”

狼全身一顫，顛顛著倒退三四步，旋即恢復原狀。“哈，狗日的露怯了，原來你也怕我！”頓時，他幾乎笑出來，渾身繃緊的神經一松。左手持矛，右手操刀，那股降龍伏虎的銳氣重又翻湧上來。

長矛插入沙地，揚起手中刀，他吆喝起來：“公狼呀，幸會！我本是喜歡你的，喜歡你的堅韌不拔，說起來我還要叫你一聲老師哩。其實你也和我沒仇，所以今天我們不打架，我不殺你，你也不咬我。這麼大的駱駝，我只割走一小塊肉，其餘的全歸你。你看怎樣？”稍停片刻：“無聲就是默許，成交？”

公狼沉默不語，以肢體語言作答，身子竟慢慢趴伏下去，前面下巴貼上沙地，後面尾巴左右搖擺，如一條萌態可掬的哈士奇。這叫他更加鬆弛：唔，被追殺了幾千幾萬年，狼到底還是怕人的，這小子也被我來了個下馬威，斷不敢輕舉妄動。沒說的，趕緊割肉！

鬆開長矛，半轉過身去，手起刀落，劈向那首座駝峰：此乃駱駝的天然糧倉。在沙漠裡長途跋涉，食物飲水匱乏了，主人就靠它補充能量養分，從而渡過難關。這裡面注滿了動物脂肪，精華所在，營養極為豐富，且是碩大駱駝全身最美味可口的肉……天呀，或是第六感官驟然啟動，或是眼角餘光仍在做功，剎那間，他觸電般彈起轉身，後續動作尚未及接上，眼前一道灰黃色閃電自足下掠過……

公狼忽地竄開去，他渾身爆起一層清涼液體：好你個狼心狗肺的，居然還會擺迷魂陣。是了，這就是我自己的不是了，一時托大，幾乎中了它的奸計。老狼玩的原來是群狼戰術，以前在黃石公園的紀錄片裡見過，狼群對棕熊。一兩隻狼在前方虛張聲勢做騷擾，以吸引對手的注意力，另外幾隻從熊的身後偷襲，狠咬其後腿尾巴和屁股。大熊轉過身去，群狼即隨之變陣，主攻變佯攻，佯攻變主攻。那直立起來高達三米，重半噸的巨無霸被它們耍得團團轉，頭暈目眩，顧頭不顧腚，空有一身蠻力而使不得，最後不得不夾著兔子尾巴落荒而逃。現在你沒了幫手，於是裝熊給我灌迷魂湯，好趁機抄我的背後下三路，老奸巨猾得成精了。據說狼的咬合力有六七百斤，整整是人的十倍，剛才要是被這狗日的咬上一口，我這條腿就廢了，接下來就只有死路一條。好險！

咋辦？宰了它？可是如何下手呢？這小子反應速度賊快，性情又賊油。要知道狼的捕獵戰術和我的相同，那就是力求不受傷，儘量不和對手做硬碰硬接觸，不冒無謂之險，引而不發伺機待動，以求長時間遠距離制敵。小說電影中迎著槍林彈雨捨生忘死朝前沖的那些大無畏生物不是狼——包括得了狂犬病的瘋狼，而是作家導演坐在書齋裡臆想出來的妖魔鬼怪，狼如果有那麼蠢，還不早就絕了種。作家坐家也。罷了罷了，讓它一分又何妨，沒必要和野獸較勁兒。它也定是餓昏了頭，看到我割肉就忍不住來爭搶，情有可原啦。

扶扶眼鏡來了主意，一邊緊鑼密鼓盯著那狼，一邊慢慢蹲下身去，左手摸上前，攥住駱駝藕斷絲連那斷腿，右手一刀斫下去，沒成事，再來，一刀兩刀三刀，筋骨皮肉分離，斷腿自主體獨立出去，名副其實地斷了。立起身來，低手一揚，駝腿打著轉飛出去："請用吧，哥們兒，管夠，有我的就有你的。肚子空了好幾天了吧，你也不容易，我們都不容易。"

狼屁顛屁顛湊上去，繞著嗟來之食兜兩圈，呈歡呼雀躍狀，再伸長了頭頸去嗅，即刻露出尖牙利齒，狼吞虎嚥起來。

"擺平了，終於！"他輕舒一口氣："但還是不能掉以輕心，千萬記住：輕敵就是自殺。另外寧做白眼狼，不做東郭先生！"一把抓過長矛，雙眼不離不棄那野獸，以慢鏡頭的肢體動作，繞去駝身另側，將其作為掩體，一隻眼瞄著公狼，一隻眼瞅著駱駝，重啟割肉工程。

狼聞聲抬頭，見狀停止撕咬，伸出血紅長舌，將口鼻周遭清洗一番，呈意猶未盡狀。喉嚨深處發出兩記低音咆哮，好似宣戰聲明。隨即調動四肢，步履陰沉而堅定，慢騰騰朝他身後抄去……

一時間，他又驚又怒：好你個狼子野心，簡直是不進油鹽，奈何！——何不撲殺此獠，也只有這條路了：公狼呀公狼，我敬佩你忠於職守，為了你的家族，寧可自己餓著肚子，也定要將我趕走，好獨吞這大堆肉，這幾天來讓我折騰掉了半條命的戰利品。好吧，看來今天是有你沒肉，有肉沒你了。是你選擇敬酒不吃吃罰酒，是你逼我殺你，那就別怪我心狠手辣！

抄傢伙，長矛在手，平舉，準備出擊：眼下我和它相距十米出頭，先慢慢向前蹭幾步，以儘量縮短彼此之間的距離，如非洲豹匍匐接近羚羊。動作要小，不要突然，以免驚著它。要讓它感到困惑，搞不清是什麼情況，等搞清了為時已晚。那時我只要暴走幾步，矛頭就將在它的身上開花，給它來個透心涼。開始吧，一，二，不好！……

忽地，前腿躍起，掉轉身，撒丫子，公狼先行一步了。身經百戰的目光洞若觀火，仿佛看穿了他的五臟六腑，立馬祭出遊擊戰術，敵進我退敵駐我擾，敵疲我打敵退我追。一路小跑出去，二三十步才住腳，回頭查看敵情，再行定奪。卻只見他立在原地呆若木雞……

二十一

這下碰到勁敵了，橫豎軟硬不吃、智勇雙全呀。矛長莫及，更攆不上它，沒轍！他心下焦躁：眼見天一步步黑下來，這麼耗下去不是個事兒。狼的夜間視力極佳，黑暗中眼睛直發綠光，小電筒似的，而我那時是睜眼瞎。它又有的是耐心和毅力，擅長與獵物或競爭對手進行短則幾小時長達數天的對峙周旋。難道我就這樣死菜？——冷靜，失去冷靜你就真正死菜了。睜眼看看吧，這麼大一匹駱駝都給你掀翻了，還擺不平一條餓死狗，再想想辦法。必須面對現實，天黑前如果還搞它不定，也只有老實認栽了，放棄這好不容易才夾到了嘴邊的肉，雖然很可惜，總比這百來斤也喂了野狼強，留得沙漠在不怕沒肉吃。戰略定下了想戰術，先前不是說好了不接觸，遠距離的嗎，原則不能輕易放棄。另外三十六計，它用以逸待勞，我何不來個——黔驢技窮，有了！

一絲微笑上臉，扭頭轉身，沒幾步，重歸死駝左近。雙手一摁，長矛插入沙地，變作一根光禿旗杆。趁公狼幾十步開外逡巡觀望的當口，迅速檢驗駝屍上標槍，看木質，測粗細，一杆杆估量過去，末了，選中一柄粗壯挺直的，鉚勁拔出，翻手去駝身上擦拭，清理乾淨上面的血跡：唔，好標，不錯，我要讓你再一次舔血！

彎腰拾起包裹，上左肩，鋼刀懸於腰，雙手持梭鏢，起身離開死駝，大踏步，來到二三十步外，盤腿坐下安營紮寨："公狼呀，肉歸你了。至少到目前為止，你贏了，我輸了。現在請你一邊享用美味晚餐，一邊聽我給你講那狼來了的故事。"

顛起來，小碎步兜個大圈，輕快步履洋溢著大喜過望：對手棄獵物而去，好大的一堆肉呀，自己竟不戰而屈人之兵了，生平頭一遭。狼不敢又不得不相信自己的眼睛。狐疑持續片刻，饑餓戰勝警覺，到底還是直奔駝屍而去。肉類對掠食者的誘惑不可抵禦，免費的晚餐不吃天誅地滅。到達目的地，挺身昂首，仰天長嗥，以一波悠揚平和的音韻，好似清教徒餐前的謝飯禱告，隨即，一頭紮向那大圓肚皮……

它這是在招呼家人前來用餐。緩緩起立，遙望大沙丘上，落日餘暉下，兩頭小狼正追逐打鬧著，母狼在旁不住地徘徊打轉：它正在進行著劇烈的思想鬥爭，糾結于子女安全和饑腸轆轆之間。一旦後者占了上風，它就將回應丈夫的呼喚，飛速下山加入公狼陣營，對我實施兩面夾擊，那我就徹底沒戲了。事不宜遲，立即行動！

抄起槍，一把握緊，屈臂舉於肩上，前臂上臂夾角約八十度。槍桿稍高於上耳輪，前低後高。側身直角轉體，左腿向前跨大半步，全身後傾二十度上下，一，二，三，悠然扭轉腰部，順勢揮出右臂……

霎時，狼中箭般彈起，空中矯健扭體，落地後連蹦帶跳，好幾步才穩住，原地打個三百六十度，立定，抖抖身體，抖擻抖擻精神：唔，安然無恙，自我感覺超棒，屁事兒沒有，這小子耍的什麼把戲。別管他，快快回餐桌，吃肉喝血要緊，剛剛給獵物開腸破肚，牙縫還沒塞滿……

梭鏢仍在握，原來這招是虛的。靜立片刻：好，練了手，前進了兩小步，麻痹了對手。就這樣，按既定方針辦，如法炮製，引而不發。他，再次舉起梭鏢……

就這樣，全套功能表，系統性程式化，反復操作不厭其煩，每次一絲不苟完成。一二三四五六七八九，九記虛招過後，狼徹底沒了脾氣，由開始的暴跳如雷，到最後的無動於衷，任他再怎麼吹鬍子瞪眼，跺腳甩胳膊，我自巋然不動，窩在原地大快朵頤，老神在在，連眼皮都懶的一抬，身體語言寫滿了不屑：小樣兒，耍猴吶。有膽量你就放馬過來，跟俺來個短兵相接刺刀見紅。少擺弄這花拳繡腿，本狼不上當了。你這肉，俺吃定了。

佇立如松，調整一下呼吸和思路：可以了，狼來了戰術奏效，動物果真是徹頭徹尾的經驗主義者，善於從生活實踐中不斷學習。現在對方已完全被麻痹，神經系統的條件反射功能暫停工作，就此變成了一個靜止的活靶子。眼下距離目標還剩下六七米，不能繼續前進了，以免進入它的容忍範圍。過猶不及，經驗主義害死人，完美主義也一樣。成敗在此一舉，這是最後解決方案。立即行動！

抄起槍，一把握緊，屈臂舉於肩上，前臂上臂夾角約八十度。槍桿稍高於上耳輪，前低後高。側身直角轉體，左腿向前跨大半步，全身後傾二十度上下，一，二，三，瞬間，血壓上竄，腎上腺素爆增，驟然扭轉腰部，大力揮出右臂……

梭鏢，裹挾著兩公尺長三公斤重八十公里時速，動能七百焦耳，横穿三級沙漠風，以兩點一線幾何公理，媲美強弓勁弩的產物，嘶嘶吟唱著向前馳騁。零點三秒左右過後，順利抵達終點，雖有兩三度偏差。兵臨城下，就此二十度銳角對圓弧面，木頭對毛皮，無機物對有機物，零距離接觸，碰撞。兩廂對比，後者單位體積品質即密度更大，但材料抗拒永久形變性即硬度遜色，於是以下過程發生於零點零幾秒：有機體分子鏈在無機分子顆粒的迅猛衝擊下，變形，開裂，斷絕，進而大面積崩塌，城陷了，前者就此摧枯拉朽，長驅直入……

一聲慘絕大漠的嘶號，以超高赫茲頻率，風馳電掣撲入耳膜，一根連綿不絕鋼針似地刺進來，刺得整個人一晃悠。心驚肉跳之餘，右手刷地按上腰間刀柄，睜大眼睛看：那標，正中公狼後腰，偏上部位。木頭鑲入皮肉，夠扎實，如板上釘釘，幾乎穿體而過，自然血如泉湧。衝擊力推著那野獸向前滑行數尺，一大口鮮血噴出丈餘，殘渣碎肉洋洋灑灑……

可是，狼沒死，甚至還沒垂死——至少表相展現的是這樣。劇痛引發嘶號過後，它，兩條前腿牢牢釘住地面，呈倒驢不倒架狀，努力支撐著想要站起來，以恢復荒漠之王的威儀，卻哪裡能夠，脊背上好似壓著一個大號蒙古火盆，頗感力不從心。幾次三番後，好匹大狼，鼓起余勇，畢其功於一役，竟生生站立了起來，縱然總體顫顫巍巍，搖搖欲墜……

“我宰了你！”頓時殺心上竄，不可抑制，基於血性、惱怒及恐懼。是的恐懼，狗急了跳牆，狼傷了還不拼命。“除惡務盡，說好了要給你來個透心涼的，再一槍挑上半空，更待何時！”急步向前，左手一提拔出長槍，右手抄上調轉矛頭，三下五除二，已完成突刺準備。一抬眼，人與獸目光相遇 ——

哦，這是怎樣的目光呀？複雜得難以名狀：惶惑、無助、驚恐、悲哀、絕望，交織混合著，辨別不出主旋律，其間竟還攙雜著幾分——無辜的純真，一個兩三歲稚子發出來的那種。這是駱駝的目光，這是綿羊的目光，這是兔子的目光，這是……總之這不是狼的目光，不是荒原上一匹碩大野狼應有的目光——在他此時此刻的眼睛裡。

左手一松，槍尖下墜，悄無聲息滑入沙地：住手吧你，得饒人處且饒人。它都給你整成這樣了，還能對你有啥威脅。不要痛打落水狗，趕盡殺絕不是一個好德行。不要為殺而殺，為殺而殺，你就禽獸不如了，可人類本來就禽獸不如，人類比獸類野蠻殘忍千萬倍。看來你還是忍不住要當東郭先生，嘿，真有你的小子，把人家打得半死，還自稱東郭先生，偽善得登峰造極。但是你現在放它一碼，它會不會再趁機對你進行偷襲，這是一個問題。

“嚎……嗷唔……嗚……”驀地，狼嚎又起，長十五秒上下，穿雲裂霧，幾如北風嘶號著嗚咽——是母狼，抬眼望，大沙丘上，那雌性掠食者仰天悲鳴，呈撕心裂肺狀；兩隻幼狼在側，仰起小腦袋望著母親，泥木雕塑般，不清楚具體是什麼表情，估計是嚇壞了，媽媽的聲音從來不這樣，不應該是這樣的呀。調回頭，卻見公狼聞聲行動起來，才轉身，就一頭栽下，來了個典型的嘴啃沙，又一口鮮血噴出，這回是不帶任何雜質的純液體。餘勇耗盡，再也站不起來了。肢體站不起來了，一顆心卻還行；王的威儀失去了，親情永遠在，於是兩條前腿刨地，拖著下半截身子，與那根磐石般的木頭，一挪一寸，不回頭，向遠方的妻子兒女爬去，去和家人團聚，死也要在一起。在它的身後，潔白的沙地上留下一行血跡，點點滴滴……

有些不忍再看：看你幹了什麼，造孽呀！又來了假惺惺，想當菩薩你去以身飼狼，做不到就別嘰嘰歪歪的，強者生存天經地義。還不趕快去割肉，不用再擔心中山狼會反噬，時間也真的不早了。於是上前，補幾刀，前峰迎刃而解，刀口移去後峰，所向披靡。利刃劃過肉質，發出嗞嗞聲響，此刻聽來如江南絲竹，心情不覺大好：哇，兩大駝峰，三四十斤精肉，多少年在都市生活，甭說吃不起，見都沒見過。搞到你們也真不易，幾乎去掉我半條命。回頭切成肉條抹上鹽巴，驕陽下暴曬一番，就是上品臘肉。每天哪怕八九兩，也足夠一個月的消費，更有何愁呀。老天爺開眼，在這茫茫沙漠上，讓我衣食無憂。等一下，吃的有肉，穿的……

目光調轉，再投向那狼，那苟延殘喘之狼：嘿，這不明擺著就是穿的，還有比這更好的嗎。冬天為了禦寒，狼的皮毛最為飽滿厚實，春天的品質也不賴，現成的一件老狼皮襖呀，夜裡還能當毛毯。物以稀為貴，如今在皮草黑市上幾萬元擋不住。這麼說，還是要殺了它？怎麼下得了手呢，又來了不是，假冒為善，屢教不改呀，即使你不下手，它傷成這樣了還有活命嗎。總不能讓這上等毛皮爛在野地裡，哪豈不是暴殄天物。

“嚎……嗷唔……嗚……”唉，母狼又開始哭嚎，猜到我再次動了殺心似的，倒給我增加了些精神壓力。“嚎……嗷唔……嗚……”此起彼伏，有點不對勁呀，“嚎……嗷唔……嗚……”反常，不好！我的天！

西方，陰陽正交接班，夕陽最末道餘光，與它照耀了一天的大地吻別，兩者交換著各自的金黃。那沙丘波濤起伏的弧線上，憑空多出來幾個生物剪影——一二三四五六，外加一二三四，六大四小，十頭狼！

"嗷……嗚……嗷……嗚……嗷……嗚……嗷……"眾狼仰天齊鳴，或是宣戰聲明，或是復仇怒吼，或兩者兼備，即刻躍下山頂，爭先恐後，狼奔豖突，如一隊接到衝鋒令的匈奴鐵騎……

一時間，他恐懼得幾乎忘記了恐懼：哇，敢情是一大家族，七匹狼，外加子女，都給母狼招呼來了，除了這頭給我給撂這兒了。這下闖下了大禍，重創狼群首領，它們要怎麼處置我，還不碎屍萬段。娘娘的，拼了，刀槍齊上，叫它們血肉橫飛，殺一個夠本，殺兩個賺一個，魚死網破殺出一條血路。等一下，不中，你當自己是西楚霸王，王八還差不多，幹掉一個都費老鼻子勁兒了，群狼一齊上，雙拳不敵四手，被咬中一口可能就要嗝兒屁著涼，最後哪怕將它們全殲，贏也是輸。所以還是走為上。嘿，這不有個現成的擋箭牌，替罪羊，也只有寄希望於此了，至少有一半機會。那這公狼咋辦？由它去吧，還不死心呀你，只可惜了這張好狼皮。快顛儿吧，都什麼時候了還狼皮呢，搞不好今晚要到狼肚子裡去穿狼皮襖。

一陣手忙腳亂：包袱圍裹上身，綁緊了，別忙中出錯，丟了全玩完。鋼刀斜插入腰，保險繩檢驗過關，確保掉不了，抽拔容易。兩駝峰，連皮帶肉血淋淋，橫豎塞進兩塑膠袋，恐怕不夠結實，袋底要被撐破，那就每個再套一層，七八個拎手，你來我往繫成死結，上左肩，好沉！雙手起長槍，開拔！

斜刺裡走，貼著梭梭林，灌木稀稀拉拉的不隱身，多少也算個屏障，二三裡外有幾座雅丹土丘，地形複雜可供周旋，先撤到那兒再做計較，問題是能不能到。行囊沉重，跑起來甭指望，只有競走，步子大兩三寸，頻率緊零點幾秒，不覺踉踉蹌蹌。三步一回頭，脈搏值與狼群的距離成反比。蹤出去沒四五十步，追擊者已不足一箭地，呲牙咧嘴看得真切。不能再跑了，除非想當活靶子，兩條腿和四條腿比腳力無異龜兔賽跑，狼的拿手好戲是從獵物背後發起攻擊，咬小腿肚、大腿根。於是站住，大小包裹撂地，面向群狼，腰刀解開保險繩，長矛虎口握緊，周身神經上滿發條……

體態矯健一少年，狼先鋒搶先殺至，省去左顧右盼，展現空腹君子風度，四腳輪轉直撲駝屍而去。好兆頭！他暗自喝一聲彩，心仍舊懸著，自至高點下滑一寸。緊接著第二梯隊迫不及待趕到，一苗條狼少女，毫無忸怩作態，徑直竄上去，搶佔有利位置，立馬下嘴開咬。心開始自由落體運動。旋即，大狼小狼一頭頭接踵而至，急匆匆亂哄哄，無不效法自然，以現成肉食為此次遠征的歸宿，沒人正眼瞧他一眼，只當這個生物不存在。群狼圍著死駝擺開筵席，如一群人圍著一隻烤全羊，除去缺席者，最後那母狼和幼崽 ——

母狼奔向公狼，妻子奔向丈夫，孩子她娘奔向孩子他爹，劫後重逢，先獻上一個深深的狼吻，得到滿口熱血回應，想來是沒有淚，狼流血不流淚。隨即妻子圍著丈夫打轉，急急探視傷情，一眼見其後腰上那長長突起的木頭——這我等身上不該有的東西，頓時，呈痛心疾首狀，伸出嘴巴去咬，不意攪動創口，牽一木而動全身，引發受難者聲嘶力竭呻吟，身體劇烈扭動。救護者稍事猶豫，狠下心來繼續，公狼停止掙扎，似乎疼暈了過去。母狼牢牢叼住那木棍，上下左右前後嘗試，最後發現了要領，往外發力，一而再再而三，終於將那木頭生生拔出。公狼發一聲吼，自劇痛中蘇醒過來。母狼上前撫慰，鋪開柔情萬種，口對口，面貼面，再次深深狼吻。一雙兒女在旁，當然也沒閑著，一前一後撒著歡，前面的咬耳朵，後面的拉尾巴，要把爹爹拖起來，去給他們找吃的，陪他們玩耍……

看看你幹的好事，好好的一家子給你整成了這樣。回頭想這公狼並無意傷害我，它餓極了只想搶那肉，情急下我竟採取極端手段，其實如果應對得當，結果本不必這般殘酷，可惜時光不能倒流，現在說什麼都晚了。老師，實在對不起了，不知道你還能否活下去。如果換作生命力超強的非洲鬣狗，傷成這樣可能還有機會，而亞洲狼就不得而知了。你的同族不會借機傷害你的，那些有關你們近親相殘的傳說從來沒有事實證據。炮製此類謠傳的人類自己才是地球上最熱衷且擅長自相殘殺的物種，按嗜血度歸類，狼本是人，人才是狼。不管怎麼說，事已至此，一切只有看你自己的造化了。

他別轉過頭去：走吧，狼群對我構不成威脅了。它們好不容易開大葷，要吃上好一陣，最後吃得肚皮貼地路都走不動，就更沒心思報什麼仇了。本來不到萬不得已，狼不敢找人的麻煩，遭到重創後可能性更小。這大堆肉不下千斤，每頭平均一百五，怎麼也得消費個十天半月，不吃乾淨它們捨不得離開，也沒有必要，而那時我已遠走高飛。當然眼下還不到鬆懈的時候，萬無一失起見，今晚至少要走出狼的嗅覺範圍，大約三四裡路。哦，這是怎樣的一天，經歷了這麼多事情。危險解除後有種虛脫感，只想一頭栽倒在地，好好大睡它一場。但是現在還不能，肉總有你吃的，覺總有你睡的，走吧！

包裹上身，刀槍歸位。抬起頭，最後看一眼駱駝與狼，他，邁開了腳步。夜幕再次降臨，東方冉冉升起一輪明月，映照著他眼角的一點淚光……

二十二

沙塵暴，漫天皆黃，不辨天日。走著走著，突如其來，他聽到了什麼，是……是——火車汽笛聲！一時間，激動！可是，不對呀，怎麼沒有想象中的狂喜，難道是自己已經達到了不以物喜不以己悲的境地，還是人的精神已經麻木，天曉得。我這是咋地啦?

蹭蹭蹭爬上一座土丘，登高極目遠望，透過層層金黃的沙幕，他看見了——一座火車站！當真是火車，早就說過南方有火車，火車通往西方自由天地、極樂世界。原來監獄裡的傳聞是真的，一切盡在計畫掌握之中，只是當局者迷，不到時候還就是不知道。當然也不能高興得太早，以免樂極生悲。

滿眼一幅深度印象派畫面：朦朦朧朧，只見人影憧憧，行色匆匆上車下車：不能再好了。風沙彌漫舉步維艱，行人都像是在逃難，哪還會注意到一個異類的存在。手伸向包袱，扯出來一件汗衫，裹住下半張臉孔。他混進人叢，走向最近的一列火車。按位置看，是開往夕陽方向的。

沒幾步就到，眼見左近無人，一把拉開車門，一頭鑽了進去：哦，好黑。站住不動，讓瞳孔適應環境，眨巴眨巴眼睛，頓時吃了一驚：眼前閃現一座座龐然大物，黑白相間，且有動靜，是活的，什麼東西？透過一扇小窗射進來的昏光，看清楚了，原來是——牛，奶牛。哇，除了牛，還有羊，還有馬，敢情我撞進運牲畜車廂來了。倒更好，沒有人類就安全，寧願與畜生為伍，更何況還都是些食草類。慢著，牛馬羊的背後、身旁，分明還有另外一些活物，七倒八歪的，不是人是什麼。龜縮在眾牲口旁，或坐或躺或蹲，看著還不少呢。怎麼都身著白大褂，面戴白口罩，像是病房裡的醫務人員，難道是獸醫？一個個目光渙散，呆若木雞，本身像是有病，另外室內戴口罩幹嗎，莫非有什麼貓膩。他警覺起來，手按上刀柄。

前面那邊，緩緩站起來一人，步履蹣跚朝他走來，看形態是個老者，在他警覺目光的注視下，到了跟前，不聲不響抬手，遞給他一樣什麼什物，低頭看，原來是個口罩。伸手接過來，低聲道一聲謝，老者嘟囔了一聲算是回答，隨即於眼前消失。也好，戴上大口罩，大家彼此彼此，誰也認不得誰。可是，這些究竟是什麼人，神神秘秘的，是敵是友？別管這麼多了，即來之則安之，是友最好，是敵跑不掉，事已至此，聽天由命吧。

穿過橫七豎八的牲口和人，他找個空檔坐下來。地上鋪有厚厚的乾草，舒服到家了，於是上半身靠牆，閉上了眼睛。昏昏沉沉中感覺火車開了起來，哐啷哐啷哐啷，車輪摩擦鐵軌如催眠曲，催得他悠然入夢。夢境畫面淩亂而破碎，不成體系：一會兒他被抓回監獄，打入十八層地牢，歷經金木水火土；一會兒他逃出了大漠，進入鮮花盛開的草原，當上了動物國王；一會兒他開著直升飛機回家，拜見父母雙親；一會兒他又見到了她……

“先生，醒醒吧，火車到站了！”

半夢半醒之際，腦海上空響起一個女聲，遠在天邊近在眼前，甜美而熟悉。抬起沉重的眼皮，頓時被刺花了眼，房間裡，哦不，車廂裡燈火通明，恍恍惚惚，面前亭亭玉立一少女，定睛仔細看，地動山搖……

“你……你……小妹……”

“啊，是你，哥！我是小妹，你的小妹！”

他豹子般竄起，一把抓住少女雙肩：“小妹，真的是你嗎？”眼淚刷地落下，就再也止不住：“我這是不是在做夢？！”

“真的是我呀，哥，你不是在做夢。噢，能輕一點嗎，哥！”她也開始嗚咽。

“噢對不起！”他鬆開手，熱淚涔涔，視線模糊：“可是，可是你怎麼會在這裡呀小妹？我也是剛剛趕上這躺列車，怎麼這麼巧呀？”

忍著抽泣，她從口袋裡掏出一張紙巾，伸手上去給他拭淚，再給自己：“哥，你忘了我們當初的約定了嗎？為了這，我早就在這裡找到了一份列車員的工作，日日夜夜等你，今天，終於給我等到了！”

“原來是這樣啊！我的小妹，我的天使！哥讓你受苦了，對不起我來晚了！”

“哪兒的話，是我讓你遭了這麼大的罪。不晚，不晚呀，哥，你什麼時候來都不晚，只要你來了就不晚！你來到這裡多不容易，你終於來了我有多高興！”

“小妹，我的天使，我的女神，你還是這樣善良又美麗。我這真的不是身在夢裡。”

“哥，你還是那樣……酷，哦不，更酷了。臉上多了幾個傷疤，可憐。還有頭髮鬍子老長，讓我剛才差點沒認出來。”

“小妹呀，真是天無絕人之路，我是怎麼也不能相信，我們當真還有重逢的一天！”

“哥呀，我也是真的不敢相信，一切都像是在夢裡！”

“我們，再也不分離！”

“永遠在一起！”

不說了！他張開雙臂，擁她入懷，輕輕吻去她面頰上的淚珠；她溫柔應和，做著同樣的事情。最終，嘴唇對嘴唇，舌尖對舌尖，他們親吻在一起，時間定格，萬物皆空……

不知道過了有多久，他緩過神來，熱血湧上，不可抑制：“我要和你做愛，小妹！”邊說邊行動起來：

“這邊有甘草，很香很厚的。”

“哥，我也好想，真想和你做愛，多少年沒有了，可是……”

“別可是了，小妹，來吧，就這裡，馬上！”

“不行啊哥，”她輕聲地：“你看周圍這麼多人……”

鬆開手，抬起頭：怎麼，牛馬羊全都消失不見，只剩下人，十幾二十幾個面戴白口罩，身著白大褂的人，圍成那麼一圈，層層疊疊，或冷冰冰，或熱辣辣，默默注視著他倆。他泄了勁。

“你知道這些都是什麼人嗎，小妹？”他低聲問：“別是有關當局派來監視我們的吧？”

“不是的，哥，他們和你一樣，也是好不容易才逃出來的。”

“哦，原來還是難友啊，難得難得。”他沖他們點點頭，微笑致意。

“我們下車吧，哥，去城裡最好的酒店，我早就預定了房間。”

“太好了，小妹！走，下車，去酒店。”

“等一下，哥。”

少女轉過身去，親切招呼大夥兒下車，再走過去扶起一位老者，攙著他步下臺階。他的目光追隨著她的倩影，片刻不離。

轉眼來到街上，原來已是夜晚，今夕何夕，竟置身於一座不夜城：樓宇富麗堂皇，華燈流光溢彩，街道熙熙攘攘。男女老少一律奇裝異服，有的裝扮成古人，有的打扮成未來人，更多的扮成卡通形象、百科動植物模樣。眾人歡呼聲中，二十幾匹高頭大馬列隊走過，上面端坐著全副古將士裝束的騎手，金戈鐵馬，威武昂揚。

“呵，這是哪裡呀，小妹？杜拜，拉斯維加斯？人人看上去都樂顛顛的，是不是在過什麼節？”

“哥，這裡是愛迪爾國的海佩城。人人都快樂無比，天天都像是在過節。”

“原來是這樣啊！哇，你看呀，野生動物都上街了，沒有上百也有幾十種，連老虎獅子都沒人牽著，全都自由自在走著，爬著，飛著。樹上落著各種鳥兒，好多我認得：錦雞、孔雀、大嘴鳥、彩虹鸚鵡、天堂極樂鳥，五顏六色應有盡有。好棒呦！是大馬戲團來街頭舉行義演嗎？”

“不是馬戲團，傻哥哥。野生動物們本來就生活在這裡，與人和諧相處，從不相互傷害。這裡是所有生物的伊甸園。”

“太好了！那我們也要盡情快樂。眼下我只想和你做愛。”

“我們馬上就可以做愛了，哥。瞧，我們到了！”

豪華大酒店，美輪美奐，燈火輝煌。穿過大廳裡載歌載舞的人群，他們進入客房。如夢似幻的燈光下，耳鬢廝磨交織纏綿著，朝房間正中那國王尺寸的大床走去。忽地想起來了什麼，“等一下，小妹。”雙手鬆開她，他直奔浴室，邊走邊除去全身衣褲：一兩個月沒洗澡了，看我身上這個髒，從頭到腳，塵土恨不得有半寸，整個一條沙皮狗了。這副德行怎麼和我的戀人做愛，她是這樣的冰清玉潔。打開淋蓬花灑，水流傾泄如雨，熱氣蒸騰：啊水，好久沒見過這麼豐盛，這麼清潔，這麼溫暖的水了。美麗神奇的水呀，給我沖個透裡透，讓我改頭換面，把我脫胎換骨吧！

霧氣中閃現一白影，是褪去了衣裙的少女，宛若天使降臨，前來加入沐浴。即刻，他們同時向對方張開了雙臂，霎那間，如兩塊磁石吸附在了一起。於是，盤根錯節擁抱，漫山遍野愛撫，水深火熱親吻，將前奏曲上演得起伏跌宕，如火如荼。末了，他的陽剛如枯木逢春，仰天怒放勢不可當，昂首向那理想之境挺進，轉瞬已抵達歡樂宮門，即刻就要長驅直入……

“咚咚咚……咚咚咚……”敲門聲乍起，震得人一激靈。

“一定是客服，不用搭理，門我銷上了。”他安慰她。

“咚咚咚……咚咚咚……”敲門聲倔強得近乎強硬。

他再次泄了勁，鬆開手，邁出淋浴池，隨手抓過一條浴巾裹上腰，前去應門。

拉開門，人還沒看清，呼喊聲撲面而來：“祝你生日快樂！祝你們生日快樂！哈哈哈……”還沒等他反應過來，一幫人直往裡湧，看架勢不像是壞人，再仔細看，啊，原來都是剛才列車上的難友，還是清一色白大褂，只是摘下了口罩，人也都活躍起來，不再呆若木雞。他們一邊高唱著生日歌，一邊抬著一個三層大蛋糕進來。

混亂中少女現身，一襲潔白飄逸的連衣裙，更顯長身玉立，光彩照人。

“小妹！”他急步走向她，低聲道：“你看我的這幫難友，居然找上門來了。可是，今天不是你和我的生日呀，他們為什麼這樣？”

“哥，久別重逢，不就是我倆的重生生日嗎。”

“太對了，小妹！可是，我不想吃蛋糕，我只想和你做愛，還有什麼比這更好的慶生。”

她含笑不語。少頃，趁著眾人笑語歡聲，手忙腳亂佈置蛋糕卡片氣球等的當口，一把拉住他，悄悄往外溜：“對不住他們的熱心了。我們去樓下後花園，那裡幽靜。哥呀，我也急不可待要和你做愛！”

“太好了，妹！讓我們在大自然的懷抱中結合！”

後花園，夜色融融，暗香襲襲，只有夜鶯在鳴。他們手把手，跑去一棵合歡樹下，即刻重整旗鼓，探幽索隱親吻，無遠弗界愛撫，合二為一擁抱，依舊是天高地遠的節奏。終於，他們褪盡滿身牽掛。月光下，青草地上，她含笑閉上美目，緩緩後仰下去，秀髮傾瀉如絲雨；他朝聖般地屈膝而上……

刹那間，燈光大作，音樂聲響起。驚異抬頭看，花園中央緩緩升起一個旋轉舞臺，上面的一對男女開始唱歌，風格像是後現代派，旋律也還中聽，音調格外高亢。與此同時，花園四周的門開了，觀眾七七八八興高采烈湧入。沒奈何，他們起身再逃。

“哥，不遠處有一個湖泊，這個時間應該很僻靜。”

“那我們去那兒。不論有多困難，今晚我一定要和你做愛，小妹！”

“是的，哥，今夜我們一定要做愛！”

湖畔。皓月當空，清輝滿天；波光粼粼，天鵝遊弋。他們依偎著佇立，為眼前的美景所震懾，一時忘卻了前來這裡的目的，良久……

“哥，你就像這湖泊，寬廣而深邃！”

“妹，我是這漫漫長夜，你是我永遠的月光！”

二十三

轉身面對面，他們再次擁吻在一起，再次上演熱情前奏曲，拒絕直奔主題，等待水到渠成，花開蒂落……

“嗨，你們兩位！”爆起一聲吆喝。驚詫下，他們倉促起身，整理服飾，只聞馬蹄聲聲，定神看，左近樹林裡冒出來五六匹漢諾威駿馬，徑直朝他們奔來。他一個健步上前，將她擋在身後，回一聲吼：“你們是什麼人？”

“我們是城市巡警，負責本地區的治安。”騎手們幾步外勒住馬，月光下一身鮮紅，長髮飄飄，原來是一隊年輕女子，語氣也還專業客氣：“對不起了，女士，先生，為了市民的安全起見，現在是宵禁時間，請你們離開這裡好嗎？”

“宵禁？這樣美好的地方居然有宵禁？”面對女性，他有意識地降低自己的聲調：“好像有些豈有此理了！”

“可以理解先生的不滿，只是……”領頭的女警忍著笑反問：“即使沒有宵禁，在這公共場所，你們也不應該……唔，做這種事情吧？”

“我們……你……”他語塞，面孔漲得通紅，好在天黑。

“哥，我們走吧。回酒店去，那些人應該已經離開了。”

“好！怎麼我覺得好像有人在暗中和我們搗亂，幾次三番的。”

“不會吧。好事多磨，哥，你千萬別洩氣。”

“好的，小妹。我不洩氣，我很快樂，真的，只要和你在一起！”

“我也是，哥。和你在一起，我就幸福快樂！”

回到酒店。大堂裡人仍是燈火通明，人頭攢動，男男女女人手一杯，無外雞尾香檳白蘭地，把酒言歡，其樂融融，更有音樂靡靡。他拉著她穿行於人叢……

忽而，他注意到了什麼：大廳中央，大理石圓柱上貼著一大張紙，說是廣告吧，卻覺得有些異樣，也說不出什麼原因，大腦裡響起一個聲音：去看看，去看看！“稍等，小妹。”他朝那方向擠去，越過一個個人。近了，伸長了頭頸去看——“轟”的一聲，大腦皮層當頭挨了一棒，如岩漿灌頂：這哪裡是什麼廣告，分明是一張官府通緝令，自己的大幅照片佔據了半個版面。

心下一沉：完了，全完了！到底樂極生悲了不是，又得繼續逃亡了。和我的守護天使一起走，馬上！火速回身，頓時眼前一黑——人不見了！！

“小妹！！”他爆吼一聲，超高分貝，引來周圍千夫所指的目光，惱怒，詫異，狐疑，冷漠……

“小妹！小妹！你在哪兒？小妹！！”一時間，他急瘋掉了：“你看到我的戀人了嗎？”拉住身邊一個個人：“對不起你看到我的戀人了嗎？她叫小妹，這麼高，一身白裙子！”人人搖頭擺手，避之唯恐不及。

前方閃出一男人，奧尼兒的身材尺寸，兩隻牛眼珠瞪得差點就要爆出眼眶，大猩猩般的粗毛胳臂直直指向他，大叫起來：“看呀，這個人是個逃犯！抓住他！”言畢，泰山壓頂撲過來……

無心與其糾纏，他忽地一閃身，舉重若輕，那金剛收腳不住，一頭栽了出去，如同一棵被連根鋸倒的老榆樹。揮臂撥開圍上來的幾人，他拔腿沖向大門……

來到大街上，華燈璀璨依然，卻是杳無一人：人哪，剛剛滿大街的人怎麼一下子都不見，難道全城都宵禁了？

沒來由認准一個方向，他奔起來，邊跑邊狂呼大喊：“小妹！小妹！！”整個人失魂落魄，心抽縮成一個黑洞。回音響徹於空蕩蕩的街道……

轉過一個街區，突地收住腳步，倒抽了一口冷氣：眼前幾步開外延伸而去，幾十上百道目光齊刷刷向他射來，道道森然雪亮，不是人，而是動物，大型食肉動物：獅、虎、豹、狼、熊、鱷魚、蟒蛇、巨蜥，等等。猛獸爬蟲遍佈整條街道，或趴伏，或遊蕩；或虎視眈眈，或呲牙咧嘴。兩旁高高的棕櫚樹上，落著密密麻麻的大鳥，清一色猛禽，金鷹、海東青、虎頭海雕、安第斯神鷲，居高臨下，霸氣畢露，像是隨時準備飛撲下來……

一時間，他幾乎轉身而逃，只是邁不開步子，腿腳像被釘死在了原地：不能跑，一跑立馬被它們撲上，撕咬成碎片。只有豁出去了。意志決定精神，急步上前，幾掌劈散一把坐椅，拔下一根長條方木，再抓過一個垃圾桶蓋。攻防武器在手，心稍安定，鼓起勇氣或強做鎮定，他邁開腿，一步步向前走去，穿行于野獸之林……

好幾頭非洲獅、東北虎、美洲豹、北極熊一步步逼近，他立停，身體僵硬如鐵。大貓熊羆們圍攏過來，一個個毛茸茸的腦袋湊上，張開血盆大口，伸出猩紅舌頭，舔舐他的手腳四肢及軀幹的赤裸部位。他強忍著，一動不動，生生把自已化為一座石像。野獸們沒得到積極回饋，頗為知趣地住嘴，垂頭喪氣走開去。他長呼一口氣，繼續往前走。又有十幾二十條尺寸超標得變態的鱷魚、蟒蛇封鎖街道，橫七豎八盤根錯節。抖著膽子小心翼翼，抬腿一一跨過去，同時口中念念有詞：“對不起了，朋友，借光，借光了！”終於穿過爬蟲陣，毫髮無傷：可是，小妹不見了，我竟然再次失去了她，留著這口氣還有什麼意思，怎麼沒有野獸來對我下手?

再轉過一個街角，禽獸消失了，街區重歸空寂。手一松，防身器械落地，只感到心的黑洞在旋轉，像是要把神智魂魄一乾二淨吸進去。“小妹！小妹！！”他又開始吶喊呼喚……

爬上一個十字過街天橋，居高臨下，東跑西顛四下張望：哦，有人，看到人啦！前方一棟現代派豪華大樓，魚貫走出來一串人，定睛看，全都身著白大褂，面戴白口罩，雙手高舉過頭頂。嘿，該不是我火車上的那些難友，剛才還攪了我的好事情，這會兒怎麼了？答案隨即揭曉，另外一串人進入視線，一律身著玄衣，臉戴黑色面具，從頭到腳古將士裝束，朝代不詳，手持彎刀斧頭、短劍長矛，前後左右押著那些白大褂。

什麼？他們又被抓了？！咋回事？這裡難道不是理想王國，自由天地嗎？他們犯了什麼王法要被抓？我該怎麼辦？沖過去救他們出來？單身匹馬能成嗎？搞不好救不到人，連自己都搭上？另外，我還要找我的小妹！從現在開始我的使命不再是逃亡，而是找到我的天使。只有和她在一起，我才能最後獲得身心自由！

"哥呀……"隱隱約約傳來一聲呼喊，遠在天邊近在眼前……

"小妹！！"他大喜若狂："你在哪兒？你在哪兒？！"一時間幾乎樂瘋了，三步並作兩步竄下天橋，飛奔起來，跑過一條條街道……

又轉過一個街角，停住腳，向前看，遠遠的一個十字路街心，白衣飄飄，如夢似幻，亭亭玉立一少女……

"小妹！！"他發一聲喊，拔足狂奔……

近了，更近了，忽地響起一聲："哥，別過來！"心下一顫，急刹車，睜大眼睛看，自那十字路左右街口，午夜幽靈般，閃出一匹匹阿拉伯軍馬，騎手一身玄色，頭戴黑色面具，古將士裝束，就像剛剛看到了那些個——原來他們都是員警，劫持小妹，設下了埋伏……

呆立在原地，努力轉著神，當頭騎士已拍馬向他沖來，雙手平舉著一柄長槍——咦，這不是我的梭梭長矛嗎，本來以為沒用了，不知道丟到了哪裡，原來給這傢伙偷去了。小妹在前，豈能退縮，我，我跟你們拼了！

佇立如山，雙手握拳，周身神經及肌肉高度緊繃。轉眼那騎士已兵臨城下，長矛直送過來。他依然巋然不動：行動過早對手有時間變招，過晚自己要被洞穿，生死一線全在於對時間的把握，毫釐之間。行了，起！忽地一側身，槍尖自胸前刷地掠過，兔起鶻落，翻手一把抓住，再往下那麼一抻，那黑騎士自馬上倒栽下來。片刻之間，騎手易位，他一躍跨上馬背，更有長槍在握，心中一閃念：馬我當年在內蒙遊樂場騎過，不會有問題。

剎那間，對手第二梯隊啟動，五六個騎警高舉馬刀，兵分兩路左右夾擊而來。他催馬迎上，長矛揮舞如風車，一番拼命三郎招勢，直殺得對方七零八落，接二連三跌下馬去，紙片人一般。同時自己的臉上身上好像也掛了不少彩，只是感覺已近乎麻木。餘下的兩騎警見勢不妙，沖過去挾持少女上馬，掉頭而逃。頓時他急紅了眼，長槍回撤，拍馬攆上去。風馳電掣中，只感覺兩旁的街道中，有玄衣騎士紛紛冒出來，加入對他反追擊的隊伍。

奔出市區，來到野外，大地漆黑一片。暗無天日中，他認准前方的白色衣裙，馬不停蹄，狂奔如風。忽聞身後馬蹄聲密集，回頭看，兩騎警一左一右，手舉馬刀逼得近了。倒轉矛頭，回馬槍左右開弓，對方連袂跌下去。

跑呀跑，前方的白裙時隱時現。小妹就在前面，我一定要把你救回來，生死相依永不分離！他感到了一種自我悲壯。漫漫長夜，大地沒有盡頭，時空沒有盡頭，黑暗沒有盡頭，天涯海角，哪裡是我的結局，哪裡是我所愛的歸宿……

起風了，下雨了，沙塵彌漫，眼前的道路一片模糊。他又流淚了，臉孔上水流遍佈，滿是汗水淚水血水和雨水的混合體。“小妹！小妹！！”嗓音已經喑啞，兀自嘶號呼喚……

天，不知怎麼就亮了，亮得突然，亮得壯麗。耀眼奪目的朝陽下，前方的白裙消失不見了，只見金燦燦一片。不，金色我要，白色我也要，我更要！太陽啊，你不要晃瞎了我的眼睛，讓我看不清楚。我渴望的光明不是這樣的。他，繼續策馬而行，心，墜入一種莫名的真空……

烏雲拂過半空，驀地，遠方的白裙再次出現，雖然只有那麼星光一點。他大喜過望，快馬加鞭，風生水起。於無聲處，背後漸漸響起一陣滾雷，由遠及近。回轉頭，徒然變色：遠處，大批人馬正掩襲而來，騎兵、步兵、機械化部隊……

他們只是不肯放過我，那麼今天是死定了。九死一生，也早該死了。我死不要緊，只可憐了我的戀人，她又要為我受苦了，我的罪孽深重！……他想呀想，馳馬飛奔如騰雲駕霧；馬兒跑呀跑，穿越平原，踏過淺灘，躍上山巒……

乍然，坐騎一個緊急制動，前腿騰空，後腿直立起來，伴隨著一聲淒厲嘶鳴。情急中他一手勒緊韁繩，兩腿夾緊馬鞍，到底沒被掀下馬背，一番折騰，終於重新坐穩。向下看：腳下是千仞絕壁。抬頭看：對面山峰上，一葉潔白隨風飄飄，分明可見少女正沖著他微笑，同時發出隱隱的呼喚："哥呀，我在這裡！你快來吧！"

回轉身，大批人馬殺至，距離幾十步開外停住，擺開一字長蛇陣。一年長官員躍馬而出——哦，老熟人，典獄長。沖他慈祥微笑，向他張開雙臂，同時嘴巴一張一合，聲情並茂說著什麼。可他一句也聽不見，眼前的場景像是一出啞劇……

他放馬前行，走出二三十步，勒住韁繩，從左至右，目光凜然掃視過去。末了，他用力將長槍往地上一擲，任其深深紮入泥土，上半截在外不住抖動。即刻猛然撥轉馬頭，兩腿用力一夾："駕！！"上身前傾，右手探後狠捶馬臀。那馬狂奔起來，臨到懸崖邊，飛身躍起……

眼前一黑，他感覺自己翱翔在了空中，蒙太奇慢動作一般，不清楚是在向上還是向下……飛，飛，我在飛！時空呀，請你定格在這裡……

二十四

正午。一座雅丹土丘，由黃土、風雨和歲月鑄成，突兀，陡峭，卻不高大。他仰臥其上，臉孔上淚痕猶在，只是已經乾涸，印在沙塵覆蓋的面頰上，好似橫穿荒原的兩道河床遺跡。緊閉著雙眼，強烈的陽光蜂擁進眼皮，將視網膜映照得白花花一片。即便如此，不想睜開眼睛，不想返回現實世界，真希望外面依然是黑夜，自己依然身處剛剛告別的夢境。平日裡總是恨白晝太短，長夜漫漫，今天是一個難得的例外。

從頭至尾，細細回味著那夢，記憶細胞群高速運轉著，竭力捕捉著每一個細節，生怕有丁點遺漏。他知道自己有些自欺欺人，雖然那確實是一個夢，一個由許多支離破碎情節拼接合成，最後連貫得近乎完整的夢，但同時他也明白，即使身在夢中，或恍惚或清晰地，自己曾多次意識到眼下的這一切並不是真的，而不過是一個夢，一個由美夢和噩夢融匯貫通的悲喜劇。夢中人只是不願意醒轉，期望並努力將這夢做得更加深入，讓自我盡可能地進入角色。就這樣，哪怕在那些令人傷心或恐懼的夢境時分，他也拒絕人為地中斷這幻境——像他在其它噩夢中所做的那樣，因為實在捨不得離去。如此看來，說剛剛脫離的那番經歷是夢並不確切，具體說，這是一個由夢想、想象、臆想、幻覺混合而成的意識流載體。簡而言之，一個半夢半醒的產物。

真好啊，和戀人夢中重逢，做愛——雖然最後沒能真正做成，可惜呀，我們為什麼要幾次三番長時間上演那前奏曲，而不直奔主題，儘快進入我中有你你中有我的境界呢，如果不這樣磨嘰還不早就做成了，追求完美的結果常常是一場空，傻透了！——哦不，那不是一場空，不是的。功虧一簣雖然令人惋惜，但美妙的前奏已經讓人難忘，逼真得和身臨其境幾乎沒有兩樣。我實在不應該奢求更多。日思夜想戀人，卻很難夢到她，想得越深厚，越不容易夢到，更不要說夢得如此真切。日有所思夜有所夢不過是一句夢話，美夢實在是一種上天的恩賜啊！

悲傷嗎？自然，但更多的是喜悅，雖然明白那是假的。悲喜交集是一種既折磨人，又寬慰人的感覺。對和戀人重逢早已近乎絕望，能夠在夢中重新點燃希望，當然令人喜出望外。不要說再與戀人見面，就是對走出沙漠荒原，重獲自由也幾乎不報希望。人說置之死地而後生，其實死地裡的後生充其量只有百分之一的可能，需要的豈止是九死一生。在這種境況下，九十九個如期死了，一個僥倖活下來。有什麼理由相信自己會是那幸運兒。

為了自由，逃出監獄，這所謂義無反顧行為的結局無外兩者取一，或是如願以償獲得自由，或是死于對自由的追求，而後者的可能性遠遠大於前者。既然明白這淺顯的道理，為什麼還是選擇逃亡？原因再簡單不過：不自由，毋寧死。“生命誠可貴，愛情價更高，若為自由故，二者皆可拋”，聽上去義正辭嚴，讓千萬年輕人熱血沸騰，但認真想來，卻發現這人生格言似是而非，情理不通。要知道自由本身就意味著生命和愛情。失去了自由，生命是一座沙漠，愛情是沙漠裡的芨芨草。獲得了自由，生命是一塊綠洲，愛情是綠洲中的玫瑰園。所以追求自由本身就是追求生命和愛情，哪裡又有拋與不拋的對立衝突，什麼樣的自由不包括生命和愛情呢。生而為人，自由是生命的根基。生存的品質完全取決於自由，一天的自由起碼頂得上一年的監禁。如此說來，至今自己幾十天的自由，已經換來了數十年的生命。那麼即使馬上死去，更有何憾。

話說回來，談到自由，涉及生命的品質，還是感到困惑。自由究竟意味著什麼？身心不受外界約束，隨心所欲想幹啥就幹啥嗎，顯然不可能。即使身處自由世界，我也需要工作、掙錢，養家糊口；和不同的人打交道，被政府法律管轄，為傳統習俗制約。為此，我時常不得不說違心話，做違心事，或多或少照著別人給我引導的路子去活，按著社會給我套上的準則為人行事。這樣處處受制於人，未嘗不也是一種身心監禁。他人給我施加有形無形的監禁，反過來我也給他人施加有形無形的監禁。如此說來，他人即地獄是真的，我是他人的地獄也是真的。人生沒有無條件的自由。我不可能獲得純粹的絕對自由，而只能努力追求有限的相對自由。

如此說來，我冒著生命危險逃出監牢，歷盡千辛萬苦，鬧了半天尋求的只是一種“相對”，生命原來是一種於有限的相對自由中為人行事的行為過程。人生原本就是一座牢獄，所不同的只是其大小尺寸而已。所謂越獄就是從一座小監獄逃去另外一座大監獄。怎麼沒早料到這點呢，如果早就認識到了這道理，我還會越獄嗎？我會不會以大徹大悟的心態逆來順受，在監獄裡安分守己地熬滿自己漫長的刑期，因為冒死越獄，最多得到的依然只是有限的自由？——不！越獄行為的合理性無可置疑，有限的自由也比零自由強。

生命的意義就在於努力追求盡可能大的有限，不斷從一座座小監獄逃往外面的大監獄。人生的贏家比他人擁有更多的相對，他們的自由界限更為寬廣，既在物質上，更在精神上。

那麼，死究竟又是怎麼一回事情？死是一種自由，絕對的自由，還是一種禁錮，永遠的禁錮？如果死後存在確實存在，那麼是一種什麼樣的活動狀態，自由還是禁錮？自然毫無頭緒。因為毫無頭緒，所以不肯去死，寧可歹活也不肯好死，死乞白咧也要活下去。不錯，說的正是本人。縱然不知道活下去的目的和意義是什麼，也要努力活下去，活一天就賺一天，活一天就成功一天，勝利一天。其實呢，最好的歸宿有可能卻是死亡。一個人打小活在一座荒島上，艱難困苦，百無聊賴，即使猜測到海洋遙遠的彼岸或許有比這巴掌大的地方更美好的大陸，他也不願冒險去橫渡大洋，尋求那夢想中的寶地，因為不清楚這猜測是否靠譜。想象中的一大堆看不見摸不著的鮮肉，不如嘴邊一根泥土裡刨出來的骨頭。在這方面，人常常比狗更實際。但無論如何，活比死更艱難，死的恐懼短暫，活的痛苦漫長，歹活裡有精神，那就是熱愛生命。人生再殘酷，生命再虛空，也仍然值得留戀；即使不是必須，還是應該熱愛。有生命在，就有希望在，熱愛生命就是維繫希望，哪怕這希望說到底原來是一種絕望。或許這就是人生的目的與生命的意義。人常說死都不怕，還怕活嗎；也有說活都不怕，還怕死嗎。我要說死活都不懼，在死亡的狀態中活著，活得像個死而復生的人，還有什麼比這更不可戰勝的精神。

好啦，豁然開朗，思路理順了，至少在表面上，像一劑強心針，自我安慰一下足矣。今天到此為止，停止整這些虛無縹緲了。我至今不還活得好好的，起碼比當初計畫的強。懷疑人生，又想到了死，時機也不對呀。老天爺一直在暗中眷顧著我，讓我一次次絕處逢生，這幾天更是不知道交上了什麼狗屎運，殺駱駝，重創狼，自己毫髮無傷，還一次性斬獲幾十斤鮮肉。不要小看這個，這是走出沙漠的堅實物質基礎，至少一個月的食物得到了保障，就此免去後顧之憂，專心於走路，這樣走出沙漠再也不是一個夢。出了荒原，再找到並登上西去的列車，就有希望最後抵達那自由之境，理想國度。我還是相信那裡不會像剛才夢中的那樣，是一個騙人的烏托邦。人不常說夢與現實總是相反的麼。

又天馬行空了。要務實，不要務虛，眼下的問題依然是肚皮，感覺裡面又在醞釀暴動了。睡足了，起來處理肉。想起肉讓人興奮得直想放聲大叫，多少日子不聞腥味了，身子骨極缺油水。心急吃不了熟肉，美食要精心製作，先想想看，怎麼合理地處理這批飛來橫財？三四十斤吶，樂死人了。肉先要處理一下，血淋淋的，血水收集在搪瓷杯子裡，燒燒消毒了才好喝。皮要拔毛，肉用刀刮乾淨，因為沒有水。其實也沒那麼多臭講究啦，過火後細菌殺個一乾二淨。再考慮如何烹飪，除了烤還能如何。先來它個十分之一吧，供這三四天享用。

烤肉瘦而不柴，肥而不膩，美透了。燃料呢？昨夜注意到附近還有梭梭灌木，柴禾應該不成問題。其餘的要儘快製成臘肉，以防腐爛變質，變質了就麻煩了，腐肉吃了要中毒，吃比不吃更糟，真羨慕食腐專家鬣狗禿鷲等，人咋就這麼嬌貴呢，還號稱萬物之靈呢。簡易臘肉制法：先切成條，再抹鹽巴。鹽剩下不多了，三五十克吧，要省著點用。可惜沒有胡椒、花椒、辣椒、八角、桂皮、茴香、丁香、醬油、白酒等佐料。不久的將來逃出去，要好好學習製作真正的火腿臘肉，還有久聞其名卻不知其味的東坡肉。上鹽後，沒地方、沒時間風乾，更不可能醃，只有自然暴曬了，以去掉肉裡的水分。不知道一整個白天夠不夠。暴曬時要小心守護，別給哪兒冒出來的野獸給搶走了。這裡雖說是沙漠和荒原的結合部，還是到處都有野獸，好在沒有兩條腿的，危險性大大降低。

好啦，開始行動——烤肉！睜開眼睛，抬起雙手，橫向左右揉眼皮，再上下搓面幾回合，權當洗臉，也讓大腦徹底醒透。伸手自頭頂處拿過眼鏡盒，打開，取出裡面的光學寶貝，用汗衫邊角細細擦乾淨，雙手小心地戴上。掀開外衣被子，翻身爬起：哦，好天氣，豔陽、白雲、微風，不冷不熱，好天氣沒法不好心情，說人是機器一點不錯。立在原地，繃直兩條腿，大張開雙臂，面向正午的太陽，伸一個吞天吐地的懶腰。甩甩胳臂，帶著一絲笑，轉身向幾尺外一石縫，將將邁開腿腳，臉色突變，噌噌噌緊趕幾步上去，目瞪口呆——

天，我的肉！我的肉！我的駱駝肉哪？！？！

天旋地轉，兩條腿一軟，人攤坐在地，兩隻眼睛兀自死死盯著那石縫：那裡，大大小小，橫七豎八幾塊石頭，若干染有新鮮血跡，一兩個塑膠袋被壓在下邊，張牙舞爪隨風飄舞著，像是要盡力掙脫束縛……

他不信，重新爬起來，沖上去，彎腰伸手，上下左右刨扒那堆亂石，直刨得手指手掌磨出了血，除了若有似無的幾縷肉腥氣，哪裡還有一絲實體：沒了！真沒了！真它娘的沒了！！我這不是又在做夢？！抬手，揉眼睛，就差眼珠子沒擠出來；再左右開弓掌嘴，劈裡啪啦生脆：哦疼，這不是夢。哦，天，我的肉！我的肉！我的駱駝肉啊！！一個死刑犯，意外獲得了特赦，可高興了才一夜，早上醒來發現，對他的死刑判決竟再次生效了，特赦原來是個烏龍。

徹底地欲哭無淚了，整個人近乎虛脫，目光也開始漂移，離散：奶奶的，被人偷了，偷去的豈止是大半家產，簡直就是我的命。城市有賊，鄉村有賊，萬萬想不到這荒原上竟然也有賊。哦不，這地方哪兒有人，昏了頭。不是人，那麼是動物，啥動物？狼？不大可能，這土丘夠陡，昨夜特意挑的，四條腿的動物一般爬不上來，除了吃草的山羊。蛇，有些嫌疑，可除了熱帶雨林裡的大蟒蛇，什麼蛇有力氣移動這些石塊？

昨夜守才奴似的把肉藏好，再壓上幾塊大石頭。不是狼或蛇，難道是……熊？這疙瘩應該沒熊，沒有大塊頭棕熊、黑熊。對了，或許有小號的熊，貂熊，又叫狼獾，中小型食肉動物，擅長殺戮和搶劫，比狼還兇悍，頭號嫌疑犯會是它嗎？

哦天，管它啥動物，問題是我的肉丟了，哪個賊偷的不一樣，找不回來了，絕對！早就進了那賊骨頭的肚子。老天爺呀，剛剛還誇你大慈大悲，轉眼就自打耳光了。你不能這樣呀，要不然就不給，給了就不能這樣拿走，這不是開玩笑嗎，世上最最殘忍的玩笑，他娘的一點都不好笑。唉，爹不親娘不愛，我才不是老天爺的什麼寵兒，我是他的棄兒。讓你苟延殘喘到今天，夠對得起你了，瞧你還得寸進尺了。

想起來像是有把快刀在一絲絲割我的心頭肉，多好的肉啊，整整三四十斤吶，來得這樣不容易，一轉眼說沒就沒了，一覺醒來就沒了，一口還沒得吃，全沒了。我真傻，我真該死，這才叫自作孽不可活。本該像保護眼睛一樣保護這大塊肉，昨晚怎麼沒枕著它睡呢，當時明明想到的，竟然因為嫌腥氣而放棄，你白癡到家了你。另外還白殺了那駱駝，白傷了那狼，到頭來全是替他人做嫁衣裳，早知如此何必當初呀。它們死得冤，我將死得更冤！

再去哪兒搞到這麼多這麼好的肉？不可能，絕對不可能了，這天大的好事可遇而不可求，一次已經是中了頭彩，哪還會有第二次。眼下只有一條路，那就是坐以待斃。與其生不如死地坐以待斃，還不如爽快地自行了斷。

緩步走到山崖邊，立定，迎面吹來一陣冷風，淩冽清新：

慢著，你想幹什麼？為肉殉情嗎？丟了一塊駱駝肉就尋死覓活，你的命就那麼輕賤？你堅持到今天的精神哪去了？也太沒出息了點；困獸猶鬥，你難道禽獸不如。丟了肉可以再找，丟了精神則是死路一條。唉，大道理傻瓜都懂，可是說說容易做起來難。我的肉，我可憐的肉呀！

另外還有，昨夜那個身份不詳的賊，不管是毒蛇還是狼獾，怎麼沒在我脖子上咬一口，來個一招封喉，要知道那時我睡得像個死人，毫無抵抗力，一咬一個准，老鼠都幹得了。啊，這麼說原來是那肉救了我一命，虧得沒枕著它睡，不然尖牙利齒的目標就是我的脖子。丟肉不丟命，原來是吃小虧占大便宜。這麼說老天爺並沒有拋棄我，相反一直在暗中保護著我，還給我上了塞翁失馬焉知非福這一課？

丟肉還丟出人生智慧來了，阿Q精神找到了理論依據，可我還是心疼，昨夜那該死的賊還不如直接給這脖子一口，讓我一了百了，走 得毫無痛苦。唉，不提了，振作起來，下山，找吃的去！

二十五

又是正午時分。以日常冷漠的熱情，太陽默默地注視著這片荒原，其間莽莽滾滾的黃土、沙礫，縱橫龜裂的平川、溝壑，一幅天然印象派圖案。那方土地表層上，有具長條狀物體橫陳，形態異於一般的石頭，遠觀仿佛人形，近看確實是人形——是他。

丟肉後的第五天，他倒下了。數日來水米未進，除了些許半枯乾的梭梭枝條。氣溫在加速變暖，夜行晝宿以躲避驕陽節省體力的法寶卻再次失靈，他需要在日間活動，以尋找食物和水源——即使幾乎全部勞作都歸於徒勞，白班是剛性需求，夜晚按時休息也是。進入七月，白晝的日頭愈加毒辣，抽絲剝繭般，將他體內的水分、能量和精神，一絲絲消耗殆盡。

沒有水，沒有食物，食物自然包括肉類。幾天來，肚子先是轟隆隆咕嚕嚕亂叫，又是提醒又是抗議，翻江倒海般，還只算是先禮後兵。隨之胃酸或膽汁或兩者兼備氾濫，前仆後繼湧上喉嚨，酸水消化腐蝕著胃壁和食道。進而液體乾涸，代之以腸胃絞痛，體內灼燒感，疼痛到想滿地打滾，也確實翻來覆去地打了。再然後，頭暈目眩，意識模糊，如夢似幻的境界。最終，腸胃歸於平靜，渾身開始冒虛汗，手腳顫抖，體溫下行。他進入臨終狀態。

基於困獸猶鬥準則，本來他拒絕就這樣倒下，如果不是無意中發現了人類的痕跡。越獄幾十天，不論是在沙漠還是荒原，始終沒有遇到人類，沒有看到一個人，或是人的影子，時常感覺人類憑空消失了，整座地球只剩下了自己一個人，或是被流放到了火星上去，孤獨得死去活來。他渴望找見人類，同時又害怕看到人類。找見人類的渴望和看到人類的恐懼同等強烈，交織纏綿。昨日無意中，他終於發現了人類的遺跡，自然不是活人，嚴格講也不能算是死人——在一片碎石散佈的荒地上，他撞見了一件非自然物品 ——一個骷髏人頭。

人癱坐在地，驚懼交加，雙手將其捧起，端詳。這是一顆完整無缺得堪稱標緻的骷髏頭，但標緻並不降低它魔鬼般的恐怖。為什麼要感覺恐怖呢，我們人人不都有這麼一個，男女老少，貴人賤人，富人窮人，偉人俗人，美人醜人，每個人的肩膀上不都頂著這麼一個。唯一的區別是眼前的這個表層沒有鮮血充盈的皮肉，內部沒有白花花的腦漿，而我們的有，我們活人的有，但是或早或晚也終將失去，變作和它一模一樣。如此說來，看著它，就是看著將來的自己，它是一面精准的鏡子，如實反射出未來的我。這就是它成為千古恐怖分子的原因了，誰願意看到自己如此不堪的形象，外表不帶血肉，內部空空洞洞。原來我們口口聲聲所說的憧憬將來，寄希望于未來等全是假的，言不由衷，實際情況是人人都畏懼將來，畏懼到了談都不肯談，想都不敢想的地步，因為將來的同義詞是死亡。

看得出，這物件很有些年頭了，沒有幾百也有幾十，風吹雨打得烏巴焦黑，整個一出土文物了。不辨男女，從牙齒的磨損程度看，應該正值青壯年。當年有可能不是帥哥就是美女，他或她也曾青春俊美風華正茂過，而今變作了這副猙獰模樣。上面沒外傷，彈孔刀疤箭痕什麼的，這麼說它的主人可能是自然死亡。怎麼個自然法？病死，凍死，餓斃甚至雷劈，都有可能，總之不是壽終正寢，自然卻不正常。再沒准也是一個越獄的逃犯，我的前輩先驅。你看他，嘴巴大張，嘴角咧到了兩邊耳根上去，分明是在對我笑呢。你笑啥？有什麼值得你笑的？你發出的是什麼性質的笑？友善的笑，惡意的笑，憐憫的笑，還是嘲諷的笑，看不大出來，鬼知道。你是在笑我人都落到了這步田地，還不肯放棄無謂的抗爭嗎？有可能。另外你想傳達給我的信息莫非是：人只有在死後，方能永遠含笑。看來是老天爺顯靈，給我送來這顆骷髏頭，正式宣告了我的歸宿：它的今天就是我的明天，不，就是我的今天。如此，我只有認命。

橫陳荒原，幾起幾伏，緩緩閉上眼睛，十二分不甘心地。他明白，眼睛這一閉，可能就再也睜不開了，但是不閉不行，一是陽光過於明晃晃，給他瞳孔帶來難以承受的光明；二是睜眼需要能量，物質能量與精神能量，而他的這些已經消耗殆盡。

雖然看不見外面，視網膜仍是白茫茫一片，帶給他一絲溫暖，意識流更解凍開來。想起了哪位哲學家曾說過：唯一可接受的自殺方法是自行餓死。其原因在於，只有餓死是一個緩慢而持久的過程，在這一過程中你可以深入思想，一旦想明白了，重新獲得繼續活下去的勇氣，隨時可以終止短見行為。所以不論最終自殺完成與否，你的身體行為與你的思維意志始終是統一的——真他娘的扯蛋，我不想死，卻不得不死；他們有吃有喝，卻要尋死覓活，想要和我一樣餓死。他們是餓死，而我是被餓死。如果說身體行為與主觀意志統一的人是幸福的，那我就是最不幸的人，因為我的兩者永遠背離。黑暗世界，混帳人類，離開就離開吧，沒啥好留戀的，早走早眼不見心不煩，我也真是活夠了！

忽地，一道陰影掠過那片白光，靜悄悄，悠悠然，陰森森。心裡隨之一嘀咕，少頃，又是一道，兩道，確認了不是幻覺——啊，他來了，死神來了！

這麼說，時辰到了。我——就——要——死——了！更準確地說：我——正——在——死——去！本來人活著就是死亡的現在完成進行時，而我眼前的這個"正在"是最後片刻的"完成進行"或"進行完成"。我的人生，我的下半生，一直都在竭盡全力推遲這個時辰的到來，現在，眼下，此時此刻，它到底，終於還是來了，來了！來就來吧，既來之則安之，心總是吊著，隔三差五的擔心它來也不好受。怎麼？似乎沒有相像中的那麼恐懼，心即使沒達到平靜如水，也多少可算是波瀾不驚。人好像疲掉了，或有種解脫感，雖然還是很有些不甘。才三十出頭，就這樣玩完，我還沒有做成什麼事業，更沒有盡情享受人生。

戀人，小妹，你給我的愛情是我這輩子的最大幸福，我實在不能指望更多。我們相處的時間不很長，卻如同永生。我死了，你忘掉我吧！把我們相處的日子當作一個美好的夢，過去了就讓它過去。此時我對你的唯一心願，是希望你能夠找到一個你愛他如同愛我，同時他也像我一樣愛你的男人，一個比我更能給你帶來幸福，永遠幸福的男人。我給予你的太少，雖然也嘗試努力過，實在抱歉，只有帶著深深的愧疚走了。這世上好男人不多，鳳毛麟角，真希望你好運！媽媽，爸爸，我愛你們，願意為你們做一切事情，包括獻出自己的生命。可惜再也沒有機會了。我對不住你們的養育之恩，長大成人後非但沒能盡孝，相反給你們帶來了痛苦和悲傷，現在說什麼都晚了。我死了，自己沒感覺了，悲痛留給了愛我的你們。我真該死！小妹，媽媽，爸爸，我早就暗自想過，這輩子要盡力活過你們，不求比你們長壽，只求比你們後死，這樣失去至親至愛的痛苦將由我一人來承受。可惜不能如願了，對不起我要先走了。回報你們的愛情和親情，只有等到來生了！

可是，有來生嗎？真好呀，這困擾了我大半輩子的要命疑問，答案即將揭曉了：死後，我到底將變成什麼？一是一了百了，肉身重歸塵土，沒什麼脫離了肉體的靈魂，我這個存在就此徹底化為烏有，歸零了，一乾二淨。這是最可怕且不可接受的，當然不可接受也得接受，這根本就由不得我。二是靈魂確實存在，離開肉身後升上天堂或被打入地獄。這樣的話問題就變成：我有資格上天堂嗎？估計夠嗆，一輩子行的善有限，沒權利和聖人天使為伍，也沒臉去見上帝或佛祖。那麼只有下地獄了？東方的說法是十八層地獄，西方據說有九層地獄外加九層煉獄，不約而同正好也是十八層，我將去哪一層呢？一輩子好事做得不多，壞事更少，且性質不那麼嚴重，算不上十惡不赦。那麼地獄的頭兩層應該是可以接受的結局，當然天堂的下面兩層更好，最低的天堂也比最高的地獄好得多。一切就看我的造化了。另外還有第三種可能，那就是變作滯留、遊蕩在人間的孤魂野鬼。這個結果也很不錯，我到底還是熱愛人間，哪怕它實在骯髒醜惡。

另外還有輪回。如果真的有所謂輪回，我將被輪成什麼所在呢？

神仙的可能性不大，動物的可能性不小。至今我屠殺了那麼多的動物，死後變成動物，再為其它動物或人所殺，也算是環環相報吧，沒啥冤枉的。當然也有可能再輪回為人，這樣說起來我的今生又是從什麼，打哪裡輪來的呢？如果完全回憶不起來了，前世和此生，此生和來世，又有什麼關聯呢？找不到關聯，有輪回和沒輪回有什麼兩樣呢？管不了這許多了，重新做人最好，貶為豬狗也只有認了，不管是做人還是做牛做馬，受苦受難都是一樣的。只不過有了這個指望，死亡就更不可怕了，相反還有幾分期待和憧憬。

視網膜感光層，白茫茫的背景上，一道道陰影飄來掠去，越來越密集了：死神為啥這樣磨磨蹭蹭呢，等得人心焦，不耐煩了，要殺要放，請你給我來個爽快吧。什麼？你竟然還幻想被它放過，人死心還不死？不是這樣的，我的意思是：黑夜並不悲哀，悲哀的是黃昏；冬天並不肅殺，肅殺的是秋天；死亡並不可怕，可怕的是等死，一生都在等死，死到臨頭了還要七上八下地等待。死神也太不近人情了，那是，近人情哪還叫死神。驀地，明晃晃的視網膜黯淡下來，那一道道悠來蕩去的陰影融合為一體，化作一片漆黑如墨，感覺冥冥中有一隻巨大的手掌伸了過來，力大勢沉，一把攫住自己，生生往那裡面拽去……不！死神滾開！我不要死，我要活，我要活下去，我還沒有活夠！眼下這一切不是真的，這不過只是一個噩夢，讓我睜開眼睛，讓自我從夢中醒來，就像以前無數次做過的那樣……

啊，看到了，我看到了：藍天，白雲，太陽，不，太陽被一大朵雲彩遮擋住了，白雲下，那裡有很多和平鴿在高空飛翔，好一幅優美寧靜的畫面啊！這應該就是天堂嗎，因為肯定不是地獄，地獄不可能這樣明亮，祥和。天堂原來是這樣的呀，和人間一樣美麗，哦不，比人間美得多，乾淨得多。這麼說，我不會被打入地獄了，我原來是有資格進入天堂的。早知如此何必當初，生前我哪用得著那麼害怕死亡，歷盡千辛萬苦，也要掙扎著活下去……

二十六

天很藍，藍得像遠方的海；雲很白，白得像高山上的雪，只是……只是，和平鴿看上去好像有點不大對勁兒，它們怎麼都是黑色的？飛得那樣高，那麼慢，像是幾片斷了線的風箏。再仔細看，原來它們根本不是在飛，而是在翱翔，它們的翅膀動也不動，從來沒見過這樣飛翔的和平鴿……另外，天堂怎麼這麼像人間呀，身邊沒有白雲繚繞，我沒有飛起來，想飛卻飛不起來，仍躺在原地不動。並且更重要的，怎麼沒見到有什麼天使，小天使、大天使，女天使、男天使，長著翅膀的、沒長翅膀的，影子也沒有，更不用說上帝……啊，恍然大悟了，這裡原來不是什麼天堂，這裡仍舊是人間呀。我並沒有死，緩過一口氣，蘇醒過來了，感覺有了些精神。難道這就是所謂的迴光返照，或詐屍還魂？明白了，那高空上翱翔著的，不是和平鴿，而是荒原上的禿鷲……

原來禿鷲們在等著我死呢，好分食我的肉，要知道它們是有名的食腐動物，吃死不吃活。倒好，不用擔心它們把我生吞活剝，那樣該有多痛苦。據說高原禿鷲最喜歡吃骨頭，將把我粉身碎骨吞噬得一乾二淨，連骨頭都不留下一根。我就要被天葬了，雖然本人不信那個理，這也是根本由不得我。也好，死了一了百了，屍骨留著沒用，給禿鷲打掃乾淨了，既不污染土地，也算是功德一場。不要留在這裡嚇人，像我發現的這個骷髏頭。想起了《饑餓的蘇丹》那張照片，現在我就是那行將餓死的非洲小女孩，而頭頂上的禿鷲遠遠不止一隻……

等一下，問題是我現在還沒死，我也不是那瘦骨嶙峋，和禿鷲幾乎同等尺寸的小孩子，為什麼要坐以待斃？——不甘心，死不瞑目！忽地一個故事竄上腦門，小時候聽爸爸講的，名字叫作《烏鴉與狐狸》：饑餓的狐狸抓不到樹上的烏鴉，還被它盡情嘲笑，於是腦筋一轉，躺倒在地上裝死。烏鴉高高興興地從樹上飛下來看熱鬧，結果被狐狸趁機捉住，吃掉。啊，這麼說我的轉機來了，現在我就是那狐狸，禿鷲就是那烏鴉；我是伏擊者，獵物是荒原上的空中之王。真是天無絕人之路呀，老天爺再次顯靈！

可，可我這並不是在裝死，我是真的就快要死了，利用迴光返照暫時又活了過來，而禿鷲的耐力驚人，它們能夠長時間地在空中觀察地面上的潛在死屍，少則幾小時，長達兩三天，以確保那肉體真的是死的，而不是裝死的捕獵者。我能熬得過它們嗎？熬不過也要熬，這是唯一的可能生路，熬不過就是死，熬得過或許還能活。結局不是我喂了禿鷲，就是禿鷲喂了我。那麼來吧，裝死！四肢一動不動，調整呼吸，控制胸腹起伏，好在有寬鬆的外套遮掩；眼睛，眼睛可以微微睜著，以密切觀察敵情，好在眼鏡有變色功能，太陽下兩團漆黑，對方看不透。

雲天上，禿鷲們悠悠翱翔著，以空中王者的風度。飛翔著饞涎，逍遙著覬覦，它們以其穿雲越霧的目光，俯瞰著地表上的這具准屍體，以本能和經驗對它進行著可行性分析。翱翔是飛行中的芭蕾，它們的身姿體態，優雅、高傲且超然，似難以和低級的生理活動產生聯繫。

時間以蝸牛的節奏蠕動著，類似水滴石穿。他感到自己的血液在一滴滴凝滯，皮肉一片片熔化。雲朵飄散，陽光重新普照大地，刺得他睜不開眼睛，只有再次閉上：千萬不能昏睡過去，睡過去就再也醒不過來了。那麼，想吧，只有思想著，人才不會死去。想什麼呢，人都到了這份上了還能想什麼，自然是想天上的潛在獵物。這是些什麼鷲呢？什麼品種的鷲？荒原上應該有大禿鷲、胡兀鷲、高山兀鷲等，行為大同小異，都是不到急眼的份上不會自己捕獵。因為不捕獵，所以它們的爪子遠不如掠食鷹類的鋒利，比如金鷹的利爪如幾把鉤鐮槍，可以輕易抓爛人的皮肉，甚至搗碎獵物的頭蓋骨。但鷲類的鉤狀鳥喙還是極有威力，能夠啄穿撕裂最為厚實的毛皮。

禿鷲們緩緩下降，再上升，以肉眼不易察覺的速度。時間在它們一邊，翱翔利用高空氣流，消耗的能量有限。如同守株待兔，它們可以這樣在空中漂浮漫遊著，直到太陽落山。大鳥們的生存策略是耐心，耐心等待獵物死透。嗜血而不殺生，冷酷而不殘忍，它們是外貌猙獰，天性仁慈的食肉動物。

腸胃又開始抽風式痙攣，喉嚨裡在上演火燒赤壁，更糟的是全身上下烽煙四起，哪哪都奇癢，像是有幾窩螞蟻在那裡擺下了戰場，千軍萬馬鏖戰正酣。翻個身，打個滾，撓撓癢該是多麼美妙的享受。可是，不能動，一動就要前功盡棄，鷹飛肉走。眼下圖一時痛快動了，要不了多久就再也動不了了；現在不動，是為了將來更多地動，更好地動，更自由自在地動。哪個哲學家說的來著：人活著就是為了移動。而眼下的我，是為了活著而不能移動。堅決不能動，疼死不動，癢死也不動！不動！不動！就是不動！！

天幕下，一幅立體畫卷鋪展，天體與生物構成層次：高端為藍天、太陽，低處是沙礫、人體，中間為層層疊疊，高高低低的白雲、禿鷲。大鳥們於空中漫步，鳴叫聲聲……

短刀長槍都不在身邊，或許就在不遠處，但不可能再去找了。本來是刀槍不離手，可餓得頭昏眼花滿地打滾，人到了彌留之際，武器也成了身外之物，哪裡想得到還會用得著。眼角餘光掃過一物體，圓形，黑乎乎，應該是那個骷髏頭：它倒是對我不棄不離，今天我會變成它嗎？答案在我，更在禿鷲。禿鷲呀，你們盼著我死，可我不想死；我要你們死，你們也不想死，這點我們觀念一致，不過主客體倒置。今天你們和我之間總要死一個，標準的你死我活，走著瞧吧！只希望你們眼下已饑腸轆轆，饑不擇食，對半死的准屍體也願意將就，就像《饑餓的蘇丹》裡你們的那個同類……

三四個時辰過去，鷲兒們越飛越低，隨著耐心漸漸消弱，開始上演一些把戲，俯衝，拉升，穿梭，盤旋，仿佛一架架無人轟炸機。下面的這具肉體，始終紋絲不動，四肢向外伸展，頭頂和面頰雜草叢生，外加兩個大黑窟窿。似乎沒有一絲生氣，可到底是死是活？看上去好像差不多了，只是不能百分之百確定。不身臨其境，如何能分辨得清。

眼睛時睜時閉，半睜半閉，取決於流雲和太陽的位置關係，與體內的動能起伏。除了眼睛，耳朵扮演著重要角色，閉眼時調集聽力，竭力捕捉周圍的絲絲聲響，以防被食腐類偷襲。仍然奄奄一息，但距離死還有幾尺路程，因為仍舊在思想，算計也是一種思想。他算計著大鳥可能的方位與落腳點，和即將展開的行動方案。哪怕算計是空想，只要思想著，只要做著白日夢，人就沒有死，沒有死就是生，就有機會繼續生下去。這是生存意志的搏擊，不到最後一刻他不會放棄。

終於，禿鷲開始降落，碩大的翅膀呼嘯著，卷起陣陣塵土飛揚。一隻，兩隻，三隻……十幾隻，年輕氣盛的打頭陣，老成持重的殿后。再不落下，太陽就要落下，它們怕夜長夢多，夜晚獵食類都要出動，競爭對手趕來就麻煩了。小心謹慎總有個限度，溫飽和安全是一對平衡，需要合理掌握。大鳥們紛紛落在肉體周遭，與目標保持著安全距離。它們不是捕獵者，搏擊非其強項，警覺性攸關性命。

腸胃與大腦進行著慘烈交鋒，鳥兒們的心緒糾結如麻。眼前這具物體靜臥不動，如同一塊自己不會挪窩的大石頭，已經老半天了，它究竟是肉體還是屍體，僅靠目測搞不明白。頭鳥終於按捺不住，踮著兩腳跳上前去，抵達目標七八尺開外，立足尚未穩，刷地調轉身，撲扇著翅膀跑開去，邊跑邊咋呼，鬧出很大動靜——這是它的火力偵察，欲擒故縱，以試探對方的反應。對方沒有任何反應，依舊死人不管。這給了它莫大鼓勵，稍息片刻後再如法炮製，愈發膽大妄為，突襲到對方兩尺左近，依舊點到為止，轉身就逃。目標仍是不為所動……

成啦，大致可以確定：這是一個死人，一具屍體，一堆鮮肉，豐盛晚宴可以開席了，大快朵頤時不我待。兄弟姊妹們逐漸收縮著包圍圈，一隻隻撲扇著翅膀圍上來，開始有些爭先恐後的意思了，這可刺激到了方才的那位急先鋒：明明是俺先冒險上去試探虛實的，見者有份也得分個先來後到，後來居上豈有此理。閃開，俺來也！只見它雙翅一振，一顛顛沖上前去，到了，伸出長頸，勾嘴尖喙，向目標裸露的頭頸鉚勁兒啄去，幾乎與此同步——

那屍身動了，動得猝然，動得劇烈，如晴空劃過一道閃電。動的部位為右手臂，一整條掄起，大幅度向左劈去，帶動上半身隨之扭轉，180度劃過一個半圓。近在咫尺，人臂與鳥頭於空中剛性碰撞，電光石火。後者驟然被襲，頓時滿眼金星，人仰馬翻，就地打了兩個滾，定住，也180度轉向，背朝下爪朝上。此身姿對它利弊兼具，弊為振翅騰飛不得，利是雙爪方便抓撓。突擊得手，得理不饒人，他掙扎著雙臂撐起上半身，下肢猛地向後一蹬，整個人騰空而起——高度姑且不論，如猛虎撲食——不，如蛤蟆蛙跳，以體內最後所能迸發的卡路里，將自己化作一塊石頭，直向獵物砸去……

兩聲不約而同的慘叫，分別來自人與動物，音訊都有限，卻是發自喉嚨深處，自有一種撕裂感。人上鳥下，各自在搏命。鳥發瘋似地蹬爪拱背甩頭，要將人掀翻下去；人的整體身心混沌，但大腦中意識尚存，指揮肢體執行著具體戰術：左上臂死死抵住對手頭顱，絕不能讓那匕首樣的尖嘴獲得片刻自由，啄上來肚皮要被洞穿；同時胴體大面積壓下，以縮小空擋鉗制兩爪，使其難以伸展；隨即，右手努力自身下騰出來，偷襲包抄上去，幾經試探摸索，終於一把握住對方那長長的頭頸，正好虎口粗細——有戲，上半身微微挺起，釋放出左手來，火速增援右手，成了，沒時間感覺思考，一切按本能行事，左右手合併會師，奮起最後幾絲力氣，各自往下那麼一掰，只聽“咔嚓”一聲悶響……

頓時，禿腦袋耷拉下去，爪子停止抓撓，對手再沒了反應——禿鷲死了！回饋遲了一拍被意識接收，他一頭栽向地面，兩隻手兀自緊緊抓著獵物。緩慢地，頭顱和雙手向對方逐漸靠近，足足十幾秒鐘，零距離了，龜裂的上下嘴唇分離，再分離，直至接近九十度直角，苦瓜皮似的舌頭後撤，以放那物體進入，兩片嘴唇再努力上下合攏，牙床開始發力，使勁，再使勁，眼下要命的是咬合力，終於，乾澀的舌苔上有一股液體滑過，滾燙、濃稠、微甜、腥重——是血，禿鷲的血，高空猛禽的生命力。喉頭抽縮，鷲血湧入，霎時，一道電波漫射開來，醍醐灌頂，無遠弗屆，遍及周身各個旮旯角落，鋒芒所及每一根毛細血管末梢。食髓知味，再接再厲，就此大口大口吸允……

血吸足了，開始吃肉，生吃，自然，不可能燒烤，迫不及待，不馬上吃要死人，分秒不能耽擱，哪還顧得了生熟。即使等得了，也不一定能夠找到燃料。牙床劇烈運動，飲血後咬合力徒增。從原地也即頭頸處下嘴，接下來啃到哪兒是哪兒，跟著感覺走沒錯，進入嘴巴的都是肉，當然還有皮毛，毛能吐就吐，來不及吐就囫圇吞下，反正有血做潤滑劑，況且毛髮本身也含有蛋白質，能消化吸收多少算多少，而皮和肉沒啥本質不同。肉需要自屍身分離，撕扯起來費時費力，人的犬齒已經退化，好在鳥肉的物質密度還有限，與牛馬等大型哺乳類相比。一口好牙正是用武之地。撕扯下來的肉還要咀嚼，兩隻手上去幫忙，切割打磨成一條條，一塊塊，總之能通過咽喉就成。顧不得細嚼慢嚥，味道自無與倫比，狼吞虎嚥，不在話下……

隨著動物蛋白質源源進入體內，轉化為生物能量，大腦皮層細胞再次活躍開來：操，活過來了，我又活過來了，再一次地死裡逃生！實乃天無絕人之路，老天爺真的不讓我死呀，這大恩大德如何回報！可哪有什麼老天爺或上帝，如果有的話，我又怎麼會落到這步田地，起死回生還不是因為我命不該絕。哦，不能呀，傷疤還沒合攏吶就忘了疼，好你個忘恩負義的東西，沒有上帝老天爺的暗中眷顧，你這小命不知道都死幾回了……

思緒中斷，胸口猛地傳來一波劇痛，淩遲割肉般。方才一門心思吃喝，竟然沒有感覺異樣，或許是疼得麻木掉了。放下頭頸胸脯已給啃得稀爛的獵物，雙臂支撐著坐起來，低頭看：襯衣上鮮血一片，外加幾個大窟窿。心下一驚，趕緊騰出兩隻手來，慢慢脫下那血衣，只見三道大長口子，自右上至左下，傾斜著橫穿胸膛，血肉模糊：哦天，我掛彩了！給那垂死掙扎的禿鷲抓的，本以為它的爪子是鈍刀子，奈何不得我，沒承想讓人家給上了血的一課。沒事，小菜一碟，不管怎樣，我是那最後的贏家，以幾道小傷換來一條命，你的命，我的命，值！

血水還在淙淙流湧，皮開肉綻紅白相間。不行，需要馬上處理一下，不然這口子合不上，感染惡化了也要死人，到頭來豈不是和那禿賊同歸於盡了。強忍著疼，慢慢站立起來，動作稍大牽動創口：哈哈，我站起來了，我又站起來了，站起來就是一條好漢，站起來就不容易倒下去！抬眼四顧，找見自己那個寶貝包袱，搖搖晃晃蹭過去，一屁股坐下去。伸手將其打開，翻弄著裡面零星幾件物什，最後取出尋找的東西——一個信封，內有數幾片阿司匹林，和一個小針線包。

先吞下一藥片，兩片有點捨不得。再借著夕陽的餘光，右手拇指食指捏線，將線頭送進嘴巴，讓唾液浸潤一番，出來時變得鮮紅，口中還有血，禿鷲的血。左手相同的兩指上前，將半寸線頭捏捏捋捋，擺弄得細直了，頂端尖尖。回手拿起那細鋼針，一寸半長，左手持針右手捏線，眼睛湊近上去，兩隻手抖抖嗦嗦，線頭對著針孔，試著努力穿將過去。一次，兩次，三次，四次，成了，線頭終於溜進針孔，打個結，防止其脫落。

抓過一小塊毛巾，輕輕擦拭創口，自上至下，從左到右，各自過了那麼兩遭。末了，將血染的毛巾塞進嘴巴，上下牙床發力，咬緊了。低頭，瞳孔直視不到傷口，只有用餘光了，更多以手指尖的觸覺，找准那大致部位，一針針紮進去，穿出來。額頭冒汗，雙手打顫，但卻不能停。疼痛與死亡相比，絕對是小意思。粗手翻飛，穿針引線，直至太陽自西邊落下，月亮從東方升起……

二十七

上午，九十點鐘光景，日頭越過45度分界線，光線由金紅過度為白熾，熱浪自地表層層升起。半山腰上，他停下疲憊的腳步，四下張望，做投宿準備：這座丹霞山丘相對有幾分高聳，登上去看看吧，如果前面還是山谷連綿，那就先歇了再說，而如果山到盡頭了，或許能有點新發現。走吧！

頭戴一頂遮陽帽，禿鷲羽毛製成，類似北美印第安人獨特的頭飾——羽冠。戴著它，自有一種荒漠酋長的感覺，哪怕只是光杆司令一枚。上身襯衣敞開，露出古銅色胸脯。斜穿其間，三道長長的創口已經結痂，但尚未拆線，歪七扭八的針腳刻在肋骨嶙峋，胸腹肌隱隱突起的身板上，仿佛古將士披掛的鎧甲。

今非昔比，身子骨明顯硬朗起來，精神頭更是，自有一股勃發英氣，和兩周前的光景天壤之別。原因不言而喻，他的營養不錯。禿鷲打開了一扇生命之門，讓他發現了一個嶄新的食物來源。破天荒的那只，肥大壯碩，被他精心享用了三天，雖然還有鳥頭鳥爪等若干殘餘，他已迫不及待開始了又一輪狩獵。

舊戲重演，並非簡單的如法炮製，而是運用經驗加創造，外加重新充過電的體力。先看準備過程：收集來一堆半尺高低的石塊，在平地上擺出一個中空十字架，約莫自己身材大小，上面鋪開那件血衣，及一條破舊工裝褲，壓上拳頭大小的石頭以固定。隨後人鑽進去，軀幹四肢位於衣褲下，只留個腦袋在外。手腳藏在衣褲下，實在憋得難受了可以輕微移動，以活動血液避免麻木。更大的名堂在右手，它抓握著那根長矛尾端，整體槍身平鋪於地，上面覆蓋著一層薄薄的沙土。

人和地利有了，還要有天時：選擇在下午五六點鐘行事，早了白白消耗體力，晚些時候上場事半功倍，此時禿兒們于高空已轉悠老半天了，豈止是饑腸轆轆，好不容易發現一個潛在目標，哪肯輕易放棄，且一傳十十傳百，越聚越多，如一群蒼蠅飛繞著一塊腐肉。七八點鐘過後，太陽開始西落，鷲兒們愈發猴急，叫花子不留隔夜食，它們也同樣。總會有鳥為食亡的急先鋒搶著降落，有一就有二三，接著是一堆。隨後老調重彈，圍而不打，慢慢接近，玩玩欲擒故縱的小把戲。卻不知眼下的他已經鳥槍換炮今非昔比，體力充沛不說，光就一柄長槍在手，如同臂膀暴漲了八九尺，無須等大鳥們近身即躍出掩體，高速展開行動。因為身大體重，禿鷲不會垂直起飛，而要像噴氣式飛機似的先助跑二三十步，由慢到快加速，一番折騰後才騰空而起，起始階段還只是一兩米的低空，這給了他長槍上下左右恣意揮舞的空間。一隻鳥挨了一槍或一棍，即使不致命，輕功基本上就被廢了，跌落在地徒勞地撲騰著，可以暫先放過，馬不停蹄去擊打其餘，等幾隻落地，其餘驚飛升空後，再回過頭來一一補刀，對手引頸受戮，一場名副其實的屠殺。

技戰術改進的結局是戰果輝煌，第一次打下來仨，七天后第二次捕獲四。肉多得一時消費不了了，真就製成了荒漠臘肉，現在就在他肩上背著。想想也真不可思議，當初拼掉半條命搞到三四十斤駱駝肉，居然莫名其妙被盜了，而小偷至今還沒抓到，人就此差點被餓成木乃伊。不承想塞甕失馬搗騰出裝死殺鷲這一招。瘋駝是瞎貓撞上死耗子，而禿鷲荒原上漫天都是，眼下是想弄多少肉就能弄多少，隨心所欲。就此，只要天上有飛翔的鷹，地上就有我鮮活的生命！

吃喝免愁了，走路自然高效率。每天丈量個三五十公里不在話下。荒原被走得越來越活了，雖然還沒有找到水源，仍需要以鷲血解渴，但土地開始不那麼貧瘠，荒漠植物相對豐富起來。換句話說，眼下他不僅有葷，並且還有素，葷素合理搭配，活得七八分滋潤。至少暫時性地，飲食得到了基本解決，思想又成了重要的日常活動，走路時想，吃飯時想，睡覺前想，甚至做夢時想，不用思想生理需求，就能思想精神需求。想天，想地，想人類，想得最多的還是自由，確切說：逃出荒漠獲得徹底自由後，自己要幹什麼?

先要找到小妹，我生命的另一半，我越獄成功了，她也必須放飛，十年生死兩茫茫，一定要有個了斷，而且是幸福歡樂的了斷！總之無論如何千方百計也要找到她，迎來和我團聚，相親相愛永遠在一起。這是當務之急。然後呢，另外一個重要問題：自由的我該幹什麼？以何為業，做什麼工作?

我要上學，再去大學研究院念書，碩士博士連著讀下來，把這麼多年耽誤的時間搶回來。什麼專業呢？對以前學的工程類不再感冒，那就去讀人文。法律最好，學成後幫平民百姓伸張正義，而不做為錢財顛倒黑白，良心被狗吃了的訟棍。另外大眾傳播也成，以揭示社會真相，宣揚平等自由為己任。還有什麼？史學，社會學，人類學？都有些虛，不很對胃口。對了，動物學也不錯，越獄途中屠殺了這許多動物，其中還有不少瀕危品種，作孽作透了，將來從事動物保護工作，也算是一種贖罪……

等一下，有這麼前程似錦嗎？像是馬上就要進入理想國似的，傻冒呀你！凡事都往好裡想，苦頭還沒吃夠，一廂情願想當然，等著樂極生悲去吧。逃出人類的監獄，再逃出大自然的囚牢，回歸人類社會後，你將無可避免地再次陷入牢籠，二進宮，不，三進宮，N進宮，雖然和從前的可能不一樣，換湯也換藥。自由世界真的有自由嗎？想來也只是相對的吧。世界之大，人生之廣，哪裡存在真正的自由？什麼又是所謂真正的自由？人與人之間的相互猜忌、傾軋乃至欺壓迫害無處不在，他人即地獄放之四海而皆準，動物兇猛，人類兇殘，更且狡詐陰險，為了滿足私欲無所不用其極，天下烏鴉老鼠螞蟻一般黑，哪裡都一個屌樣兒——那麼你自己呢？不也是其中的一份子？總之毒蛇猛獸遍地，所謂人類社會就是一座鋼筋水泥叢林。另外更有精神的捆綁束縛，先天的，後天的；外界施予的，自尋煩惱得來的，靈魂的監獄雖然看不見摸不著，卻更嚴酷逼人，割肉不用刀，殺人不見血。如此說來人生在世，你註定永遠是一隻籠中鳥。那麼接下來的問題就變成了：你眼下身處的這個鳥籠的尺寸是多少？是小得讓你的吃喝拉撒甚至呼吸都難以為繼，被壓迫得實在難以承受，一門心思拼死拼活也要逃出去了呢，還是大得讓你幾乎感覺不到它的存在，因而麻木不仁安之若素了——唉，大也好，小也罷，經歷大小兩座荒漠監獄，人工的和自然的，我已經無所畏，更無所謂了。只要感覺自己仍舊存活在牢獄之中——不論是生理的還是心理的，我就要勇於面對，繼續不斷永遠地越獄，直至抵達那全身心自由的彼岸，哪怕這彼岸原來就是墳墓，也算是至死方休！寧做一個失敗的逃犯，也不要做一個成功的囚徒，死而無憾！

一邊胡思亂想著，一邊氣喘吁吁，緊趕幾步，登上小山頂，抬頭，遠望：才只看了一眼，整個人前後搖晃兩記，即刻閉上眼睛，狠狠搖搖頭，重新睜開；再閉上，甩頭，睜開。幾次三番，就此呆立不動，接著去看，凝視地看，狼吞虎嚥地看，看著看著，視線朦朧起來，頭重腳輕，人又要搖晃，不覺一屁股坐下去，下盤就此穩定。兩手哆嗦著，摘下捆在後腦勺上的眼鏡，拉過襯衣邊角擦拭，反復擦拭乾淨，重新戴上，接著再向前看。看著，看著，眼睛再次模糊起來，鼻頭隨之一陣發酸，幾乎要哭出來，或笑出聲：

前方遙迢處，一大片波光瀲灩，宛若好大塊鏡子碎了一地，分明是一座湖泊呀；湖的後面，人工建築高低錯落，如同小孩子的彩色積木玩具，分明是一座城市啊，且是一座大城。獨具風格的建築，看上去似曾相似，既陌生又熟悉，該不是前陣子夢中的那個愛迪爾國的海佩城——哦不，這個比那個看上去莊嚴、壯美得多。看呀，正前方有一座高聳入雲的樓宇，像是巴黎聖母院，又像是科隆大教堂，或是其它什麼宗教的寺廟，不正是我憧憬嚮往的嗎？再看那邊，有一系列長條盒子狀物品，朝西方向的頭部有青煙升起，不是火車是什麼。打出逃開始就嚮往火車，開往西方自由天地極樂世界的火車，盼星星盼月亮的火車，自由，遠在天邊近在眼前，上帝，老天爺，你終於顯靈啦！！

鎮定，鎮定！這最後一段路程，還需小心謹慎為妙，千萬不要再像夢裡那樣樂極生悲。好吧，先來整理一下行裝，扔掉不再有用的物品，輕裝前進。人輕輕鬆松坐下來，卸下包袱，打開：除了幾小件如備用眼鏡、搪瓷杯什麼的，沒啥礙手礙腳的東西，本來就不富裕。零碎們伴隨我長途跋涉這許多日子，彼此產生了生死戀，扔掉還真捨不得，更不合情理，那麼不扔也罷。最大的物件是禿鷲火腿，還有十來斤的樣子，幾天前費勁兒製作的，民以食為天，絕不可能丟棄。看來看去，唉，沒啥能扔的，還是都捎上吧，好日子你們也應該有份。除了這柄長矛，為我立下了汗馬功勞的大殺器，不好帶去自由世界，只有留在這塊屬於它的土地了。至於那把刀，是我的第二生命，自然要帶去海角天涯……

齊啦，下山囉！向前向前向前，向那自由世界進發！越想越樂，樂得發癲，腿腳撒開了就剎不住，一蹦一跳往土丘下竄，一時間只想放聲高唱，步子越邁越大，頻率越搗越快，只恨不能飛起來，直至腳底徒然踏空，一個跟頭向前栽去……

這一跤摔得半重不輕，先是二又四分之三滾，旋即受阻於某障礙物，腦門和塊凍土疙瘩狠命一吻，霎時拱起大半個鴨蛋，吹氣球一般，火辣辣的。不過謝天謝地，啃了滿嘴沙土，門牙卻沒磕著，荒原上牙齒比鑽石更金貴。身子順勢一翻，四肢攤開，半晌起不來，或不想起來，因為腦袋瓜在飛轉，轉轉轉，忽地轉出了點名堂，一咕嚕翻身爬起，抬手揉乾淨眼睛，放射出兩道精光，再去看那大城：我這不是在做夢，絕對不是，這沒有問題。可是，可是，眼前遠方這東東，真的是一座城市嗎？我是指實實在在的物體城市，還是，還是——虛的？對，虛的，虛幻的，比如——海市蜃樓？！

渾身打個冷顫，好似從火山口掉進了冰窟窿：啊，海市蜃樓，海市蜃樓，找到答案了，原來我陷入了幻境，眼見不為實，被一個虛幻的自然鏡像所欺騙。天吶，居然再次樂極生悲了，叫人生不如死！

慢著，先別忙著哭鼻子，再看看，好好看看，仔仔細細地看：嗨，怎麼越看又越像實體了呀，不要說那清晰如畫層次鮮明，立體感強烈的樓宇建築，就是街道上的車輛人流似乎都依稀可辨，活靈活現。這怎麼可能是虛擬鏡像呢？不可能！——可是，當感覺它是實體存在後，一轉眼又覺得不大對勁兒，因為從中能找出某些怪誕的地方，比如城市的周遭邊緣雲遮霧罩，虛無縹緲般，像是浮現於水面上似的，根據書本知識，這不正是海市蜃樓的顯著特徵嗎？——但一感到它是虛的，方才的實體觀又源源湧上來，擋也擋不住。如此說來，感覺它是虛的，它就像實的；而感覺它是實的，它又像虛的。虛中有實，實中有虛；虛虛實實，真真假假；眼見為實，眼見為虛；虛耶，實耶，實在是搞不清楚。哦，如果連自己的眼睛都不能相信，我還能相信什麼？！

我相信什麼？我相信天無絕人之路，我相信車到山前必有路。望山跑死馬，眼下距離依然遙遠，我需要弄清它到底是虛還是實嗎？需要，也不需要。可以弄清當然最好，一時弄不清天也不會塌下來，只管朝前走下去，是實是虛，到達目的地自然水落石出。虛可能是實，而實可能是虛。現在就當它是虛的，在虛空中去追求實體，把虛當作實來追求。最後如果它確實為實，自然皆大歡喜；最後如果它是虛的，搞清楚了也不枉此行。然後繼續尋下去，永遠不放棄，最終總有找到實體的那一天。

終於，想明白了，那麼重整旗鼓開拔！調頭轉身，健步向山丘頂端爬去。到了，將背後的包袱紮結實了，拾起方才丟棄的長槍。再回頭，一步步，朝著地平線上那城市走去……

（全文完）

雕像時代

一

五月初的一個上午大約十點鐘前後。當太陽光子千千萬萬蜂擁進窗戶的時候，他開始自昏沌狀態中爬出，先是處於一種半夢幻半甦醒狀態，隨著牆壁上掛鐘滴答滴答的秒針節奏，腦電波一滴滴進行著物理變化，由泥漿的渾濁轉為湖水的清澈；思維之波宛若一條蠕動的長蛇，沿著伸手不見五指的時間隧道，一寸寸挪向那光亮的出口。只是，心靈之窗仍然緊緊關閉著，猶如兩扇大理石門：

我是誰？我是什麼？我是麥克楊，可麥克楊不過只是我的代號，人們管這類代號叫作姓名，問題還是沒有得到真正解決。那麼我究竟是誰？到底是什麼？還有什麼是什麼？——見鬼，好不好不來這種文字遊戲，文字遊戲是思辨貧弱的一種表現，是自欺欺人式論理的得力武器。如果目前仍然找不到答案，那麼我就是我，存在就是存在，兩點之間的直線距離為最短，我和存在是所證命題的終極。

我這又是在哪裡？是昏迷了嗎？還是是剛剛睡醒過來？如果是後者，這一覺怎麼這樣漫長，好像足足睡了有半個人生。還有，夢呢？沒有夢，想不起來做了什麼夢，只有無邊無際的黑暗，與黑暗中若隱若現幾隻燐火般的眼睛。終於，面前有了光，一大片白色的光，穿越眼幕浸透到內在深處。這或許為物質之光，或許為意識之光，更有可能是兩者兼而有之，誰知道呢。哦，應該是早上了，起床的時間到了。

眼皮開始微微抖動，由一雙細密的縫隙，緩緩拉開如兩張弓，最後達到了力量的極限，光波接收器就此開始工作。與此同時，四肢尚未產生位移，頭顱也沒有，除去其內部的萬千元素：沒錯，眼前是我的起居室，這裡是我的家。窗外，陽光明媚如二八少女；四周，怎麼卻寂靜得可以媲美月球表面。沒有機動車駛過街道的嘈雜，沒有小區公園裡孩童們玩耍時送來的歡聲笑語，兩隻耳朵像是戴上了一副厚重的隔音罩。想起來了：今天是週六，大家應該都和我一樣，睡了個自由自在的懶覺。原來如此。

眼球做了兩個順時針移動，意識如秒針指向的阿拉伯數字，由低到高，再由高到低：我怎麼會睡在了起居室裡，起居室的地毯上？臥室不是在樓上麼？並且身上連條毯子也沒有，不光毯子，枕頭也沒有一個。另外居然還赤身裸體，雖然我一向喜歡裸睡，也不應該如此不堪。等一下，啊，我沒有睡懶覺，想起來了，終於想起來了：昨天，昨天的晚上——我……我自殺了！怎麼，我——還——活——著？！

他的上身彈簧般跳起，腦電波同步工作著：我這不是在做屍打挺？動作暫停於地毯上，他有意讓自己陷入沈思，思維卻拒絕接受心理調度，不得不宣佈放棄。身體立馬行動起來，腦細胞陷入稍息狀態。立起身來，先伸了個上天入地的懶腰，放四肢盡情舒展開來，軀體也感覺鬆弛了許多。隨即條件反射扇動鼻翼：怎麼，煤氣味？相當濃烈！大踏步衝向廚房，一抬眼：果然，煤氣灶沒關，四個開關統一指向最大釋放值。難道這就是昨晚我所採用的自殺方式？怎麼竟然沒成功？

噼裡啪拉，姆指食指配合動作飛快，煤氣爐轉瞬恢復到休眠狀態。再一個右轉身撲向窗戶，以一種恨不得將你砸得粉碎的即時心情推開，人頓時讓春風擁抱了個滿懷，結實而緊密，一時間，他忽地感動莫名：幹嘛要自殺呀？有什麼事情能叫本來無比熱愛生命的我萬念俱灰？為親人的意外離世麼？他們這麼愛我，這樣做豈不是要讓他們的在天之靈傷透了心；為被惡人陷害丟掉了心愛的工作麼？這樣豈不是遂了他們的心意，為其做了想做卻不敢做的事情；為發現自己得了頑症麼？既然生命短促，為什麼不耐心再等待幾日，反正或早或晚都是一個走；為未婚妻的負心背叛麼？這確實有些讓人痛不欲生。可是，世上可愛的女人千千萬萬，沒有最好，只有更好。真正可怕的不是失去愛，而是失去了繼續、永遠追求愛的勇氣。需要的時候男人應該為自己所愛的女人獻身，但為失戀而死的男人最沒有骨氣。無論如何活著，總是一種美好！

奇怪！還是沒聽見任何聲音。大白天的，怎麼回事情，難道我聾掉了嗎？沒有呀，窗外的樹葉正沙沙作響，聲聲入耳，伴隨著一陣咕咕亂叫，那是來自肚子：哦，我餓了！嘴巴已經罷工了一天一夜，難怪。

拉開冰箱門，吃驚先於吃飯：那裡面黑洞洞。停電了？詫異的目光横掃過去：微波爐、電視機、組合音響，室內所有的液晶顯示消失得很徹底，房屋裡沒有一絲人工光亮：真停電了。沒啥大不了，雖然不是家常便飯，卻也不能算罕見。可是，窗外沒有絲毫昨夜下過雨的痕跡呀。看來我一鬧自殺，世界就鬧停擺。呵呵……

沒電視看，沒廣播聽，還沒網掃，只有燕麥麵包片塗抹上蜂蜜花生醬，外加半根麻辣香腸，一杯蘋果汁，末了又剝了兩個橘子，狼吞虎嚥用過，人進一步感覺精神，再次體驗到了——沒死，真好！

他是一個喜歡潔淨的男人，少量器皿手洗就可以了，另外還沒刷牙洗臉呢。於是擰開水龍頭，不由得又是一驚——沒水！竟然水也停了，一股不安席捲上心頭：斷水斷電，所在街區發生了什麼？還有就是周遭為什麼這麼安靜，靜得異常，靜得有些讓人瘆得慌。難道大家都像我一樣，睡到了太陽照腚？不至於吧。給誰打個電話問問情況，直接聯繫有關部門也行，水電什麼時候能恢復。一邊思忖著一邊拿起手機——沒電！諸事不順，我靠，一揚手，失寵的寶貝幽幽飛去沙發的懷抱。

幾分不安升級為兩分恐慌。電視、廣播、網絡、電話，清一色當機。這下可好，和外界完美地失去了互動，生平頭一遭，想來世界末日也不過如此吧。街區到底發生了什麼，只有親自外出察看一下了，事不宜遲說干就干。找來內外衣褲、鞋帽，穿戴利索了，取過房門鑰匙，他來到了戶外。

天，宛若港灣深處的海水一樣湛藍，湛藍得近乎透明，能夠看到掩藏於白晝天幕後的一粒粒星星。但卻沒有雲，沒有一絲雲，沒有黑雲，沒有灰雲，更沒有本應和藍天結伴而行的朵朵白雲。好在迎著陽光，高空中有一群鳥兒在飛翔——應該是和平鴿吧，讓反常的天藍顯得不那麼過於失真，失真得幾如置身於嚴重PS過的風景圖片。

自天空收回目光，心思也隨之回歸地面。他想找人，從起床到現在，大約也有一個時辰了，還沒看到一個人，甚至一條狗、一隻貓——他的愛貓迷娘前兩天忍痛送人了，在他準備自我了斷之後——這給了孤獨向他發起陣陣攻擊的良機。從昨晚的自殺行為到今早的重新振作，平淡之間身心發生了許多變化。此時此刻，思維需要梳理，情感需要傾吐，人是一種需要相互交流的動物，雖然交流多了又會惹出各種麻煩。他迫切希望馬上與人交談，最好能和一個知心朋友在一起，晴空下，草地上，推心置腹地傾訴、聆聽——到底剛剛莫名其妙體驗了一番沐火重生的經歷，不僅在肉體上，更且在精神中。

靜，當心神自內在折向外界，無聲向他發起了新的一輪衝擊。他本是一個喜歡安靜的人，生來對聲音敏感，聽力比較銳利。此時此地，耳朵再次發出疑問，更加不容迴避的質疑：怎麼還是聽不見絲毫聲響？看吧，風輕柔得多了，樹葉停止了擺動，可聲音都跑到哪兒去了？以往遠處高速路傳來的車流噪音，今天怎麼一點也不見？難道這條路段因某種原因被封閉了嗎，車輛禁止通行？那麼左鄰右舍的孩子們呢？大人們呢？貓兒們、狗兒們呢？怎麼也全都變成了啞巴。再不好用睡懶覺來解釋了，那又是自欺欺人。眼下的靜，不是那種讓人悠然神往的萬籟俱寂，而是一種類似於墓地氛圍的死寂。想到這他打了個寒戰：會不會還是我自己耳朵的問題？自殺流產，我變成貝多芬了麼？即時雙臂張開，兩隻手掌向內，猛地迎面撞去——一記清脆的巴掌聲，為耳朵徹底洗清了嫌疑。一小波寬心過後，他周身又是一陣發涼。

啊，那邊有人，到底看到人了：稍遠處一戶人家的門前屋簷下，疏密相間的花木背後，有一對青年男女正四臂纏繞，緊緊擁抱著親吻，狀態渾然忘我。大白天的，有些不雅了。男孩像是斯蒂夫家的老三，這小公狗好像還不到十五吧，我搬來這裡時也就一根高爾夫球桿的長度，一轉眼都會發情了，居然已經勾到了妞。而我呢？！他匆匆別轉了目光，一是偷覷他人男女親熱不紳士，被人發現了很難堪，二是眼下看到這種場景特傷心，太受刺激。趕快躲開，眼不見心不煩。

快快轉過小區街角：咦，一輛轎車停在車道中央。太危險了，這條道路車速很快。他一邊左張右望，一邊跑向那車，近前，大吃一驚：駕駛座位上端坐著一個上了年紀的男人，頭髮、鬍子已經花白。他雙眼緊閉，眉頭微鎖，顯然已失去了知覺。

這人心臟病或者高血壓犯了！救人要緊，他一把拉開車門，發一聲喊："你怎麼了先生？"同時伸手去翻那人的上衣口袋，接著是左右褲兜，最後是手套箱，十萬火急手忙腳亂一番——沒有急救藥！沒轍了，自己沒有丁點急救知識，不敢輕舉妄動，只有找人打電話叫救護車了。眼看後面還沒有車子駛來，他向自家的鎮屋街區奔去，邊跑邊喊："有人嗎？救命！救命呀！"

抬頭看到一個人影，確切說是半張人臉，貼在一戶人家二樓的玻璃窗上。他使勁向上揮手:“嗨，嗨！……”但卻歸於徒勞。對方毫無反應，聚精會神望著樓下某處，腦袋拒絕調轉過來，只當他不存在—哦，我當是誰，原來是老約翰。整天有事沒事趴在自家窗沿上，向下窺探街區裡遛狗散步的女人。有些變態，別理他了。

拔腿再向前奔，才跑了幾步，發現新大陸：太好了，前面有戶人家門開著。哦，是布朗家，很友好的一家人。我的迷娘就是他們前兩年送的。美麗少婦布朗夫人妮可兒活潑又熱情，我總幻想著能夠娶到像她這樣的女人。他們一定會盡力幫忙的，那老先生有救了……到了，左右兩大步躍上台階，強迫性立定，他氣喘吁吁高喊:“妮可兒，馬克，在家吧，有急事！……”

——沒有回音，屋內靜悄悄。急不可待，顧不得那麼多禮節了，他探身向前，盡量輕手輕腳地，推開了那扇半掩著的房門:“嗨，有人在家嗎？……”

霎時，一道等同於萬伏電壓的核輻射，直直劈進那雙睜大了的眼睛，直劈得他渾身上下，皮肉、血液連帶著骨頭，一陣癲癇顫栗……

二

他看到了一幅叫他先是懷疑繼而憎恨自己眼睛的景象:

他看到：眼前幾步外就站立著布朗夫人，她微微向右折腰，正要將手中的購物袋放在地上，好讓右臂得到解放，而她的左臂已經向前張開，作準備擁抱狀。柔美的曲線，輕盈的體態，成就了她性感而優雅的身姿。她背對著他，不清楚此刻的面部表情怎樣，想必是笑靨如花。布朗夫人的身旁左側，是一條年輕的金毛犬，它的兩條前腿高高舉起，搖尾撒歡，興高采烈迎接著剛剛進門的女主人。

他看到：女人和狗的後面，是一個一兩歲的小男孩，胖嘟嘟、圓乎乎的象頭迷你熊，超好玩模樣讓人忍俊不禁。他小臉憨憨地笑，張著兩隻小手，蹣跚著兩隻小腳，一邊努力向媽媽撲來，一邊張著小嘴喊叫。小男孩的身後，是他三四歲的姊姊，頗具美媽媽的雛形，活脫脫一個洋娃娃。她跟在弟弟身後，歡天喜地向前跑來。小女孩的後面，站立著孩子們的父親，一副成熟帥哥模樣，此時正微笑得幸福而沈靜。

合諧的日常畫面，溫馨的家庭場景，直看得他心驚肉跳、顫栗不已，如同大白天撞見了鬼魅，好像人間忽然變做了地獄——不！不是如同好像，而是千真萬確，看呀——那畫面中的四個人，一條狗，仿佛被哪個功力高強的巫師施展了某種魔法，竟全都一動不動，凍結或凝固在了原地，構成了一組三維立體雕像！

頭暈目眩，左右搖晃了兩下，他的身體前撲，讓門框托住胸膛，以免不支倒下。一時間，他的意識脫離軀體，似乎進入了真空吸管，思維之波受阻於玻璃牆壁，感覺器官被注射了過量痲醉劑，整個人失去了魂魄——持續時間足足或僅僅十數秒鐘。漸漸地，血壓回升，心智慢慢還原到正常狀態下的二分或三分之一，開始恢復具備樸素邏輯的思索——

我看到了什麼？！這都是些什麼呀？人怎麼都固定在了原地？他們在表演啞劇嗎，或是什麼行為藝術，而想要給我一個驚嚇？不可能呀，那狗的兩條前腿躍起，分明已處於失去平衡狀態，這是一個瞬間但不可維繫的動作，另外狗本身也不會保持靜止；那兩個幼童又怎麼可能擺出跑跳的姿勢而紋絲不動。這到底是怎麼一迴事情？！他們——都死了嗎？——他想喊，但喉嚨裡發不出正常的聲音，該喊叫些什麼心思也並不清楚；他抖起膽子，想去推推幾步外的布朗夫人，試探試探對方的反應，但四肢及軀體都不聽大腦使喚。感覺、意志、思維、性情，等等，幾種矛盾統一存在於身體這塊角鬥場慘烈而迅猛地搏擊與合作，最後衝突各方形成僵持，片刻，終於他做出了反應：急轉身，倉皇而逃。奔下台階時腳步還不失幾分堅定，再往後就跌跌撞撞了，才跑出去十幾呎遠，身體再次撲向支撐物——這回是一棵樹。

愚人節嗎? ——不是，過了都一個月了。哪個人的慶生會? ——布朗夫婦都活潑風趣，是不是故意和誰開玩笑，或是親朋好友開他們的玩笑，製作了一套全家福仿真蠟像? ——原來如此！但哪方又有這樣的財力，真人大小的蠟像極為昂貴，誰能開如此奢侈的玩笑。等一下！— 隨之心底一陣緊縮——另外還有人：二樓玻璃窗後面凝神呆望的約翰，轎車裡昏迷的老者，花木叢背後親吻中的男女，他們也都是蠟像? 還是活生生的人? 難道……

他的面容愈發嚴峻，推開那棵樹，站穩了，一步步向前走去，步履仍止不住有些踉蹌。一步、一步，近了，更近了……綠草地上，數十朵五顏六色的郁金香隨風搖曳，爭相競艷，這是他最鍾愛的花卉，每年都要在院子裡種上幾株。腳步不禁停頓片刻，目光向下移動幾寸，心裡發出一聲讚美。緊接著繼續前行，以驚疑與恐懼共同執政的眼神搜索著……啊，看到了，他倆還在那兒，我的天呀……繞過一棵合歡樹，抵達目的地，他看得清清楚楚：

一個單薄少男，一個苗條少女，他們面對面站立著，上身嚴絲密縫地相擁相抱在一起，嘴唇緊貼著嘴唇，呈絕對靜止狀態……

“嗨！……”他大喝一聲，音調顫抖得不成型，但心理承受能力顯然有所長進——沒得到回應。他兩步上前，一隻手哆嗦著，搭上了那男孩的肩膀：“朋友你醒醒！”——再次被冷落並不出乎意料，指尖傳來一種肉感及骨質——啊，他還真是一個人。恐慌歸恐慌，膽子卻大了許多。他右手拉回抬高，旋即迅速下行，重重地落在男孩的脊背上——自己的手隱隱作痛，對方依然紋絲不動。如法泡製再給了那女孩一記，結果照舊。

繞到二人正側面，腦袋湊近了，他細細觀察起了他們的面孔：細膩的皮膚，清晰的毛髮，自然的五官線條輪廓，在陽光的照射下份外鮮明，連雀斑、青春痘都歷歷在目。分明是兩個少年男女，哪裡是什麼蠟像 —- 如他片刻前還指望的那樣。接下來一個順理成章的問題：他們——都還活著嗎？他伸手去探測少男少女的鼻息，接著觸摸他們的左側胸部——

淚水湧上了他的眼眶：他們——都死了！！哦，這對少年男女死了，布朗的全家死了——還有他們的狗，二樓的約翰死了，轎車裡的老者死了。他們全都死了，死後變成了一座座雕像！這是怎麼一回事情呀？！

不敢、不忍再看，他轉過身，向前才走了幾步，腿一軟，攤坐了下來，上身順勢向後倒去，仰面朝天躺在了草地上。他抬起一隻胳膊，揮手將淚水抹去，混合著恐懼和悲傷的目光投射向天空，那湛藍得幾乎失真的天空，驀地，視覺再次受到電閃雷鳴式的一擊：

天，我的天，那是什麼？！——一群鳥，就是剛剛出門時注意到的和平鴿，當時眼睛正對太陽，沒能看得十分真切。這群和平鴿，此時此刻，高高懸浮於半空之中，仍然保持著優美的飛翔姿勢，而它們的身體包括翅膀，全然靜止不動……

他神經質地跳起來："醒醒吧，你個白日夢遊人！"右臂拉開了朝自己的面頰劈去，一、二、三，一記比一記更清脆，疼痛感愈演愈烈後，他住了手：我，不是在夢中！眼前匪夷所思的一切全都是真的。有人怪誕地死了，而我還莫名其妙地活著！哦，狗死了，鳥死了，動物也像人類一樣死去了。生物失去了性命，自然物理原理竟然也失靈了，萬有引力停止了工作，樹上掉下來的蘋果再不會砸在牛頓天才的腦袋上了。看呀，死去的鳥兒依然停滯在空中……

到底發生了什麼？看樣子不像是一個孤立事件，幾乎可以肯定為大規模的群體災難，至少發生在城市級別，極有可能涉及到整個美國乃至全世界。西方世界遭到了敵對國際勢力的恐怖襲擊？攻擊者可能是什麼人？俄國人？中國人？伊朗人？朝鮮人？或者阿拉伯人？啊，還有可能，更有可能是外星人。天哪，星際大戰終於爆發了，竟然讓我給趕上了，真乃生逢其時，這麼說悲劇裡面可能也包含著喜劇。那麼攻擊武器是什麼？看這情形有些象傳聞中的中子彈，還是比中子彈厲害得多的什麼彈？我又怎麼會僥倖存活——至少眼下還能喘氣？既然我沒死，城市裡一定還有其他生存者，我需要趕緊和他們取得聯繫，或是一起逃命，或是共同反擊。當然希望災情並沒有想象得這樣嚴重，但願如此。現在先上市政府、警察局去找人吧……

思路理順，膽氣就雄壯了幾分。他向自己的鎮屋飛奔而去，旋風般衝進家門，直奔二樓臥室、書房，狂亂翻箱倒櫃一番：見鬼，又見鬼了！我的史密斯威森M29左輪呢？怎麼哪兒都不見？明明記得放在床頭櫃抽屜裡的。會在地下室麼？不會，那是是洗衣房兼儲藏室，平常除了洗衣服很少下去。眼下沒電，樓底漆黑一團，下去還真有些害怕。今天的經歷實在是過於恐怖。算了，襲擊者如此強大，一把手槍能頂啥用。走吧，時間要緊！

下樓出門，跨上輕騎摩托，點火啟動，他開始了一段走過人間煉獄的旅程：

上路沒多遠，人——準確地說是人體雕像——開始陸續出現，並且越來越多，先是三三兩兩於人行道上散步、遛狗的個體戶，然後是社區公園裡的群體眾生，他們形態各異，栩栩如生：東邊，少女足球隊在比賽，青春之美紛紛揚揚；南邊，男生們在爭搶籃球，比拼著矯健和強壯；西邊，小孩子們在玩沙坑、盪鞦韆、滑樓梯、走狗放風箏，有幾個鞦韆蕩起老高，女孩子漂亮的花裙子隨風飄舞。兩隻狗兒，一大一小，一黑一白，追逐著主人拋向遠處的飛盤，爭先恐後，淩空躍起。家長大人們散佈各處，或是觀看著孩子們的比賽，為他們吶喊助威，或是三五成群相聚扎堆，閒聊著日常話題百家新聞。綠樹成蔭，繁花處處；蜿蜒起伏，環繞公園的運動跑道上，青少年踏著滑板、旱冰鞋，競相追逐；自行車騎士們好整以暇，邊走邊欣賞。不遠處的野池塘裡，有幾隻鴛鴦、天鵝，悠閒從容地游弋……

他緩緩繞行公園一週，沈重的目光波及每一座雕像。在這些人當中，有他的街坊近鄰、同學朋友，認識的人大多和他友好相處，當然也有個別例外。現在他們都已成為過去時了，自己可能很快也要步他們的後塵，愛憎恩怨都化作了或不堪回首或輕若煙雲的記憶。震驚、悲哀、憐憫、慶幸、恐懼、憤怒、絕望，他一時理不清自己眼下的情感和思緒……

他的雙臂肌肉緊繃，竭力控制著顫抖。上了主路，他車子仍開得很慢，不斷左張右望，如檢閱市容一般。

除了搜尋道路兩旁，以期發現同自己一樣劫後餘生的倖存者，還需頻繁地躲閃不時出現在面前，拋錨在了道路中間的各式車輛。每一輛車子裡面坐著至少一座人像——女人、男人，青年、中年、老年，少年、兒童、嬰孩，有不少是全家人一道出行，最終共同凝固成像。看啊，那裡有幾位像他一樣的摩托車手，他們與自己的坐騎凝固在了一起，仍然保持著生前縱情飛馳的雄姿。另外有一輛紅色敞篷跑車十分引人注目：被凍結在了駕駛座位上的是一位妙齡女郎，她秀美的長髮隨風揚起，看上去隱隱約約似乎仍有動感，如金色的飛雨……

奇怪：沒有任何車子失控，沒看到一樁交通事故。駕駛者們的神態看上去自然而生動，附帶著各種日常表情。他們大多還睜開著眼睛，目光活靈活現，沒有絲毫驚惶失措的流露。這如此令人不可思議的場景說明了什麼？這是否反映了當那天災人禍突然降臨時，汽車驟然剎住，人類高速固化，兩種變化同步發生於某一瞬間，這讓原本處於緊密互動中的人與車對對方的突變都沒有來得及做出任何反應？—他努力分析著：什麼人？什麼武器具有如此超強、奇異和邪惡的能量？想到這裡他不寒而慄，雖然沒有任何確切的答案。一座座人像如同一支支帶著倒刺的利箭，穿過他的眼睛，射入他的心靈。漸漸地，他意識到了自己感覺與思維的遲鈍或麻木。有一種狀態叫作行屍走肉，他喃喃自語。

拐下主路，約二三哩遠，一座兩層平頂紅磚樓房出現在右前方 —市警察局，他的腳下不覺加速。方才駛進停車場，心臟猛一抽搐，映入瞳孔的景象如一桶冰水，結結實實潑向那希望之燭：幾步外，一位警官的上身剛鑽進警車；另一個正相反，一隻腳才跨出車門，身前還有一條警犬；警局大門外左側，兩位警官正在吸菸閒談——自然，他們全都為雕像。

這並不出乎預料，他邊走邊嘀咕，強作鎮定。推門進入大廳，頓時眼前一亮——有電！過道那邊的辦公室亮著燈。疾步繞過三五座立式、坐式雕像，他衝向那房間：門敞開著，裡面空無一人。轉念明白了：警察局備有緊急照明系統，採用汽油發電機及蓄電池等，停電發生後自動開啟。所以有電不等於有人，空歡喜一場。

死了，全死了！連警察局都變成了雕像館。最後一道心理防線崩塌出一個黑洞：這是趕盡殺絕啊，誰這麼喪心病狂，比希特勒、波爾布特還冷血？！慘絕人寰了，還有一線希望嗎？——沒了，沒有任何指望了，你不要再報任何幻想，不然又是自欺欺人——可不報幻想又能怎樣，難道再自殺一次不成。起碼至今我還有一口氣在，有氣就別說泄氣的話。人必自救，然後人救之，權作死馬當活馬醫好了。反正也比眾人多活了至少一天，是禍躲不過，該幹啥還幹啥。我眼下還活著本身就是一個奇蹟。作為人類奇蹟的承受人（之一？），你還有什麼可憂愁，還有什麼可懼怕的吶。

意志之光重新點燃，他開始為自救做準備，著手搜刮所需物品：忙進忙出幾個房間，翻箱倒櫃一陣忙乎，結果所獲甚豐：XM25空爆槍、PM狙擊槍、XM1014散彈槍、M9手槍、格洛克19手槍，五箱相應彈藥，軍用強光手電筒，四盒電池；及望遠鏡、夜視儀、電警棍、蘭博刀、防彈背心、急救藥品，等等。將兩部雙層工具手推車裝載得滿滿當當。滿意地看著這大堆"戰利品"，一時間他感覺自己高大威猛起來，猶如擊殺惡龍的聖喬治，或是斬首巨無霸哥利亞的大衛。可惜這份美好只持續了三五秒鐘："我這豈不是要去以卵擊石，死定了。大家都死了，我怎麼可能活著，活著又有什麼意思。另外不論怎樣，萬事皆有可能，眼前就是一個現成的例子：我從小就喜歡舞刀弄槍，可做夢也想不到今天竟然洗劫了警察局，搞到了這麼多夢寐以求的寶貝。哈哈哈……"邊說邊用力拍拍身旁一位警官的後背，大笑的尾聲透出些許嗚咽。

將沈重的工具車推出門外，搜尋的目光投向停車場：嗯，雪佛蘭、福特、克萊斯勒，都沒勁兒。啊，那兒居然有輛頂級悍馬，真給力，就是它了。以前只能在路上眼巴巴看著別人開眼饞，今天我也要威風威風，所謂過把癮就死，托了世紀災難的福。這麼好的公車一定是哪個當官的配給，其主人說不定就是警察局長——多德先生。讀過許多有關他的報導，是一位秉公無私的好官員。但卻想不到週五的晚上局長還在加班工作，真不簡單！

轉身回屋去找車鑰匙。幾座雕像身上搜下來，全沒有，也沒在牆上掛著。噢，長長走道的盡頭還有幾間屋子沒看，只是那邊的光線有些昏暗。伸手從一雕像的腰帶上拔出一把格洛克，喀嚓一聲子彈上了膛，雙手平舉著，徑直往裡走去。

推開第一扇門：一座胖雕像端坐於辦公桌前，兩眼盯著大屏幕電腦，表情聚精會神。他幾步走過去，還沒來得及有所動作，先被嚇了一跳：只見那人的左手放在桌面底下，正專注地把玩著自警褲前襠直挺挺伸出來的那話兒。無意間撞見他人隱私，生平頭一遭，讓他多少有些手足無措，差點沒道聲對不起。也沒心思去搜對方了，只有暗暗罵一句：拿著我們納稅人的錢，上班看A片幹這個，真不像話！

回頭去推第二扇門，只感到一股戾氣迎面撲來，鎮定一下定睛看：不大的房間裡有四個人，地板上伏著一個人，一個黑人，看樣子牛高馬大。他肥碩的身子蜷曲著，雙手緊抱著腦袋，兩隻粗壯的胳臂上滿是烏七八糟的刺青。三個白人警察圍著黑大個，一個自後背用臂膀使勁勒鎖著他的脖子，另一個的右腿向後抬起到至高點，大皮靴正準備狠狠地向前踢去；第三個警員扎著馬步，手中粗重的警棍高高舉起，目標為黑大個的身體……

這人或許是個壞蛋，可是警察怎能如此濫用暴力，即使罪犯也有他的基本人權。匆匆做了個不痛不癢的評判，他急急忙忙轉過身去。這個時候看到這種事情更增添了他的心煩意亂——我一向痛恨刑事罪犯，對司法工作者很是尊敬，並且希望有朝一日能成為他們中的一員。現在親眼目睹如此一幕，叫我說什麼才好呢，本人無意自命崇高充當道德法官。唉，不去多想它了，還是尋找那車鑰匙要緊，這裡是最後一間屋子，肯定就是它了。一把推開那扇門，頓時，目瞪口呆——

三

右面靠牆放著一張寬大的皮椅沙發，上面半坐半躺著一個赤身裸體，身材長大的中年男人，他毛髮荒蕪的腦袋後仰，枕在一塊座椅靠墊上；兩隻眼睛緊閉，下方左右顴肌分別向兩側隆起，牽引著嘴角同角度裂開去，似笑又似哭，但總體釋放出一副巨大享受的表情；他的胸部微微鼓漲，為劇烈上下起伏的遺物，其上遍佈濃密的黑毛，向下延伸一直到肚皮；他的四肢目中無人地向外張開，將全身扭曲成了一個變了形的大字，兩條胳膊搭在椅背，一條腿擱在沙發上，另條小腿耷拉到了地下，腳上還套著內褲外褲……

沙發一端搭放著另套警服衣褲，期間攙雜有粉紅色。男人的面前，跪著一個裸體女郎，棕色短髮、健康膚色。即使只展現了一個側影，但面部輪廓，體型線條，也是柔美之極。此刻，她的上身前傾，雙手托裹著男人的陰囊，嘴巴里飽含著其陽具……

警察局長多德！——震驚之餘，他有些怒不可遏了：表面上道貌岸然，滿肚子男盜女娼，利用權勢逼迫女下屬提供性服務，你...你禽獸不如！不，說你禽獸不如是對禽獸的褻瀆！舉起槍，對準那男雕像的腦袋，放下槍；再舉起，再放下。最後一次舉起，掉轉槍口，發射，正面牆上數張鑲嵌於精緻鏡框中的官方獎狀隨之化為碎片，紛紛揚揚。

扔下槍，幾步上去，伸手自男人腳上扯下那褲子，卸去皮帶上的一串鑰匙，隨即雙手提起褲腰，翻掌一扣，褲襠套上了那男雕像的腦袋，兩隻空蕩蕩的褲腳管耷拉下來，加長兔子耳朵一般。轉身往外走，心思忽地一轉：伙計，你義憤填膺個啥？局長不過是淫了一個女人，誰知道他們是不是你情我願，那女人真的是全然無辜麼。哪怕他就是濫用職權施展淫威，雖然很可惡，卻也算不上罪大惡極。換位思考，你如果處於他的地位身份，會不會也這樣做呢，甚至有過之而無不及？你的義憤是不是含有某種妒忌成份在內？這麼一想就泄了勁兒，感覺自己剛才的行為有些過分，有意回去把那褲帽給局長摘下來：人都已經死了，懲罰超過了應得，何必呢，可是……既然他能這樣做，很可能也幹過其它壞事，犯有更嚴重的罪行，所以還是自作自受。他就這麼左思右想著走出警局大門。

重新上路。不再去查看另外什麼官方部門，放棄了主動去尋找倖存者的努力，有一件更加重要的事情需要他馬上著手去做，不然總是隱隱揪心。目的地距離市區大約三四十英里遠，走高速本應更方便，但考慮到主幹線上堆滿了汽車雕像，正常行駛已經沒有可能，他決定繞遠走一條偏僻的鄉間小路。

這是一片丘陵地帶，一派亞平寧式田園風光：藍天下，少女腰肢般上下起伏的山坡上覆蓋著綠草如茵；一團團、一道道果園、林木自行塗抹，勾勒出青翠碧綠的濃淡層疊；古樸農舍、尖頂教堂，散落其間時隱時現，為大自然點綴上數點人工的裝飾。幾十哩路幾乎不見人煙，整體氛圍依舊生機盈然，倚賴不時顯現的生物雕像群：昂首奔跑的駿馬，伏地休憩的黃牛，低頭啃草的綿羊。景色如畫，靜謐、優美得令人窒息。

他看到了幾隻小羊羔，她們的頭頸伸長了，鑽到媽媽肚皮下去吃奶，母羊溫柔地立著不動，面容是不是含著微微笑意；另有一頭大公牛，倔乎乎趴伏在一頭母牛的脊背上——哦，他們在做愛呢。動物也有愛情，看上去比人類的原始許多，卻是光天化日下的自然渾成，雖然帶著些許粗魯，卻沒有陰謀詭計，不帶任何罪惡，比人類的乾淨許多。

一個急剎車，有情況，熄火下車，他仰頭向上，凝視起懸浮於蒼穹中的一隻鷹。作為一個超級動物迷，他喜愛幾乎一切鳥種，特別是柔美的天鵝和剛健的雄鷹。自車廂裡取來望遠鏡，對準了那自由高傲的生靈，調整焦距，不覺一驚：白頭海鵰，這片天空的王者，它銳利的目光正緊盯著自己，不會是想把我當作晚餐？低頭掃視周遭，發現草叢中有一隻兔子：空中之王感興趣的原來是這個。

幾十步開外的低空中，凝固著一隻烏鴉，他彎腰拾起一顆鵝卵石，用力向那黑鳥擲去。幾乎擊中，石子在空中劃過一道長長的拋物線，墮入左近的小池塘，發出一聲水花四濺……

他愣住：怎麼，萬有引力仍在工作？可不是，方才摔槍也發出很大聲響。那麼半空中滯留的鳥兒又是怎麼一回事情？難道說引力失靈只發生於災難爆發的那一特殊時刻，而那時產生的效果不會隨著引力的回歸而消失？哦，世界全亂套了，不是我極為有限的大腦細胞所能掌握。還是趕路要緊，走吧！

海市蜃樓山莊，依山傍海。悍馬駛近主大門。兩年前他曾來過一次，知道作為本州的頂尖社區，這裡的戒備森嚴。降低車速，一眼望去：兩個身著制服的警衛被固化在大門外左右兩側，停車欄則垂直豎起。再接近了些，他驚喜地發現：入口前方路段上那排如大白鯊牙齒般尖利的倒刺阻擋欄已經縮入地下，這是身份鑒別通過的標誌。暢通無阻，竟有這等好事情，你讓我太容易了。猛地一踩油門，悍馬轟鳴著衝進大門。

林木扶疏，山清水秀，滿眼是高爾夫球場的景色。城堡飯店式的豪宅巨屋，或古典或現代，風格式樣各異，一座連著一座，佔地以十公頃為單位，價位以千萬元計。美輪美奐，目不暇接，讓他不由得放慢了車速，如同參觀一座巨大的豪宅博物館，邊瀏覽邊感嘆：人類的榮華富貴到此為止了。這裡的土地是由黃金鋪就，這裡是億萬人的夢想之城。名流富豪們啊，如今你等安在？

門牌號36，屋前一部黑色藍寶堅尼超級蠻牛跑車，應該就是這幢了，雖然不是百分之百確定，先進去查看一下再說。停車熄火，下車，一步步走上台階，於大門前立停。私闖民宅畢竟是生平頭一回，他有些猶豫：如果裡面有活人，自己就要成為活靶子了。右手掏出手槍，左手去擰門把手：大門輕輕被推開。啊，門還真的沒鎖，在警察局也是如此，所有的房間都可以自由出入，難道是大災難解除了人間一切人為的禁錮？

“有人嗎？”——空蕩蕩的大廳隱隱傳來回音。再喊一嗓子，結果依舊。沒人，至少沒活人。鬆一了口氣，他放下平舉著的槍。放眼四周，門廳高大得堪稱宏偉，高檔豪華陳設玲琅滿目，沒心情細細欣賞讚歎了，他開始四下搜索。穿過客廳、起居室，經過書房、飯廳，一隻腳踏進廚房 — 有人！別慌，是一座雕像。

這是一個墨西哥模樣的中年女人，看衣著為女僕無疑，她正在準備晚點，托盤上擺訪著幾塊小點心和飲料。那麼，主人應該就在樓上。他踏上橡木雕花旋轉樓梯。

頭幾間屋子空無一人，最後那個應該是主臥室，如果有人的話一定就在這裡了。心劇烈跳起來，踏進房間的瞬間，一眼望去，他呆住了，片刻，眼淚刷地流了下來：國王尺寸的大床上，斜靠著一個年輕女人，裸體，雙眼正對著前面的大屏幕電視，嘴巴半張著，口形十分地甜美，像是正在說話或者歡笑……

“奧莉薇雅，真的是你嗎？”他幾步撲了過去，雙膝跪在女人面前，雙手拉住她的一隻手，幾乎泣不成聲：

“噢，親愛的，你竟也……變成雕像了麼？我一直以為像你這樣美麗、善良的女人是永遠不會死的，天使怎麼會有生老病死呢，女神永遠不會凋零。哦，看到你這個樣子，我的心再次碎了，而上次的還遠遠沒有複合，此生今世不會複合了。奧莉薇雅，我親愛的，我正想跟你說，我已經原諒了你的背叛，噢不，不是背叛，是變心，雖然它將我活生生推下了懸崖。你知道，從我大學畢業——那時你才十八歲——到兩週前，我們戀愛了近六年，愛得比夏威夷火山還火熱，比密西西比河更深厚，在這其間，我們做愛就有兩千多次，每次我在日記裡都有詳細記載，兩千次的靈肉交融呀……”

“可萬萬想不到，就在我買好了戒指和獻花，準備向你求婚的時候，你變了心。”抬起淚眼，他瞥見浴室裡一個男人的背影：“他，本來是我的發小哥們兒，你通過我才認識了他，卻不知他就此對你有意，但卻不敢有所行動，因為知道自己根本就沒戲。可在意外獲得了一筆巨額遺產後，缺乏個人吸引力的他有了向你發起進攻的資本，而你也就見利忘情了。我知道你是不愛他的，你們倆沒有什麼共同點，以前你根本就不把他當回事兒，說他缺乏男子氣。你只是貪圖他的錢財，經受不住巨大的金錢誘惑，為了物質利益你不惜犧牲我們的愛情，我們倆的志趣相投、性情契合在他銀彈的攻勢面前竟如此地不堪一擊。我的戀人和好友聯手背叛了我，這真是令人心寒。可我不怪你，至少現在不了。真正的愛基於深刻的理解，我知道你出身於清貧家庭，母親有病父親吸毒，從小到大沒過過幾天幸福的日子，大學也讀得艱苦，畢業後還拖欠著巨額貸款，一直夢寐以求過上富裕的生活……”

抹去滿臉的淚水，他站起身，走去那邊浴室，在門前立停，注視著裡邊那個男人的背影。盥洗池前的鏡子裡，反射出一張熟悉的面孔，一個縱情的大笑凝固在了那裡：“朋友，你也過去了麼，雖然不是罪有應得，你的巨大財富沒能幫你免於死亡。此時此刻，我的心情實在是很複雜，不知道是應該高興還是難過，說一點沒有幸災樂禍那是假話，說為你感到傷感也不完全是出於偽善。真是一言難盡呀。你我從小一起長大，從小學到高中，一道度過了那青少年時光，歡樂和煩惱與共，關係比親兄弟還親。記得有一次我們一起去郊遊，旱鴨子你掉到了湖裡，我跳進漩渦把你給撈上了岸。而你在任何場合都是我的忠實死黨。成人後我在雜誌社作記者編輯，你讀書不行，在我的全力資助下做小生意。我們都是自食其力，始終維持著令人稱讚的友誼。可是……可是你竟一闊心就變，得志便猖狂，百般無恥利誘好友的戀人不說，竟還派人對我施以威脅恐嚇。你做得實在是太過分了。唉，不多說了。無論如何，眼看你今天到了這個份上，除了一聲寬恕，其它的我還能說什麼好呢，雖然這寬恕來得有些晚了。”

關上浴室的門，再回到女郎的身邊，繼續他的自言自語，語氣已歸於平靜：

“奧莉薇雅，親愛的，另外我還要向你做懺悔，以爭取得到你的寬恕：你一定不知道：當你離我而去，我悲傷絕望。在下決心結束自己生命的時候，我原準備帶你一起走的，周密的行動計劃也已制定，並幾乎付諸實踐。你不讓我好活，我就讓你好死，這是我當時陰暗的報復心理，它吞噬了我原本良善的天性，讓我處於一種瘋狂狀態，幾乎犯下了可怕的罪行。值得慶幸的是在那最後時刻，我退縮了，原因很簡單，我實在是下不了手，手中兩三磅重的手槍比一座山還沈重，根本就舉不起來，更不要說射出那罪惡的子彈……”

“精心準備的計划不工作，沮喪之際，另一個念頭浮上心頭：既然我不忍殺你，自己又不肯苟活於世，那麼就讓你來結果我好了。而怎麼才能使你親手殺死我呢？我設計出一個可行性方案：於某時某地突然出現在你高速行駛的汽車前，讓你的車輪將我碾得粉身碎骨。這樣一來，我殉情而死，雙手不沾鮮血，而你則生不如死，悔恨和恐懼將終身陪伴著你，讓你一輩子度日如年，活在因自己的無情背叛而導致戀人慘死在眼前的巨大痛苦之中。這是一個富有創意的報復計劃，最後卻依然流產，因為我進一步感悟到：我怎麼能這麼自私呢，自己得不到，就要把她毀滅，這哪裡是愛，這是禽獸不如的原始佔有欲。如果我是真心愛你，就應該充分尊重你的個人選擇，不論這個選擇如何不合我意。你是一個有獨立人格和意志的存在個體，不是一件被人任意佔有或毀滅的物品。你已經給我帶來了許多歡樂，豐富了我的人生，我再有何求，除了衷心祝你幸福！現在向你傾訴完這一切，我徹底地解脫了。我留在世上的日子想必也不會很多了，讓我們天堂再見！現在，讓我再一次吻你！”

他俯下身去，自髮梢到腳趾，吻遍了她的全身上下，點點滴滴，尤其是女性的幾個關鍵部位，那些人世間至為銷魂蝕骨的所在，他在那裡長時間地流連、盤恆，專注、認真而細膩，仿佛在做一件複雜而精密的專業研究工作。這是一塊他不能更加熟悉的土地，古老而清新；這是一座一年四季花木盛開的伊甸園，因美麗而不朽。吻著吻著，他產生了與她做愛的渴望，卻發現自己絲毫也無法蓬勃起來，原本雄渾澎湃的情慾江河竟消失得無影無蹤，代之以幾多傷感，柔情一片……

四

黃昏是每一天的葬禮，總結了單位歲月的美麗。當夕陽西下，置身於最後燃燒中的萬千光波鋪天蓋地，兵鋒所及，無不金黃。

此刻，他立於一座金黃的廳堂中央。這房間，12英尺高，至少2000平方英尺面積。它有點象客廳，正中擺放著一整套時尚沙發茶几組合；但更像是一座圖書館，四面牆壁全部由書架組成。所有書架不用一寸木頭，自底座到頂板，材料皆為高強度鋁合金，加鍍鉻，銀光閃閃，超現代氣息。正面牆壁中央鑲嵌著一台大屏幕顯示器，那是圖書檢索及遙控中心。讀者可使用遙控器查尋書籍，只需輸入幾個簡單指令，智能書架即可將所需圖書自架上卸下，再通過複雜的隱蔽傳送裝置，將其送至位於閱讀區域的讀者面前。當年主人向他展示過這套系統，讓愛書人的他看得驚羡不已。

眼下，我是這座現代化圖書館的主人了——一邊想著，一邊自茶几上拿起巴掌大的遙控器，按下啟動鍵：電腦屏幕依然黑著臉，毫無反應——哦，忘了沒電。今非昔比，物猶如此，人何以堪啊，那主人又在哪裡呢。放下遙控器，向房屋深處走去。上萬平方英尺的宅子，兜起來如同身處迷宮。踏上一層層樓梯，轉過一道道彎，推開一扇扇門，過道、起居室、飯廳、書房、臥室、娛樂室、健身房、廚房、衛生間甚至樓梯台階，幾乎所有的垂面和斜面都被建造成了全自動書架。這是一座絕無僅有的住宅式圖書館。主人真乃嗜書如命，他邊走邊讚歎。

最後來到後院：立刻，看到了人，不少，數數有十二個，男女對半。他們各自手持酒盞、茶杯，或坐或站，圍在一張寬大的庭院桌前，有說有笑，像是在舉行什麼非正式會議，又像是在隨意談天說地。

一步步走上去，在一位左手托著書本右手做著手勢，正在侃侃而談的中年男人面前立停，行注目禮，再一鞠躬："道格拉斯先生，你也沒能逃過這場劫難，我很難過！"停頓片刻，抑制一下感情："你還記得我嗎，麥克楊，兩年前作為《名流》雜誌社記者，曾在這裡採訪過你——當代最偉大的出版商兼學者——在我個人看來。當時你向我詳細介紹了由你一手發起並主辦的世界人文名著出版工程，給我留下了深刻印象。再版世界名著不是什麼新鮮事，你的獨特貢獻在於禮賢下士集思廣益，充分利用你個人的學識、財力和人脈，邀請召集了北美、歐洲在各個領域的一流專家學者，對所有出版作品進行了新的一輪全面深入的考證註釋，外加綜述簡評。這一新型出版形式不僅增加了這些歷史名著的可讀性，更充實豐富了其學術價值。"

目光轉向周邊，繼續自言自語："哦，在場就有好幾位參與了此項工程的學者，你們這是在開出版研討會嗎？不少熟悉面孔：魯道夫教授，耶魯大學哲學系主任；凱特女士，《人學》雜誌主編；哇，村上春樹，本年度諾貝爾文學獎得主，居然也不顧九十高齡，萬里迢迢前來赴會。實在抱歉，你老的作品我讀得不多，落伍得狠了。啊，再次對不起……"

目光掃過桌子上的食物，腸胃隨即發出一陣回應：怎麼，又餓了？可不是，折騰了老半晌，天都快黑了。沒情緒談詩論文了，解決生理需求要緊。轉身向屋內走去：任你是聖賢哲人也要吃喝拉撒，沒辦法，我們的肚皮左右著我們的腦袋。進入大屋，來到寬敞的廚房，柗面上、冰箱裡一陣搜刮。返回時右手托著個大盤，左手拎著一隻筐，裡面橫著十幾瓶酒——學富五車的主人原來還是名酒收藏家。

是否與雕像們同席，沈吟片刻：都是學者專家，有啥怕的，就坐這兒了。也算是託大難的福，不然怎麼有機會和這些學術名流們同席。筐落地，托盤上桌，將麵食、肉類及瓜果蔬菜一一擺上，再點起幾盞桌上現成的燭燈，最後啟封一瓶人頭馬，給自己自己滿滿斟上一杯，轉身舉起：

“女士們、先生們，現在晚會開始。請容許我先敬大家一杯：祝你們...祝你們安息，祝你們於天堂裡獲得永生！塵世上的事情各位就無需牽掛了，牽掛了也毫無用處。這個道理，你們現在應該比我更明白。無論怎麼說，你們現在是徹底解脫了，雖然這並不是你們生前期望的退出方式。沒法子，誰叫我們不是自己命運的主宰呢。不過，沒有任何痛苦突然就走了，各位的人生結局悲慘得也有限，可謂不幸中的大幸。好了，不多說了。再次祝各位天堂幸福，乾杯！”言畢，仰頭一飲而盡。

“這第二杯酒，敬給我自己，與其他可能的倖存者，暫時的倖存者：祝我們能夠得救，祝我們的偉大國家最終戰勝那邪惡的入侵者，不管它是俄羅斯、阿拉伯，還是什麼外星人。美利堅萬歲！！”

金色於無意識中漸漸消逝，夜色陰沈著接管了天空。陣陣晚風襲來，花草搖曳，樹木沙沙作響；燭光閃閃，映襯著人影憧憧，雕像們的衣裙微微飄拂，人也彷彿動起來了，他們應和著自然天籟，交頭接耳竊竊私語。一股寒澈靜靜滾過周身，引得牙齒上下打顫，只是止不住。

“見鬼！”嘰咕一聲，舉手仰頭又是一杯：“怎麼還是渾身發冷？好像缺少了點什麼，除去女人還有什麼？哦，對了，音樂。有酒無樂，越喝越淒涼。差點兒忘了，收藏家藏書、藏酒還藏CD，他的辦公室裡有幾千張音樂唱片，幾乎應有盡有。那曾是我夢寐以求的寶藏，現在都屬於我了。邪門，我和收藏家無親無故，卻繼承了他的全部財富，物質文化遺產。”放下酒杯，拿過強光電筒，抖起膽量，回屋搜尋……

回來了，左拎右抱，收穫頗豐：一大疊音樂CD，外加一台新款手提式音響，電池驅動。有電就好，有電就有文化生活，就有精神寄託，有精神寄託人就沒死，我就還活著。可聽什麼好呢？哪還用說，今晚除了貝多芬，還能聽什麼，多虧還有不朽的貝多芬呀！隨著一張CD滑入音響，雄渾激越的旋律轟然響起——《英雄交響曲》。

"不工作，不工作！"靜坐聆聽數分鐘，開始失去耐心："身體仍然有反應，可從前是越聽越熱，眼下是越聽越冷，冷到了血液和骨頭。罷了罷了，還是吃喝要緊。"左手持叉右手持刀，奮力切開一大塊牛排，插起送入口中，隨之再一杯酒："啊，從沒吃過這麼美味的牛肉，一定是那個什麼夏多布里昂牛排，以前哪有錢享用，今天免費，只可惜有幾分冰涼。酒當然不用說，暖身效果起來了。"意識再次發生位移，自嘴巴轉向耳朵，旋即向大腦進發："貝多芬不是萬能藥，扼住命運的咽喉很好，只可惜臂力常常不夠。眼下人到了這份上了，我怎麼還能英雄得起來，另外是英雄又如何。你看這些個雕像，男男女女，昨天哪個不是聞名天下的精英才俊，成功人士，萬眾矚目名利雙收，可轉眼間就化作了一座座石頭皮囊，雖然尚未腐朽，卻是失去了靈魂。你們傲人的業績如今在哪裡，還有什麼用處？你們本人又魂歸何方？聽呀，葬禮進行曲正在為你們響起……"

淚水湧上眼眶，感覺有點吃喝不下去了，不得不放下酒杯，抬起朦朧的眼睛，注意到桌子當中摞著幾本書，精裝嶄新。欠身上去，伸手扒拉過來："這就是你們今晚的研討內容嗎，換句話說，這是你們臨終前仍在關注的事情。讓我來看：達爾文的《物種起源》，哈，巧了，今天正好是'物種滅絕'。達先生這書，或許是有史以來最為荒誕不經的名著。呵呵，我們人類原來是從猿猴變來的，那麼今天死掉一大批猴子猴孫，又有什麼值得惋惜和痛苦的呢。多少年來，千百種野生動物在猴裔的圍捕屠戮中滅絕或瀕於滅絕，今天輪到猴子後代享受同等待遇，在局外者看來，命運之神不是格外公平麼，猴子猴孫們的結局一點也不冤。看呀，你們今天一個個都是全屍，一滴血也不見，沒有絲毫痛苦地去了，血債不用血來還，不是已經夠便宜的麼……"

插起一塊奶酪送入嘴巴，大幅度咀嚼完畢，舉杯到唇邊：怎麼，沒感覺，原來又見底了。那就再開一瓶——軒尼詩，還從來沒有品嘗過這麼多美酒，今夕何夕呀。給自己滿上，咕嘟嘟幾大口，接著自言自語："想想看，假設非洲叢林中有這麼一群猴子，仗著自己的頭腦比較發達，信奉物競天擇適者生存法則，講究弱肉強食。它們製造出五花八門的攻擊性武器，將其施用到林子裡的其它物種身上。這還不算，這些猴子們還彼此自相殘殺，週而復始樂此不疲。除去兇殘，它們還陰險，相互間勾心鬥角，層出不窮的陰謀詭計。"

"總之只要是對自己有利可圖，它們不擇手段，無所不用其極。如果得知有這樣的一類猴子，出於正義感，文明人一定會去將它們剿滅，因為它們沒有存活於世的正當理由。豈不知這惡猴原來就是我們自己呀。如此看來，今天人類的劫難，難道不是咎由自取，既合情又合理。"

"進一步追根溯源，猴子原來是從爬行類變來的，爬行類前是兩棲類，兩棲類前是魚類，魚類前是浮游、微生物，這麼說我們更應該是浮游的後代，本來就是朝生暮死的一族，眼下成批倒斃，不是很符合自然規律，算不上是什麼悲劇。如果按照佛教理論，這不過是終結了一次輪迴，有什麼理由痛心疾首呢。"

"好了，安息吧，你這猴子猴孫、浮游生物……"搖搖晃晃站起來，搖搖晃晃走過去。那裡露台上置放著一個紫銅篝火盆，他一把抓住，拖了回來。自籃子裡摸出一瓶酒來，努力睜大了眼睛去看："哦，中國茅台，高純度酒精，不錯，好用！"開封，翻轉瓶口，嘟嘟嘟傾倒下去，再一隻手伸去褲兜，摸出一個打火機來，點火，引燃一張餐巾紙，投入篝火盆……

"藍色的火焰，舞蹈著的精靈，沒想到酒火竟然這樣地美麗。我們當初從水裡來，最終到火裡去……"取過那本精裝書來："你也去吧，達猴子，連同你那物競天擇適者生存。雖然不能算是你的錯，但人類如果沒有信奉這套歪理，而反其道而行之，或許還不會落到今天這個下場，真個是自作孽，不可活。今天我燒了你，算是一種個人的恕罪和懺悔吧……"

書，靜靜地滑入燃燒的酒裡，頃刻間開始化學反應，絲絲火苗竄起，如條條遍體通紅的小蛇。小蛇們盡情歡快地舞蹈著，伸縮、扭動、跳躍。自邊緣至中央，紙張如祭壇上的犧牲品，翻卷扭曲哭泣著，做垂死掙扎狀，最終無可奈何化作千萬灰燼，隨風揚起、飄散……

“再來看下一本——佛洛伊德《夢的解析》。哈，好書，好書，有史以來最下流的傑作。而你，佛老先生，則是一位百年不遇的黃色天才，希望你別介意。稱你為天才，因為你無情地扒下了全人類披了幾千年的那張被叫作文明的畫皮，揭開了其本真面目。原來人類存在的目的、意義和樂趣全在於性，我們是自己生殖器官的奴僕——陰莖、陰戶、陰道、乳房、屁股、肛門——我們日日夜夜念念不忘，夢寐以求的就是這些最骯髒的人體器官，和生理排泄有關的東西。沈迷於生殖器官倒也罷了，如果我們熱心於傳宗接代。純粹為遺傳基因的延續而活著雖然原始，卻是動物的本能，倒也無可厚非。我們錯在禽獸不如，重性遠重於生殖。人類99%以上的性是為了滿足肉慾，而生殖淪為其副產品。就說我自己吧，過去幾年來兩千多次做愛，竟全部為無用功，沒有產生一男半女。上百個地球人口總量的精蟲，不是被浪費在了戀人體內，就是被蹧蹋在了塑料袋裡，最後去污染無辜的土地。罪過呀罪過，不提它了……”

“那麼你也去吧！”隨手將書拋入火堆，激起火花四濺:“眼下奴隸們的陰陽主人都已經死機了，很快就要萎縮乾癟，再也不能莫名其妙地膨脹、濕潤了，你也隨之變得毫無用處，完成了你的歷史使命。噢，燒得不夠痛快，讓我再來添些燃料……”自籃子裡又摸出一瓶酒來，湊著火光去看：“蘇格蘭威士忌，1906年產，唔，好酒，夠意思……”開瓶，倒酒，火蛇騰地竄起……

“還有什麼？叔本華《作為意志和表象的世界》，哦，一本聰明人寫的廢話連篇的傑作，愚昧的人讀不懂，對他們來說這就是一疊廢紙；智慧的人讀了無用，因為仍然解決不了他們的實際問題，所以還是廢紙一疊。外部世界是表象，內心世界是意志，客觀表象乃是主觀意志的反射，意志而不是表象才是人與世界的本質，說白了也就是主觀能動性高於客觀被動性。我們只有努力把握生命意志，才能更好地存活於物質表象。旁徵博引推理演繹，長篇大論繞來繞去，看似莫測高深，其實不過是在畫餅充飢。豈不知表象是水，意志為舟；舟靠水載，水能覆舟；離開了水，舟就是一堆既無價值也無用處，只等著腐爛坍塌的木頭；舟再大，還能大得過水去。哲學大師的智慧如果足夠，恐怕自己都不相信。你的接班人尼采最終不是瘋掉了，因為他看穿了所謂生命哲學的阿克琉斯之踵，莊嚴外表下的蒼白空洞，那就是自欺欺人。你看呀，眼下世界表象變成了這副模樣，你讓我還能有什麼生命意志——除了等死，等死的時候徒勞地思索死後究竟是進天堂還是地獄……”

“燒了，燒了，燒了你還多少能發些光，散些熱，這就是你眼下的剩餘價值。”開瓶，倒酒；再開，再倒，任腳下空酒瓶滾來滾去。火光再次騰起，照亮黑夜的一個角落……

“還有什麼？奥古斯丁《懺悔錄》、盧梭《懺悔錄》、托爾斯泰《復活》，哦，和懺悔幹上了。好，好，犯了罪來懺悔，懺悔後得到自我安慰，然後再去犯罪，再來懺悔。犯罪懺悔，懺悔犯罪，循環往復，沒完沒了，反正犯罪的收益遠大於懺悔的成本，何樂而不為。當然不管怎麼說，懺悔總比不懺強，懺悔不能洗清罪惡，拒絕懺悔卻是罪上加罪。好了，你們也不用再懺什麼悔了，因為你們已經罪有應得。全都燒了吧，燒了人類文明，就是最好的懺悔……”言畢行動。

酒還剩下小半瓶，人喝得也已經到位。抬起沈重的眼皮：“還有麼？還有什麼值得一燒的好書，哦，主人手上不是還有一本，捧著象個寶貝，且讓我來看。”支撐著桌子站起來，踉蹌著走過去，腦袋湊下去看，不覺吃了一驚：“《聖經》？怎麼會是《聖經》？哦，想起來了，道格拉斯先生是信主的，不愧是一位優秀的基督徒，臨終前還在禱告。如此說並無不敬之意，其實我也信，只是不夠虔誠。幾年沒去教會做禮拜了，一是忙於俗務，時間不夠；二是覺得去了也沒啥用，白浪費功夫……”驀地感從中來，馬上有一種崩潰感，即刻爆發痛哭……

“主呀，我離開你太久了，靈性已經生銹。明白了，終於明白了：不是俄國人，不是阿拉伯人，他們哪有這能耐；也不是外星人，哪有什麼外星人，都找了上百年了，一根汗毛也沒發現。哦，是你，我的上帝，是你，是你一手製造了這出悲劇，這原來是你老人家的傑作呀，其他人誰能有這大手筆。當初你臨走時說過，將來你回來的時候會靜悄悄地，就像賊一樣。今天你果然象賊一樣地回來了。主啊，既然你回來了，將他們都收了去，為什麼又留我一個人在這裡。想死的人活著，想死的人卻死了，這不公平。人的盡頭是神的開始，你，你把我也收了去吧……”

一把抓過最後那半瓶殘酒，仰頭一飲而盡，隨手一甩，酒瓶飛了出去，一兩秒鐘後，送回來一聲爆響，報告了自己的歸宿。腦袋一沈，腳一軟，他一頭栽倒在地……

（未完待續）

華盛頓 D.C. 的小提琴

1. BACH: Air on the G String, Suite No.3, BWV 1068

聖誕夜，華盛頓 DC。

臨近午夜，起風了，柔板；接著是雪，廣板。渴望銀色聖誕的人有福了。

最後望一眼彩燈、雪花交相輝映，絢麗得幾乎失真的夜空，揚低下頭，動作小心翼翼，將自己慢慢裝入睡袋，像一條爬進樹洞準備冬眠的大蟒蛇。

好美噢，空氣是冰鎮的，清涼、新鮮得浸透心脾。床下暖氣的溫度不能再適中了，感覺比平時高了足足有十幾度。聖誕夜，世人相互贈送柔情和溫暖的時候，連我也沒有被遺漏，這最後一夜不會難熬了，甚至將會很舒服。那麼，就做個好夢一直到天亮吧。只是，這一身嶄新的衣服千萬別睡皺巴了，不然明早的戲劇效果可要大打折扣。想想也真好笑，西裝革履的鑽睡袋，坐臥在這露天豪華大飯店。別瞎想了，還是最後排演一次節目吧：

——聖誕快樂，東方的小鴿子！——聖誕快樂，先生。請問你？

——怎麼，才一天不見，就不認識了？

——對不起，我……啊，你是——

——我是他。

——可你……你怎麼？……

——變了一個人了？

——是。我……正在找你。

——我等了你一整夜。不，我等待這個時刻，已經整整三年了。

——你……

嘴角掛著一絲嘻戲的微笑，揚悠悠進入似夢非夢的波段。雪花飄舞，一朵朵吻著他，宛若落櫻繽紛。和平鴿飛下來了。

2. SHOSTAKOVICH: Romance, the Gadfly

輕輕拭去漫出了邊界的一縷紫羅蘭紅，衝著鏡子抿抿嘴，努努唇，晴綻開了小巧笑靨：青春不是仍舊驕傲地開放在自己的臉上，雖然和幾年前相比不再那麼透明得一望見底。我還是一個歡樂而憂傷的小精靈。

— 媽媽，不要遺棄我，求求你！

— 傻閨女，你是媽媽的小心肝，媽媽怎麼會遺棄你呢。

— 你不是想要把我過寄給一個黑精靈嗎？媽媽。

— 他……不是黑精靈，他是一個馬路天使。

— 我看見，四周漆黑一團，我被強迫唱著魔鬼的顫音。

— 那不是魔鬼的顫音，那是上帝的歌唱啊。

— 不對呀，媽媽，上帝怎麼好像在哭泣？

— 哦，你做噩夢了，女兒，我的心。

— 醒醒吧，親愛的媽媽，天亮了，太陽出來了！

笑容宛在，卻是有點變形：大聖誕夜的，怎麼做了這麼個怪夢？是凶是吉，它意味著什麼？要不要翻書解析一下？——不許胡思亂想，不能讓它攪了即將上演的好節目。要知道夢與現實總是截然相反的，噩夢反倒預兆著喜事的光臨。瞧，心事化作一縷輕煙飛散了，這樣解夢多好。

時間不十分早了，昨晚下了一整夜的雪，可喜的是清晨就陽光普照。好天氣意味著好運氣，不是嗎？可……今天聖誕節通勤火車停駛，雪擁藍關馬不前，自己的小甲殼蟲能賽過駿馬麼？上百公里的距離呢，我一定是瘋了—— 籌劃了一個多月，瘋了也得去。

噴兩下快樂奧莉薇，最後審視一下穿衣鏡中的自己：銀灰呢大衣，乳白純羊毛圍巾，外加一頂鮮紅的聖誕帽。晴含笑沖自己點點頭，一個輕盈轉身，蹬上深紫色雪靴，提起精心包紮的禮品盒，向公寓門口走去。

3. LALO: Symphonie Espagnole, Op.21

千僖年末，置身於巍巍美利堅的圓心，宛如一座東方的菩薩端坐在蓮花台上，我俯瞰著芸芸眾生。

人，滿眼望出去都是人，男人女人白人黑人，大人小人富人窮人，假人真人丑人美人惡人善人，比我腳下爬來爬去的螞蟻多得多，好似西伯利亞森林秋風吹落的樹葉，沒有兩片具有十分相同的形狀和顏色。每天千千萬萬晃過眼前，還有什麼比這更加五彩繽紛的風景，妙趣橫生百看不厭，人們為什麼要專門跑去動物園看動物?

幾乎沒有一隻眼睛正眼瞧我，走過面前也裝做視若無睹，更有的或是遠遠繞著道走開，或是加快腳步像逃避著麻風病。這沒有關係，對此我早已經習以為常，一點不責怪甚至怨恨他們，理解這並不全都是他們的錯。雖說人生在世就是給他人看的，沒人看卻不說明你不在呼吸。

好吧，你們不願意看我，那就讓我看你們吧。我從小就喜歡看戲，更不用說免費的露天人間喜劇。一邊仔細地觀賞品味，一邊認真地咀嚼琢磨。每天按時觀看一本永遠沒有結尾的電視肥皂劇，劇中的人物日復一日反覆曝光，已經被看得透裡透的角色少說也有幾百上千個。一個人物一個音符，我把你們擺放在我黑色的指板上，五指張開收攏、收攏張開，隨心所欲地揉合、顫動。

到底是世紀超級大國首都的子民，風度氣質先不論，衣著裝束算得上一流，男女老少赤紅黃綠青藍紫，個個將自己的外表裝修得盡可能地得體，合乎個體在這座大舞台上扮演的角色。人人雖然神色各異，但卻有著一個共性，那就是來也忙忙去也匆匆，外觀上看不出行為的明確目的性，如時空海洋裡的魚類、水族。

魚兒為什麼要將自己不停地移來移去呢？為了生存，不移動的下場是被吃掉或餓斃。可是作為萬物之靈長的高等動物，人的所作所為為什麼跟原始低級的魚類無異？原理恐怕也一樣，即恐懼，生怕不是被自然淘汰，就是被同類無情地吞噬。那麼，恐懼是一種合理的存在形式嗎？究竟什麼又是這恐懼的深層原因？為了一口飽飯，一個溫暖的窩，這樣日以繼夜馬不停蹄的移動是必需的嗎？

進一步想，將人變成了永動機的並不全然是恐懼，更多的是一種永不滿足的心理。幾千年前傳道者說：

“人的勞碌都為口腹，心裡卻不知足。”[1]饕餮的獅子吃飽了，對眼前走過的美味斑馬視若無睹，大白天的只顧躺在樹蔭底下乘涼睡大覺，一點不曉得光陰似箭歲月蹉跎的簡單道理。而大腦高度發達的人呢？吃飽了上頓，還要為下頓奔忙，為一輩子的食物奔忙，為永遠吃不完的食物、用不了的物品，甚至純粹為銀行帳戶上的抽象數字奔忙。先知的警鐘在世人耳朵裡如蚊子嗡嗡：“人若賺得全世界，卻賠上了自己的性命，又有何益處呢，人還能拿甚麼換生命呢。”[2]

這麼說是貪婪，使人們將生命的行為和目的本末倒置了。那麼，這個貪婪到底是個什麼東西，又是怎麼來的呢？如果說貪婪很虛妄，那麼不貪很實際嗎？虛妄與實際的準確定義又是什麼？我久久思索著這些問題。我思故我在還是我在故我思我不知道，我只知道我思賦予了我在以某種意義；可什麼又是意義呢，意義本身有什麼意義，我思索著。

咯咯的笑聲夾雜著片片雪花，飄進揚的半夢半醒：噢，風雪；
噢，女人。我東方的小鴿子，你現在在哪裡呀？我……我好孤獨。

1. 《聖經-傳道者書》6-7
2. 《聖經-馬太福音》16-26

4. MENDELSSOHN: On Wings of Song, Op.34 -2

穿過馬里蘭幽靜古樸的愛立克小城，甲殼蟲拐上筆直的 29 號高速路，方向正南。

去見他，去會這個吉普賽人，於這個冰天雪地的銀色聖誕，真夠刺激。人生雖然漫長，這樣的日子卻也不多，剛一開始就能預料到將終身難忘。

光陰似流星，去年的此時恍如昨天。剛剛熬出了個MS，第一個面試就意外得到了這份工作，理想得超出了自己最大膽的想象。三年半工半讀的窮留學生，搖身一變成了個高薪白領麗人，因特網高科技大潮中的寵兒。開始為山姆大叔打工了，合同客戶居然是堂堂的美國勞工部，眼見夢中的綠卡也只是個時間問題。真是趕得早不如趕得巧，托那調皮的電腦千年蟲的福吶。

安家在環境如詩似畫，生活費用較低的巴爾的摩西郊，每天乘通勤小火車去DC，再從中央車站步行二十分鐘到單位。早晚來回定時競走四公裡外加爬樓梯，上班順便還捎上了鍛煉。幾年來在中餐館跑堂、帶位，無意插柳柳成蔭練出來的健美體型想要趁機發福也難，要知道一副魔鬼身材可是戀愛的一大本錢。

哦，戀愛，戀愛，和誰戀，又哪裡去愛呢。驀然回首，自己已經是不尷不尬的二八佳人，還待字閨中以琴為伴，形影相吊好不悽慘。出國前出國後男友准男友來來去去如升級換代的電腦軟件，可換界面不換核心，最後的結局無一例外是或哭或笑的拜拜。問題到底出在哪裡呀?

沒有男人的日子是一幅只有湖泊沒有山嶽的風景，看著看著整個身體就眼淚汪汪。自小到大鞍前馬後的哥哥弟弟從沒斷過檔，公主女神當慣了，不知不覺就患上了遠視眼，以至來到了號稱愛情天堂的美國沒兩年，紅顏未老卻門前冷落車馬稀，真真怎一個愁字了得。痛定思痛，原來自己的前衛先鋒都是做給旁人看的，骨子裡卻還是那兩畝三分田、老公孩子熱炕頭。都說現代社會年輕女人是塊寶，也不是曾經滄海難為水天生麗質難自棄，我漂泊的心兒不奢望一個風平浪靜的港灣，而是另一條航向相同的小船，一道駛去風雨交加變幻莫測的彼岸。

這時候他來了，整個一不速之客闖進了後花園。不是一條船，而是一塊爛木板，沒來由地橫阻在我彩色的三角風帆前。

5. PAGANINI: No.6 in G minor of 24 Caprices, Op.1

我乾枯樹枝的手臂向天空伸去、伸去，不住地左右上下揮動，畫著一個個大大的十字，切割開一塊塊鉛色的濃雲。平面的毛玻璃一層層破裂、粉碎，化作三維的漫天雪花，紛紛飛舞，揚揚飄落……

我看到人人人人在風雪中行走，仿佛荒原上滾動著大大小小的石頭。漫無目的失控般滾來滾去，或順風或逆風或橫切著風，時而相互碰撞時而相互依靠根據即時情形的需要，全然出於物競天擇的生物本能。我已經看了你們這麼久、這麼透，魂靈深處沈睡的情愫悄然被喚醒。想起來我呼出的氣流分解的細胞你們吸收了去，你們昨天的元素也融入眼下流淌於我體內的血液裡。你們是我的父母兄弟姊妹朋友兼仇敵，我對你們的尊敬和熱愛如同我對你們的蔑視與憎惡。

我看到那個墨西哥孕婦拖著西瓜大小的肚子走去政府辦公大樓，腳下的薄冰隨時可能粉碎她母性的結晶甚至其載體，我無力的目光攙扶著她越來越小直至最終消失了的身影。

我看到這對手拉手身貼身的年輕情侶，雄的像頭黑犀牛雌的像只白天鵝，鮮明的反差惹得多少路人偷偷摸摸地側目，而他們只是旁若無人嘻笑著走自己的路。走好，幸福中的不幸異類，你們前面的道路不都是憲法大街，只希望你們的結局不是狄夢娜和奧賽羅。

我看到一手提公文包，西裝革履包裹著幾乎已經瘦成了一具骷髏架子的東方男子，分明飄搖於秋風中一桿即將攔腰折斷的蘆葦。兄弟你看上去病得可真不輕，還這樣沒日沒夜奔波為哪般，你這豈不是在賣血為生以命搏命麼。你是這裡千千萬萬普通白領中的一個，替山姆大叔推車拉磨與其說是為了腦袋不如說是為了肚皮。可憐浮華世界的走卒。

我看到我的同類夥伴散落於街頭巷尾乞討，最後一層尊嚴在風雪和冷眼的雙重利刃下鮮血淋淋，換來不足百分之一的成功率。我不知道乞討者與被乞討者誰更教我羞愧，因為這不是一個黑是黑白是白的問題，對人的本質天性我永遠似懂非懂。我只是很想告訴你們：人啊人，當我們相互失去了悲憫的時候，冥冥中有一雙眼睛正飽含悲憫注視著我們。哦，安魂曲，求你不要在我心靈的殿堂停頓。

我看到無家可歸者大遊行，成千上萬人環繞著莊嚴堂皇的國會山。如臨大敵的警察遍佈街道，築起的層層路障阻斷了交通。遊行人海的前列懸浮著五具黑棺材，一個大四個小，裡面裝殮著一位名叫伯頓的二十二歲的母親和她的兒女。最大的奧塔里歐四歲，一對雙胞胎阿朗佐和丹特兩歲，最小的特米科只有五個月的人生。這一家五口的家是一輛老爺車，在一個突如其來的暴風雪之夜拋錨於城東北部貧民窟，結果大人小孩一道被活活悶死在雪堆裡。[3]

我看到長長的豪華轎車駛來駛去，猶如深海中一條條表皮閃亮的大白鯊黑鯨魚，氣度威嚴穿梭於大飯店律師樓高等法院議會大廈諸如此類一座座水晶宮。操縱著世界政經樞紐的元老精英寡頭煽客們上車下車，儼然古往今來上台下台的將相帝王；一個個頭頂大大小小林林總總的光鮮冠冕，我能辨認出來的卻只有一種——交易商。萬變不離其宗，你們的日常工作是交易——等價的和不等價的，以手中唯一的置換籌碼——人的生命——自己的和他人的。

我看到香車如織美女如雲，名媛淑女交際花各領風騷眼花繚亂。

3. 本段敘述取材於美國現代小說《貧民律師》。

權力是最妙的春藥或許一針見血，但我犀利又多情的目光不忍撕扯開她們五顏六色的衣裙、連血帶肉的畫皮，只有說鶯鶯燕燕為這座盤根錯節的叢林平添了數點紅艷、一抹溫柔，不然這裡真的要只剩下一本黑白版的非洲動物世界節目。

我看到一位英武的古希臘國王：出征！我要去討伐北方——幕僚哲學家拈須微笑了：大王，你征服了北方以後做什麼——乘勝前進再去征服西方——征服了西方後還做什麼——一鼓作氣接著去征服東方和南方——那麼征服了天下後再做什麼——這還用問，到那時我們就可以天天大擺筵席，日夜鶯歌燕舞，談天吹牛好不快活——哲學家收斂了笑容：大王呀，眼下你難道不能舉起酒杯敞開胸懷，盡情做這對你而言易如反掌的事情？為什麼要日夜操勞流血流汗，冒著生命危險去追求你已經在手的幸福生活？

最後，我看到了她，含羞帶笑向我款款走來，在一個漫漫冬夜後的清晨裡……

6. SARASATE: Introduction Tarantella, Op.43

一隻碧綠的甲殼蟲，慢悠悠爬上DC495環城路。往來的車流不緊不密，斷斷續續。

雪後的太陽明晃晃、暖洋洋，給大地鍍上了一層厚厚的白金，襯托著時而稀疏、時而琳琅的平房小樓、尖頂教堂。千朵萬朵冰花綴滿枝頭，於燦燦陽光下閃耀著童話的晶瑩；波塞冬將大西洋的水喝幹了，海底隆起化作陸地，處處盛開著一叢叢、一株株潔白如玉的珊瑚。滿目晃過一張張立體的聖誕卡片，或朦朧，或清晰，一張比一張精巧，一頁比一頁細膩。

夢一樣的旅程，冬天裡春天一樣的意境。晴的心中一片晴，真想放聲笑出來，於是就明媚地笑了。

高高興興走馬上班沒兩天，就發現從中央車站到勞工部，必由之路E街到D街上有一些衣著襤褸、蓬頭垢面的男男女女，有的無所事事遊來盪去，有的坐臥在街道兩旁的樓簷下、草地上，若無旁人地吃東西、睡大覺——啊，無家可歸者，以前只有耳聞現在親眼目睹了，怎麼流竄到這堂堂美國首都的心臟來了？要知道百步之遙可就是那莊嚴神聖的國會大廈，這富甲天下的超級大國還能允許路有凍死骨嗎？我不信。

滿腹疑團過了幾天，小心地詢問一位熱心同事，方才知道原來在勞工部大樓東北角斜對面，D街上有一個無家可歸者避難所。這真的難說是一個好消息。我對弱勢群體一向沒有偏見，明白自己作為新移民本來也屬於其中的一分子，哪怕剛剛僥倖升級為所謂的中產。可是...這群無業遊民街頭巷尾的晃來晃去實在有些怕人。像是為了證明我的擔憂不無道理，沒兩天就領教了他們的厲害：

這天天兒不錯，下了班獨自走去火車站，心情和腳步都挺悠然，街上人來人往天還大亮著呢。突然，不知道從哪裡殺出來一個黑旋風，頂天立地當頭攔住去路，說話倒是客客氣氣：請問小姐有零錢嗎？一個兩個闊特都可以啦——啊，這算什麼？乞討？還是打劫？甭管那麼多了，趕緊遵命就是。急忙摸遍上下口袋，糟糕！竟然沒有一枚硬幣。沒硬幣就紙幣吧，可怎麼敢當著他的面掏錢包，沒法子只有一邊口裡說抱歉沒有，一邊加快腳步奪路而逃。

誰知他竟纏上了，大踏步和我並肩而行：請小姐再找找看，找找看。音調已經透露著幾分尷尬了，肢體語言傳達的信息更是明顯：今天你要是不留下買路錢，可休怪俺不客氣。我心裡暗暗叫苦，躲不過更跑不過，認栽吧。停下腳步拉開手提包，表面上不卑不亢故作鎮定，手腳卻止不住發抖：好漢不吃眼前虧，要命不要錢。只要他伸出手來，我馬上扔下錢包回頭撒腿就跑。結果卻是有驚無險皆大歡喜，他接過五美元後高興地向我連聲道謝，臨去還給了我一個飛吻：上帝保祐你，漂亮的日本女孩。真真叫我哭笑不得。

經過了這次歷險，我及時改變上班路線，出了中央車站走寬闊的路易斯安娜街。兩隻風衣口袋沈甸甸的，備足了兩毛五分闊特，隨時準備作散財童女，像只離窩的兔子。

臥虎藏龍的D街還是躲不過去，好在路不長了，勞工大樓近在眼前，我鬆了口氣，緊綳的腳步慢了下來，轉過最後一個街角……

噢，迎頭一個結結實實的照面：他，盤腿垂臂而坐，腰桿挺得筆直，居然標準的東方打坐姿勢，人沒站起來也顯出身軀的瘦高。一把濃密的大鬍子張牙舞爪，與亂草叢生的頭髮連綿成一體，刺猬般遮蓋了大半個頭臉。剩下那小半張臉孔，黑白斑駁如殘缺不全的八卦圖案，裡面兩道藍光直直向我射來……

一顆心撲通撲通亂跳，高跟鞋幾乎支撐不住身體：你這挨千刀的流浪漢，遊手好閒的吉普賽，地獄裡鑽出來的妖魔，黑夜撇下的鬼魂，大清早的嚇了我一大跳。面無表情如同殭屍，兩眼直鉤鉤要把我囫圇吞下，一輩子沒見過女人嗎，你這是對我性騷擾，討厭透頂！

可是他……好像不是什麼老弱病殘，是個小伙子吧，精神頭還挺雄性的呢，雖說一臉連鬢鬍子拉哩拉喳怪嚇人的。幾年來老外男人見得多了，他們瞞不過我一雙精靈的眼睛。年紀輕輕的幹什麼不好，幹嗎要把自己墮落成個街頭馬克思。嘿，說到馬克思，他看上去還真有幾分相像，散發著那麼一股落魄詩人的霉味；鷹樣的目光炯炯閃爍著的與其說是色迷迷，不如說是照射心靈的光電。人不可貌相，這傢子是什麼來歷？

我回過頭去，他凝視著我頭頂上的天空……

7. TARTINI: Sonata in G minor “Devil’s Trill”

瞬間，沿著直挺挺的街道，透過灰濛濛的霧氣，東方同時射來兩個太陽。大的懸掛地平線上遠在天邊，小的緊貼地面近在眼前；大的血紅色，小的純金色，哦，頭暈目眩。

她回頭做什麼？好奇？——以我眼下這幅尊容女人的回頭律本該等於零；還是厭惡？——早就已經見怪不怪了。抑或兩者兼而有之？希望我仍舊蒼蠅似的盯著她的背影，以驗證一下自己對男人的魅力。還是正好相反，感覺受到了一個不可接觸者的無禮冒犯？更有可能的當然是後者。

不過，亞洲女孩這樣大膽的倒還是第一次遇見，這不能不激發了我的些許好奇。那麼，算你倒霉吧，不幸成為自動送上門的早餐，一個理想的活體解剖對象。心裡正閒得發慌呢，早上來來往往這一張張面具已經油膩得失去了胃口。

她的臉孔，清清爽爽開開朗朗，陽光得宛如門德爾鬆協奏曲，找不到一拍陰鬱的不和諧音。五官的分寸毫不誇張，與司空見慣的黑白紅美人相對比；形狀輪廓精巧而柔和，沒有一縷尖刻硬朗的線條。真的挺美的，一種引人遐思奏鳴曲式的美。東方的一切都神秘，尤其是他們揭開了面紗的女人，而神秘最迷人。

看上去也就二十出頭吧，或許再大點，剛剛大學畢業，在這裡開始第一份全職工作。傻呵呵干得正歡呢，只感到人生翻開了新的一頁，滿懷對光明未來的嚮往和憧憬。哦，見鬼，光明、未來、憧憬，這些俗不可耐的詞彙我一個世紀前就已經罷用了呀。

絕對性感，服飾相當布爾喬亞，不難看出脫俗的審美趣味。一點不牛高馬大的身段像頭挺胸翹臀的小鹿，一個發育剛好圓滿完成的洛麗塔。該大的部位都不小，該小的地方都不大，上下曲線不動聲色地顯山露水，毫無疑問，赤身裸體起來一定殺人放火。那麼她的床上功夫又如何呢，會玩多少種花樣？實戰經驗豐富不，能否承受得了我狂風暴雨的蹂躪……

剎那間我自喉嚨深處噴出一道咆哮，噌地躍起如亞馬遜密林中的精靈黑豹，一邊射向獵物一邊扯去身上的樹葉及獸皮；對手回頭見狀旋即尖叫一聲，轉身飛奔而來以相同的動作和表情。四目閃爍電光先於肉體交鋒，最終遭遇在高大建築物前的廣場上，那人類有史以來最寬敞結實的合歡床。兩根光滑閃亮的水銀柱碰撞在一起，即刻，我們相互撕咬著親吻，角鬥般擁抱……

我將她托離地面如同海神舉起他劫持來的未婚妻，她纏繞著我好似哭牆上的一根常春藤。齋戒了一千個日夜的巨蟒早已赤紅通亮、仰天怒目，只一擊就深深刺入那吞噬一切光明的萬古黑洞。我原本是從這裡來的，自然還要回到這裡去。溫暖、濕潤、馥郁，黑沈沈不見天日，這是星球億萬年演化的沼澤結晶，進來了就再也不要離開，在這裡完成從煉獄跋涉到天堂的永生……

驀地一道光箭，朝陽穿透雲霧，我仆倒在地……

哦，打住吧，你這悲夫！意淫她，你配嗎，不害臊。撒旦，滾開吧！主，救我，我再一次向你呼求：做我的盾牌、避難所，助我阻擋這墮落世界無孔不入的聲色於防洪大堤外。沒有女人的日子是人間煉獄，而有女人的日子則是地獄裡的天堂。我早已經是屬神的了，看透了滾滾紅塵上的層層夢幻，一切都是過眼煙雲，萬物皆虛空，男女更是虛空中的虛空。可越是荒唐虛幻越是真實得可怕，情慾的烈焰撲滅了又死灰復燃，無時不刻企圖復辟被顛覆了的王國，摧毀苦心修煉的沙灘城堡，重新主宰不僅我卑微的肉體而且高貴的心靈。為抵禦女人這橫亙於天路歷程上的最後一座山脈，我要將自己牢牢捆綁在漂流人生之方舟的桅桿上，任憑塞壬妖嬈的歌聲日夜繚繞在無邊的苦海上。

8. WIENIAWSKI: Scherzo Tarantelle, Op16

今天，今天是我的天；高興，高興得要飛起來。

下午技術部經理——就是我和同胞同事私底下叫他小帥哥的那個，嚴嚴肅肅把我叫去他辦公室。我心下沒底慌得一塌糊塗，結果接二連三得到的全都是天大的好消息：三個月的試用期圓滿結束，我的各項表現獲得清一色A+，下月起工資漲百分之三十——要知道原來的底薪已經相當不低了呀，都超過我大學導師的了，真的很慚愧。不久將被送去脫產技術培訓，深造時下IT行業裡最熱門的，掌握了走遍天下都不怕的JAVA編程。另外勞工卡即綠卡申請進展順利，公司律師負責各道程序，完全不用我自己操心，在家坐等就是了。

美國社會好開放先進、美國人好文明善良啊，不僅沒有什麼資本主義的剝削，更沒有絲毫國內媒體宣傳的種族歧視。瞧，現在他們完全把我當作一個人才而不是外人對待。滴水之恩當湧泉相報，沒的說，加班。平常主動加班已經是家常便飯，今天就更捨不得早走了。程碼編得昏天黑地，不得不離開公司時，天色已濛濛擦黑。

別再繞道了，徑直步行去中央車站吧。躲避那個嚇人的流浪漢這許多日子了，我也真有點神經過敏。人家早把你忘到爪哇國裡去了，你還在這兒一個人自作多情，怕他那刀鋒的目光再一次直直刺過來。真好笑。

鼻子裡輕聲哼著梁祝，步履踩著悠揚的拍點，邊走邊蹦跳著趕路。一日看盡長安花，高興，管他誰笑話呢。從小就是個不畏天地不敬鬼神的瘋丫頭，誰耐煩一天到晚扮演個模範淑女，眼下只恨不能歡笑著裸奔。呀，裸奔，裸體出天然，奔放於無羈。去年在密大我是有史以來第一個參加校園裸奔的中國人，驕傲！

忽然，耳朵被人猛地擰了一把，沈浸中的旋律生生被切換了頻道：啊，小提琴，我心愛的小提琴，我對她獨特的音波天生敏感之極。噢，酷斃了，拉得好淒美，聽上去好熟悉，是……蒙蒂的《查爾達什》，也是我心愛之極的曲子呀。

哪一個超級樂迷，狂熱的古典發燒友，將汽車音響開得注滿了整個一條街面？不對呀，怎麼沒有樂隊或鋼琴伴奏？孤零零的小提琴，這不是音響錄音，分明是有人在演奏，現場演奏。稀奇，快快循聲去看看。

轉過街角，沒幾步就趕到了現場，仗著苗條見縫插針，擠進零零落落一小撮人群。藉著昏暗的路燈，低頭這麼一看，頓時，我愣住了：是他——那個馬克思吉普賽！

破衣爛衫蓬頭垢面，活脫脫一個叫花子形象，他…他居然會拉小提琴，拉得比優秀業餘的我還好，天壤之別好得多得多。哦，難道這裡在上演化妝舞會，我的眼睛有沒有搞錯？！

看哪這人：眼花繚亂的指法、剛柔並濟的運弓、灑練的揉弦、乾淨的雙音，顫指跳弓撥弦泛音等等，寓艱難曲折於揮灑自如，從心所欲而不踰矩，好一副大將風度，這……這完全是上等的專業水準呀。

為什麼不以此技藝謀生？最起碼也能做個私人音樂教師，每小時好幾十刀呢。為什麼要流落街頭賣藝？莫非他有病？一定是了。那麼有什麼病？神經病還是精神病？

低頭看看琴盒，裡面躺著可憐巴巴的幾張小面額紙幣、零零碎碎一些硬幣，和他絕對可以稱為藝術的音樂構成了何等的反差。陽春白雪知音稀，高山流水有人聽，屈才也沒有這樣屈法的啊。哦聽，聽他拉的，這是什麼？我暈！

接下來的一切好像順理成章，兩三分鐘後一曲終了，我就被他——噢不，被他的音樂我指——乾淨徹底地征服了。哦，這讓人又悲又喜又愛又恨的查爾達什，肆無忌憚闖進我心房，再也趕她不走了。

我沒有被這突如其來的藝術遭遇沖昏了頭，沒等街頭音樂會結束，就悄然回身擠出人叢，急匆匆去趕我的末班車。

當夜，我失眠了，生平第一次。

9. DVORAK: Songs My Mother Taught Me

聖誕夜，風雪做愛，柔情的前奏過後，漸漸向高潮挺進。街頭，彩燈滅了。漆黑的原野，滾滾漫過城市。夢中，我閉上眼睛，步入夢中之夢，側耳傾聽……

“在芝加哥，這個偉大都市最高尚的猶太居民小區，我作為最成功的企業家，卻生養了一個最不成器的兒子。天可憐見，他竟然還是我的獨生子，嬌貴如雅各[4]。天父呦，你這開的是什麼玩笑？明明知道我不是亞伯拉罕，為什麼要我做這樣的祭獻？為什麼？告訴我！”

——父親？這是父親的聲音，這是父親的口氣，不會有錯。親愛的爸爸，我想你，可是不敢回去見你。你是一個偉大的人物，偉大得我不配作你的兒子。你不捨得將我當作活的祭品獻給耶和華，可是我自己卻願意，是你讓我別無選擇。

“噢，約書亞，求求你，求你別這麼說。我們的兒子，他是城裡遠近聞名的音樂家呀，人人讚美他的藝術天才。他是我們的驕傲，我們愛情與生命的結晶。”

——母親，你是這世上我愛的唯一親人，因為你的名字是愛，是溫暖和柔情。浪跡天涯，你沒有一天不在我身邊。可是，你為什麼只會流淚、哭喊呢，你流得我的心兒麻木，喊得我的神經斷裂。

“音樂家，天才？雕蟲小技罷了。二十都出頭了，他還沒能成為海菲茨甚至帕爾曼[5]，這條路已經走到了盡頭。為此我煞費苦心，想方設法讓他改弦易轍走正路，可他卻是執迷不悟，眼睜睜硬要往漆黑不見底的深淵裡跳。”

——又是精確的總結。是的，我正在往下跳，沒人能阻擋我。要

4. 《聖經-創世紀》故事：亞伯拉罕奉上帝之命，將自己高齡所得獨生子雅各作為祭品奉獻。

5. 海菲茨(Heifetz)，20 世紀著名小提琴家，猶太裔；帕爾曼(Perlman)，當代著名小提琴家，猶太裔。

知道我最喜愛的運動和遊戲就是死豬跳[6]，跳高橋，跳懸崖，於自由落體的墜落中感受靈魂的裊裊昇華。多少次我做夢去紐約，於世貿中心雙塔的頂端架起一座獨木橋，不帶任何繩索道具，隻身走去當中，含笑閉上眼睛，縱身一躍。

“全世界又有幾個海菲茨、帕爾曼啊，不要逼他出人頭地。他已經不是小孩子了，讓他走自己的路，做自己喜歡做的事情，當一個平常人吧。自學校休學回家後，他承受的精神壓力夠大的了，整天縮在家裡不敢出去見人。你難道想要把他逼上絕路，同時毀滅我下半生唯一的期望和幸福？”

——媽媽啊，孩兒的心，總是被你放在火上燒烤。孩兒真是不成器，天生是塊不務正業的材料，從小到大讓你操碎了心。你教給我的歌，我怎麼就是學不會、唱不來呢。你為我流淌不盡的淚水，在夢中和我的匯合成一體，一道流去永生的海洋。

“感情解決不了實際問題，都說虎父無犬子，我這是恨鐵不成鋼。養不教父之過，可我又錯在哪裡，為他付出了幾十萬美金，換回來的卻是家族洗刷不盡的恥辱。神經衰弱，哈，好一個冠冕堂皇的藉口，奧斯威辛集中營沒能讓我父親神經衰弱，耶魯商學院卻讓我兒子神經衰弱了，這是多大反差的諷刺。法律允許拔去植物人的吸管，我們卻得餵養一個廢人終生。”

——父親呀，父親，為什麼，為什麼你在我的心田上自殺？這裡不應該是埋藏你的地方。這裡已經埋藏了她，我那初戀愛人，真空中的最後一縷空氣。我真怕再失去了你，和這個家。哦，家，溫暖而冰冷的家，人生哪裡是家？家是一種什麼東西？無家可歸又是一種什麼存在？

…… ……

“大衛我兒，我和你爹爹的談話你都聽見了？現在沒有別的辦法了，人生在世，女人不能不生育，男人不能不掙錢。自由是你的生

6. 死豬跳：一種將繩索繫住腳腕，自高橋、懸崖上往下跳的冒險遊戲。

命，掙錢就是掙自由。這裡有九萬元，是我多年來積攢下的私房錢，都給你拿去作資本。去吧，到華爾街去，那裡是投機家的樂園，正符合你酷愛冒險的天性。金融基礎知識你都學過，近幾年大市牛氣沖天，你一定能贏，你必須要贏。好歹混出個人樣回來，封住你老爸的大嘴巴。他也實在是為了你好，為了我們這個有著光榮傳統的家。”

“母親，你這是給了孩兒一道生死簽呀。我明白你夾在我們父子當中的難處。他讓我恨自己，你讓我愛自己。眼下你給我的不是金錢，不是你的心血，而是你能夠付出的母愛，和僅存的希望寄託。對此，孩兒除了接受、遵命，還能做什麼呢。置之死地而後生，我去，我去生育，去闖蕩那個深不可測的原始叢林，勉為其難盡力而為。當我自那裡掙扎著爬出來，不是大衛，就是雅各。”

…… ……

原野上空，北風洞穿雲的胴體，發出陣陣淒厲的喘息。落紅猶如 潮汐，白雪是天體的鮮血……

10. VITALI: Ciaccona

六杯免糖咖啡、三杯濃黑綠茶，自大清早直到午餐過後，為和無孔不入滿腦袋亂竄的瞌睡蟲爭奪對身體的控制權，我將自己灌成了個水葫蘆。水葫蘆就水葫蘆，水葫蘆不也挺美的，就是萬萬不能在辦公桌前打瞌睡，既對不住公司以小時計價的工資單，更毀了自己精心樹立起來的白領麗人形象。

肩膀上扛著個保齡球，去洗手間兩隻腳踩著鋼絲繩，電腦屏幕上ABCD都在大跳芭蕾舞，真真度日如年的說。好容易熬到下午五點整，強顏歡笑和幾位同事一一拜拜，我一頭撲向眼前的鍵盤，三步並作兩步衝入夢鄉的溫柔。

“玲——”慢動作抬起頭來，視線模糊衝著黑乎乎的電話發呆，晃悠悠轉去牆上掛鐘，意識流悄悄溜回母體：時間不早了，今天是不行了，明兒抓緊點補上拉下的進程吧。自手提包取出梳妝盒，對著小鏡子細細擦乾淨眼角，梳順散開的披肩發，心兒撲通一跳：睡美人，光顧睡大覺了，差點誤了今天的正事。趕快，音樂會就要開演了。

黃昏，春天的黃昏是黃昏的春天，太陽神打造著一座黃金城：金色的建築，金色的空氣；金色的人，和金色的小提琴。

我躲在人群後面，閉上眼睛靜靜地聆聽——馬思涅的《沈思》。優美單純的小品，當年我在大學舞台上演奏過。技巧實在不值一提，對他來講太簡單了，遊刃有餘悠悠走著，與其說是拉琴，不如說是海濱漫步。可是沈思，身為流浪漢的他又沈思什麼呢？一日三餐？到哪裡過夜？夢裡天外的情人？

漸弱的尾聲消逝於無形，觀眾的掌聲禮節多於熱情。人叢中響起了一個低沈沙啞的男中音：

“謝謝，女士們，先生們，謝謝！”

“我們謝謝你，揚先生！”幾人回應著。

“在獻上下一支曲子前，請容許我提一個小小的建議：能不能請大家調正一下站位，高人一等的靠後，袖珍玲瓏的上前，就像照集體相似的。這樣你們看我、我看你們都更方便些。”

觀眾一邊笑著一邊行動起來，我紅著臉被讓到了最前排：這個壞傢伙，該不是故意讓我好看，不然幹嗎一直衝著我微笑，一副討好樣。這麼說，他居然還記得幾個月前的不期而遇？

怪模鬼樣的，整個一神農架野人。高高的個子鶉衣白結，髒兮兮的肯定一年半載沒洗了。腦袋上蓬勃著一團豬尾巴草，遮頭蓋臉的大鬍子最討厭，送去扮演北歐海盜一點不用化妝；另外誰作他的女朋友倒霉死了，接起吻來嘴巴都找不著北。見鬼，亂草堆裡的一口牙齒倒蠻整齊潔白。更斜乎的是那雙眼睛，直來直往地看人，一半深邃一半單純，一半海水一半火焰，怪迷人的。

還是那個標準打坐姿勢，雙腿盤坐在草地上，屁股底下墊著個折疊起來的睡袋——那就是他的行軍床嗎？

好可憐。上半身挺直著拉琴，沒見過，異類到家了。都落魄成這副德性了，卻還倒驢不倒架，待人接物起來自有一股氣度，既親切又冷漠，透著不容侵犯的尊嚴，像極了巴黎聖母院的乞丐國王。

“好了，各得其所了，謝謝諸位的配合。讓我們繼續，還是老程序，由朋友們點播自己喜愛的樂曲，我盡力滿足要求。請吧，女士們，先生們。”

“貝多芬的《春天奏鳴曲》吧，眼下的DC櫻花開得正艷。”我身旁一個上了年紀的婦人，豐豐滿滿，端端莊莊，看上去挺富態。

“依我看，更合適於春天享受的不是《春天》，而是《克羅採》。”後排一個大個子中年男人笑道，表情故作神秘。

“噢，為什麼呢？”

“大文豪托爾斯泰曾經發表宏論：每當我聽《克羅採》，就不由聯想到了性交。對不起，哈哈……”

“Zigeunerweisen！[7]”眾人笑聲裡，響起一個清脆的外國口音：怎麼，是我？

沈默。幾道嚴厲的目光齊齊向我射來：天，我做錯了什麼？幹嗎看我像外星人？

“這位小姐是新面孔，不能怪她。”大個子男人出來打圓場：“還是做愛奏鳴曲吧。”

“親愛的，你知道，揚從來不拉《吉普賽之歌》。”貴婦人輕輕拍

7.《吉普賽之歌》：19 世紀西班牙著名小提琴演奏家、作曲家薩拉薩蒂的小提琴名曲。

拍我的手，別轉臉使個眼色。

“不，今天，我拉！”

言畢，他緩緩站立起來，血紅殘陽下，面上罩著薄薄一層冰。仰天做個深呼吸，低頭夾琴，閉目，凝神，足足兩分鐘一動不動，整條街鴉雀無聲……

引子，琴弓猶如一柄長劍，直直地凌空劈下，旋即，一顆心被生生挑起來，頓時懸掛在半空；再捆綁上雪白的馬尾，隨左手跳躍揉動，右手長拉短切，做高速音階分解合弦，阪上走丸目不暇接；奔走在黑色的指板上，歌吟於顫抖的鋼絲中.....

引子過後，我被拉進去了，被拉進這張空氣分子波動的魔網，從頭到腳一絲不掛，赤裸顫栗著，想哭又想笑，想叫又想跳。感官毅然終止與理性的探討，放棄自作聰明的賞樂分析，這近在咫尺的肢體動作是否規範、具體應用了哪些技巧、完成的質量又如何如何，等等。斯時斯地，我眼睛裡沒有人，只有音樂；我耳朵裡沒有音樂，只有人。當身不由己被吸進這蒼涼悲愴的靈魂，我忘記了她賴以為生的肌體，別無選擇於她合二為一。

沒見過像他這樣拉琴的，從來沒見過。好幾次，我聆聽現場的吉普賽之歌，慈祥的斯特恩、堅韌的帕爾曼、青春的張永宙[8]，都是我欽慕的偶像大師。他們拉出來的是藝術，人類才華的結晶，象牙塔般精妙絕倫，除了讚歎不已外沒有話說。而此時此刻撕扯著我耳膜、搖蕩著我血液、撼動著我魂魄的東西，不是什麼音樂，不是什麼藝術，而是一顆心，一顆曠野裡呼號、寒風中哭泣、蒼空上舞蹈的心！

周圍已是唏噓一片。朦朧淚光中，我凝視著眼前這掛滿麻袋片的高大身影，凝視著……

完了，拉完了，煉獄之旅來去如閃電。沈寂，此時無聲勝有聲，有聲迴蕩於無聲中，良久。

---

8. 斯特恩(Stern)，20 世紀著名小提琴家，猶太裔。張永宙(Sarah Chang)，當代著名小提琴家，韓國裔。

吉普賽人慢慢抬起頭來，呆呆望著被他整得死去活來的觀眾，一時顯得有些不知所錯。突然，他左手腕一翻重新舉起小提琴，一串明亮瘋顛的音符隨之跳躍而出——啊，迪尼庫的《霍拉舞曲》，大蓬車上的舞蹈，流放途中的狂歡。

聽著、聽著，我破涕為笑了。

11. BEETHOVEN: Romances in G major & F major, Op.40 & Op.50

飄，飄蕩、盤旋。立於一塊飛毯的邊緣，我俯瞰著下面這座大城，冰天雪地，萬家燈火。

天地錯位，寒流彎曲扭傷了，大口大口喘息、掙扎著，逃進骨髓和血液的通道，咆哮。聖誕夜發著癲癇，白沫橫飛亂舞，瀰漫於內外三維空間。然而夢，還沒有被凍僵，仍在跳動.....

咖啡芬芳，熱汽蒸騰繚繞、散開，後面冉冉浮起一座冰雕，金髮碧眼，晶瑩剔透。噢暈，驚為天人原來是這種感覺，我這又是在哪裡?

像是回答我的疑問，冰雕露齒而笑了:

“揚先生，請用吧。先暖和暖和身子，然後我們來談商務。”

“小姐，請問你是? ……”

“叫我麗麗好了。”

“謝謝你送我這件寬大厚實的風衣，還是新的呢。百合花，可這為什麼? ”

“不把你嚴嚴實實裹起來，人家怎麼會放你進入這高檔咖啡館。對不起，我沒有笑話你的意思。”

“即使笑話也不要緊。我理解人心，因而不容易被冒犯。你隨便說話好了。”

“你像一個上等人，揚先生。舉止優雅，有教養，沒有致命惡習。這我看得出來，更聽得出來。”

“謝謝。不過你請我來，應該不是專門為了告訴我這個。叫我揚好了。”

“當然不是。你喜歡直來直去？揚。”

“嗯，這咖啡很不錯，久違了。感覺自己像條正在甦醒的蛇。”

“哈哈，那就再來一杯，加快甦醒。喏，點心都歸你負責。我戒了甜食，怕胖。”

“行了。請說吧，美麗的農婦，什麼商務？我如何能為你效勞？”

“明人不說暗話，說出來請別吃驚：我在服務業工作。你知道，那種特殊行業，最高級的。”

“這我已經看出來了幾分。DC從事這行業的特種服務生有兩三萬，多見不怪。”

“謝謝理解。沒想到你的眼光比我的還厲害。”

“你太年輕，更太美了，這裡的雄性政治動物們自然不會放過你。”

“他們也不都是壞人，雖然我不愛他們。我們是各取所需，兩不虧欠。”

“請問他們不都是壞人和他們不都是好人這兩句話的區別在哪裡？”

“求你別這樣偏激好嗎，揚。除了自尋煩惱，憤世嫉俗解決不來任何實際問題。”

“憤世嫉俗對我來說就像流感，時不常要發一陣，來的快去得也快。”

“那就好。我們不談這個了吧。說實在的，我非常欣賞你的才華氣質，感覺我們是同類人。”

“才華氣質是奢侈品，欣賞不能付賬單。四五百塊錢一小時，你知道我不是你的服務對象。”

“正相反，我想請你為我服務，揚，不開玩笑。”

“具體怎麼講？麗麗。你想學琴？恐怕我會叫你大失所望的。”

“直說了吧：我眼下只有一個固定主顧，一位大人物，國會山上呼風喚雨的角色。”

“大人物死了就是小人物，或說非人物。這和我有什麼關係？”

“老阿爹情趣高雅，高雅和病態原來是一枚硬幣的兩面。入土前最後風流一把的慾望難以置信得驚人，只可惜心有餘而力不足。令人可氣可恨又可憐。”

“越聽越糊塗了，總不見得想請血氣方剛的我去越俎代庖。”

“壞蛋，以為你老實，原來卻是假裝正經，也會不動好腦筋。”

“話說到這份上了，麗麗，你就單刀直入好了。”

“外強中干，他那話兒是一條疲塌塌的小蛇，萊溫斯基來了也犯愁，沒有美妙的古典音樂就是雄赳赳不起來。這不，強迫我去給他想法子，於是我……自然而然想到了你，因為已經暗中觀察了你很久。”

“終於明白了，想讓我在一旁吹笛子。這倒挺符合我的身份。”

“還要……裸體。除了音樂，他的偉哥還有窺視，看他人和被他人看。”

“高雅絕倫了。怎麼就認定我願意加入這遊戲？請再來一杯。”

“每週雷打不動三次，一次五百塊，現金。另外大家高興了可以一起玩3P，老阿爹宰相肚裡能撐船，不吃醋。而且更重要的，我……已經開始喜歡你。”

“怎麼不說話？揚，傻愣愣的在想什麼？嗨——”

“噢……對不起，你讓我說什麼好呢？我的維納斯。”

“說你受寵若驚，條件特對你胃口。別這樣死死盯著人家看，嘻嘻……”

“嗯，條件不能再優厚，不能再有吸引力，只是——”

“還有什麼只是？別和我耍花招，揚，不然我要生氣的。”

“只是想問你一個敏感的私人問題。”

“和你有一見如故的感覺，你也冒犯不了我。”

“麗麗，你這麼年輕，看上去挺聰穎，為什麼選擇這行業？”

“我也正想問你同樣的問題。我的計劃是掙到一百萬就洗手另謀生 路，而你呢？”

“嗯……我……我的情況比較複雜，和你的不大一樣。”

“當然不一樣，一個天，一個地。所以我想幫你，現在天賜良機。”

“在金錢面前，人沒有手，只有爪子。你會越陷越深，最終徹底毀了自己。麗麗，我不忍眼看你……”

“十分感謝你的憐花惜玉。不過請別費神了，帕格尼尼先生，一流大學我也混過兩年，什麼道理都懂。對不起，拯救靈魂你恐怕沒有資格。”

“你可能是對的。我先得拯救自己，自助者天助。”

“這就對了。那麼，接受還是拒絕？你沒有理由不接受，為我，更為你自己。”

“好像是的，我沒有半點理由拒絕。麗麗，你是這樣地美麗、典雅而高貴，卻有著和我相似的遭遇。紅顏薄命，由憐生愛，我……我幾乎已經愛上了你。”

“這麼說，我們成交了？揚。噢，我好高興，好高興！”

“親愛的麗麗，告訴我你喜歡什麼音樂？”

“我愛莫扎特，他能讓我明亮、歡樂起來。怎麼？”

“現在請讓我為你獻上一曲：莫的第三小提琴協奏曲，作為我們永別的紀念。保重吧，麗麗！”

12. TCHAIKOVSKY: Serenade melancolique, Op.26

哇塞！他邀請我去晚餐了——終於。噢，不是薩拉薩蒂，當然不是，是我的頂頭上司小帥哥，王子亨利。當然去啦，他喜歡我我早知道，老美男人那點花花腸子全都畫在臉上。我對他也有意卻是十分含蓄，在公司我可一向正正經經甚至被稱作冷美人，不是故作清高更不是傳統道學，而是我為人處世的準則。可現在他主動向我發起期望已久的進攻，再扭捏作態玩欲擒故縱的遊戲不是我的作風，毫不遲疑當場回贈他一個美目盼兮的YES。哦，真的對不起了我可憐的吉普賽，身旁就有一匹現成的白馬，誰還會再去尋找一頭野驢呢，請你千萬理解原諒。

白宮的近鄰，莫奈玫瑰園法式餐廳。穿過德彪西的幽幽月光，一座座羅可可式雕塑，一幅幅阿爾瑪-泰德瑪風格油畫，走去搖曳的燭光，蕩漾的葡萄酒，和搖曳蕩漾的對愛情的憧憬與渴望。

他從雕塑畫面上走下來，端坐在我眼前，大衛的捲髮、鼻梁，拉斐爾的眼睛；微笑翩翩，音色款款。我還沒有舉起酒杯，和醉就只有一步之遙。今夕是何夕?

經過可口開胃沙拉的熱身，矜持完成向自然的過渡，雙方從容進入了狀態。各自摘下公司文化分配的面具放在一旁，從飲食，到風俗，從美利堅到中國，最後談起音樂和藝術。啊，原來他還是社區教會的鋼琴師，一手巴赫平均律是社交音樂會上的保留節目。近來因為那個吉普賽，我重新撿起荒廢多年的小提琴，眼下正缺一個鋼琴伴奏。

“作你的伴奏是我莫大的榮幸，晴。小提琴和鋼琴本來就是一柔一剛，如同天地的陰陽兩極。東西合璧交映生輝，優美和諧的音樂象徵著光輝燦爛的人生，我們的配合將會天衣無縫。”——噢，感動死人了，真拿他這張抹了蜜的嘴巴沒有一點辦法。

他看上去挺認真的，不然不會輕易找自己的女下屬約會，鬧出緋聞來對似錦前程有弊無利。這是我對北美公司文化的膚淺理解，也不知道對還是不對。真希望他不是在逢場作戲，三十而嫁，三十而家，荒廢了幾年大好光陰，自己的年齡實在是折騰不起了——嗨，你這村妞，事情八字還沒一撇就這樣算計人家，我什麼時候也變得這樣俗不可耐。只要自己十二分地嚴肅，認定這次要找的是人生伴侶而不是露水情人，最後成敗與否都歸天命。

可他真的是蠻不錯的，人品、才學、事業、家庭，還外加文藝知音，近乎完美無可挑剔。最終和他步上紅地毯將是什麼勁頭呀，我們愛情的結晶一定美麗又聰明，洋娃娃我要三個——至少三個，金童玉女必須齊全。朋友們總說我是個永遠長不大的BABY，直到自己作了母親才能成為一個真正的女人……唉，說好不亂來又忍不住，俗氣混在空氣中想不呼吸也難。快別胡思亂想了，集中起全部注意力，把一百個小心眼放在有形和無形的精神交流上，其它的懇求全能的主保佑吧：到頭來不是他徹底征服我，就是我整個俘獲他。

舔著蜜，抿著酒，浸潤著音樂、情話和幻想的田園交響曲，終於，我酒不醉人人自醉了，夜光杯中綻開兩朵粉紅的睡蓮。和他手拉手步出高雅餐廳，月兒正圓，晚風正浪漫。

“晴，我公寓就在康乃迪克街，靠近你們的中國大使館呢。好不好去坐坐，嘗嘗我自製的咖啡，我再為你彈一曲月光。反正明天是週六，公司干涉不了我們今夜的行動。”

“真的？！聽上去像個計劃呢，我……”驀地，餐廳裡流出一波樂音：啊，小提琴，是……又是那追魂索命的薩拉薩蒂，生硬突兀將我拽出一輪夢境。

“亨利，謝謝你的友好邀請，還有豐盛的晚餐。可是對不起，我……有點疲倦，想這就回家，來杯家鄉的茉莉花茶，然後蒙頭睡上一大覺。”艱難說完了，衝他歉意一淺笑。

“那……也好，說實話我也有些累了，反正今後有的是機會。我也謝謝你，賜予了我一個美妙的晚上。現在讓我開車送你回家吧。”——風度依舊，真的好紳士。瞧你，以小人之心度君子之腹了吧。

“不麻煩了，來回百里多路呢。把我載到中央車站就行了。謝謝！”

“樂意效勞。我們走吧。”

斜靠座椅上，滿目朦朧詩印象派，兩旁閃過的燈火聯成了流線型。我暗暗掐著自己的大腿，使勁不停眨巴著眼睛，強迫她們欣賞窗外的街景。氣質風度是我的致命武器，說什麼也不能在他面前丟盔棄甲。

場景變換，一下子好熟悉：噢，總算到D街了。謝天謝地，還剩沒幾個街區就是中央車站，上了火車就能為所欲為睡大覺了，咦，那是什麼……

“停車！”

“怎麼了？晴，這路旁不允許趴車。”“打緊急燈，求求你停下！”

尖利煞車聲中，我撞開車門，跳下寶馬，踉踉蹌蹌向後奔去……

是他，是他！躺倒在勞工部樓簷下的水泥地上，人塞進一個長及胸部的醬油色睡袋，身子弓成了一隻大蝦米，只為了將自己的覆蓋面積盡可能地縮小，好擠進地上的一個窨井或什麼管道的鐵蓋子，蓋子邊緣有騰騰熱汽冒上來。緊緊閉著眼睛，微微皺著眉頭；他的頭顱，枕著一個黑色垃圾袋，裡面是他的小提琴……

我哭了，失聲痛哭……

“晴，別這樣。DC像他這樣的無家可歸者有成千上萬，許多人的境況比他更悽慘，我們哭不過來的。快走吧，末班車馬上就要開了。”

被半拉半抱著拖離現場，頭暈目眩中，我掙扎著回過頭去，淚水一路拋灑……

13. Sibelius: Violin Concerto in D minor, Op.47

墨西哥灣。天沈入海底，海升上天穹；空是水，水是空。

天海之間一片靈，清澈、湛藍；一葉孤帆飛起來、飛起來，去追逐海鷗點點，自由無羈翱翔、迴旋。

盤腿沙灘上，聽海風與浪花情話連綿；漸漸地，合上形體一扇扇窗戶，推開魂靈窄小的後門，信步走出去，去會見一個熟悉而陌生的本體——時間。霎時，萬籟飛逝而去，留下我和她默默交談，於感官界限的外延。

——時間啊，原來你是有靈性的，我剛剛感覺到了。這感覺真奇妙。

——你活在我的裡面，從另一方面，我也如是。我倆的關係，就像這海、這天。——我行走在你體內，一刻不停，如鳥兒飛過空氣，魚兒遊過水流。

——詩意的比喻，可以將抽象物象化，也可以使之更模糊。所以，不可不慎。最終，當我在你裡頭死了，你也失去了生命的一粒分子，是不是這樣的？

——死亡是存在的異化、變形，你會，我也會。你我的生命不與對方的交織存在。一似懂非懂。那麼，永生又是怎麼一回事情？

——當我們永別的時候，當你我不再相互依存；當我拋棄了你，當你超越了我。

——可是，我愛你。有你才有愛，走出你之外還有什麼？

——我也愛你，有你的愛才有我。什麼是什麼？

——但我……又 恨你，因為你割斷了我的……

“早上好，年輕人。”

“早上好。請問是哪一位？為什麼闖入我夢？”

“對不起打攪了。太陽高了，請睜開眼睛吧，揚先生，站在你面前的是一位朋友。”

“失敬了，尊敬的先生。草地上請坐吧。您看上去挺面善。”

“那是，我常常來這裡聽你拉琴，雖然我們從未交談過。”

“啊，想起來了：好幾次，那悄悄放下一張百元鈔票作小費的不是您麼？”

“那是門票錢，不值一提，哪能和你的音樂帶給我的歡樂和悲哀相比。”

“大上午的，街上的行人稀了，有熱情的朋友來訪、談天，不亦樂乎。”

“請允許先作個自我簡介：馬太，喬治城大學退休哲學教授；現年七十八歲，熱愛古典音樂一生。”

“我叫揚，你已經知道。不到你的三分之一年紀，不過對於知音，這又有什麼關係。”

“揚先生，怎麼說呢？我今天來，主要倒不是想和你談論音樂。”

“教授先生有何指教？可惜除了幾個小蝌蚪，我不懂哲學和政治。”

“鳥之將亡，其鳴也哀；人之將死，其言也善。我餘下的時日不多了，已經在天國門外探頭探腦。我人生的蠟燭燒到只剩下一小截沒有油脂的燭芯了。”

“彼此，彼此。幾乎每天，我都被上帝他老人家禮貌地拒之門外。”

“好胸襟。那麼，如果言語有衝撞的地方，還望年輕人不要介意。”

“‘聽智慧人的責備，強如聽愚昧人的歌唱。’[9]”

“我的孩子，我活到了這個份上，人的七情六慾早已經提前入土了。苟延殘喘的生命賴以支撐的，除了對往昔悲歡離合的回憶，就只有殘存的愛和憐憫。我...我悲憐你！”

“悲憐是一種美德，人間黑洞裡的一絲光亮。你悲憐我，我悲憐世人。”

“哦，人是一種值得悲憐的動物。除了豐富的情感，你還有不凡的智慧。小提琴向我展示了一個五光十色的世界，方方面面即使不是她的全部，也已經十分感人。”

“可是我卻厭煩所謂智慧，‘因為多有智慧，就多有煩惱；增添知識

9. 《聖經-傳道者書》7-5

的，就增添憂傷。'[10]"

"不幸的是世界上總有一些人，天生需要呼吸更多的空氣。"

"縱然他們的肺活量並沒有進化到相應的水平。"

"身上沒刺青，不吸毒，不淫蕩，行為良好端正。了解你這許多日子了，又和約翰 — 對街無家可歸者避難所的管理員談過幾次。高貴人的品質你一樣不缺，卻淪落到這步田地。"

"淪落是社會強加給我的定義。你所謂的高貴的人，如果不是指靈性的天然，是我一向不屑的。"

"這點我們沒有衝突。我今天來，是想冒昧提一個建議，怎麼說呢……"

"請放開說吧。雖然年紀還輕，甜酸苦辣的言語我都品嘗過。"

"我無意探聽你的過去，只想為你的將來考慮。既然音樂是你的生命，那麼，回歸社會，作個正常人吧。先去音樂學院深造，一切費用歸我。"

"雖然已經有思想準備，我還是非常感激。"

"請理解，這不是我在施捨你，而是你在幫助我。給一位正匆忙趕往天堂或地獄的老人一個喘口氣、歇歇腳的板凳，小小地感受一下施比受有福。"

"行善的心願即是對自己行善，你是一個有福之人。"

"這麼說，你接受了？怎麼沒有顯出絲毫的驚喜？"

"很對不起，向我提出類似建議的，先生你不是第一個，也不會是最後一個。"

"唉，我忘了，救人先救心。孩子，有什麼結不開的思慮纏繞在你

10.《聖經-傳道者書》1-18

心頭？”

“自由！”

“自由？”

“‘人一切的勞碌，就是他在日光之下的勞碌，有什麼益處呢？’[11]”

“幾千年前的傳道者說居然至今仍沒有過時。你具體怎麼理解這話呢？”

“人生在世一場，為什麼需要這許多物質呢？有了，還要更多、更大、更好的。於是，我們以靈肉的自由為代價，主動賣身為奴，奉物質為天賦神權的法老，心甘情願為它披枷戴鎖勞苦終身，建築海市蜃樓的金字塔，至死不得解脫。‘故此，我轉想我在日光之下所勞碌的一切工作，心便絕望。’[12]”

“原來如此呀。聽上去這是一個死結。”

“世人失去了心靈的家園，流離失所，漂泊在冰涼物質的莽莽荒原。”

“而你，和我們的境況正好相反。哪一種更符合自然的人性？還很難說。”

“上帝揀選了我，安排我過一種煉獄的人生，苦中作樂我早已習以為常。”

“只怕上帝並不欣賞清教徒，他造人的目的之一是讓我們盡情享受美好的人生。”

“人生之美好我不缺。作為一個城市的隱士，DC就是我的家，沒有人比我的家園更大、更美。”

“既然有志作二十世紀末的隱士，為什麼又安身於鬧市？遠離塵囂，山林湖濱是更理想的場所。”

---

11. 《聖經-傳道者書》1-3
12. 《聖經-傳道者書》2-20

“我愛人，雖然對人類的總體行為失望，但還遠遠沒有對人類本身絕望，尤其沒有對愛絕望。脫離了世人我沒法活。我和你們沒有共同的命運，但有著相同的呼吸。”

“這也就是為什麼你將拉琴換來的些許收入，大頭捐給避難所，小頭散給周圍那些真正的無家可歸者。”

“在我眼裡，一元錢是一環，有了一環，必然就有下一環，最終構成金錢的索鏈。而我最厭惡索鏈。”

“可是，掙脫了一種索鏈，你又被另外一道索鏈——貧困牢牢地捆綁住了。”

“也許。兩害相權取其輕。每天，思索、練習、演奏，我給人們送去美，從中感受超脫的歡樂。就這樣，活得雖然很簡單，但獲得了心靈的自由。”

“精神可嘉。不能不承認，你達到了一個眾人皆醉我獨醒的境界，在今天我們這個物慾横流的社會。”

“人為刻意地追求某種境界容易滑入矯情，我努力不讓自己自欺欺人。”

“但是，自由的代價竟如此之大，一定要走極端的路麼？有沒有想過，自由從來不是絕對的，它是一種相對的存在狀態；身體的自由和靈魂的自由更應該是兩回事情？”

“你指中和平衡，這我自然也考慮過。我不想在你面前裝作義無反顧。世俗的誘惑無處不在，掙扎是我的家常便飯；心靈的海洋時而波平如鏡，時而濁浪滔天。”

“但願我的提議不成為對你的誘惑。雖然這次被拒絕了，但它一直有效。”

“真正的誘惑，能最終迫使我調整人生觀的恐怕只有一種。”

“那是什麼？”

“愛情！”

14. HANDEL: Violin Sonata in D major

音樂，過濾空間的沙塵，給時間鑲上金邊；活在旋律中，呼吸真美麗。

長這麼大，終於頭一次意識到：人生不等於拼搏，掙錢不意味生活。生命是用來享受也即審美的，而不是有始無終的勞作——嘿，還挺有哲理的呢，我什麼時候變成半拉哲學家了。

甭管什麼家，反正短短兩三個月來，本小姐的生活準則日新月異了，開始信奉八小時以外的自由，神聖不可侵犯。從此告別當牛作馬的勞碌命，每天早晨將近八點才姍姍現身辦公室，下午時針剛剛指向五點抓起手提包就和電腦拜拜，對小帥哥驚詫的目光扭頭裝做沒瞧見：真的很抱歉，我眼中依然的白馬王子、夢中情人，不是不願意和你盡可能地多編織些辦公室的故事，而是外面的世界實在太精彩。花前月下請跟我來，仲夏夜露天音樂會上有的是旋律和色彩，而為大老闆超時玩命則恕不奉陪了。唉，他，和他，這世界怎麼就不好再稍微完美一丁點。

今天又來早了，觀眾正陸續入場，三三兩兩散佈在四周，乘涼、談天。舞台上的他正在吃晚飯，盤腿綠茵上，默默低著雜草叢生的腦袋，細嚼慢嚥著熱汽騰騰的中餐。還真成大明星了，幾乎每到這時候都有崇拜者為他叫上一份外賣，嘗遍了附近的各式大小餐館，比我還有口福呢。

肚子第一耳朵第二，我也不能虧待了自己，獨自走去十幾步外台階上坐下，摸出一個凍柿子似的三明志，就著雪碧索然無味地啃著。

一邊裝做若無其事，偷偷瞄著音樂家大快朵頤，卻冷不防被其突然回過頭來，露齒微微一笑，緊接著右眼一眯，竟然飛過來一個媚眼，活活將一顆芳心拋上了蹦床：這個壞種，我不雅的吃相和紛揚的思緒，都給他當場一把偷了去。

野餐完了，二三十個鐵桿粉絲圍攏過來。只見我們的主角慢條斯理，將用過的一次性餐具一一塞入紙袋、塑料袋，紮緊，走過去扔進垃圾桶。轉回來坐下，從身旁的黑垃圾袋裡掏出一包東西，眾人笑起來，我定睛看，頓時也忍俊不禁：原來是一個消毒紙巾盒，嬰兒擦屁屁用的，真有他的。

他卻一點不笑，從左手到右手，手心手背、手腕手臂，精精細細一路擦洗過來，像是有潔癖。

"我看你這是在沐浴，揚，步上祭壇前的典禮。"貴婦人笑道。

"'Thou sayest.'[13]謝謝！"頭也不抬答道。

"揚先生對音樂的獻身精神令人欽佩啊。"不用看又是那大個子男人。

"不是我獻身音樂，兄弟，而是音樂獻身於我。"看上去十分認真。另外對誰都亂叫兄弟。

"談談你對音樂的理解好嗎？還有小提琴。"我已經大膽得多了。

"小姐，你能用耳朵吸吮玫瑰分子，以嘴巴分辨彩虹光譜麼？"

"……"又逗，這傢伙，人家是認真的嘛。

"簡單說吧，上帝怕我們在地上太冷清了，於是隨手灑下一把音符，僅此而已。"

"似是而非，美言不信。要知道我還沒有信你的那個主呢。"

13."你說的是。"一《聖經-馬太福音》27-11

“那就信音樂好了，一回事情。”

好不容易擦洗完畢，還沒有開演的意思，興致勃勃取出一小袋麵包屑 — 也不曉得哪裡弄來的奢侈品，又開始喂起鳥來了。大鳥小鳥白鳥黑鳥花鳥，鴿子沙鷗烏鴉麻雀。

和平鴿於地上、空中，圍繞著他飛起、落下，落在他的雙肩和頭頂；他含笑注視著她們，一個大男人的目光溫柔得叫人好妒忌。

“說得好。音樂是上帝與他的子民對話溝通的語言。音樂家們，作曲家和演奏家，包括你自己，揚，不都是上帝派來人間的歌唱使者嗎。”

“人們常說，作曲家是第一創作者，演奏家是第二創作者，都是美的使者。”

“不。作曲家、演奏家和聽眾，我們都既是美的母親，又是她的兒女。”

“你這話，真讓我們為自己自豪。哦，讚美音樂，讚美美。”

“女士們、先生們，除了美——愛也是一種美，存在還有什麼意義呀。”

“是的，是的。美是生命的真諦，那虛無中唯一的永恆。”

…… ……

“那麼音樂和靈魂的關係又是怎樣的呢？”

“我認為，音樂是靈魂的折光、反射。”

“更確切地說，音樂乃是靈魂之魂。”

“音樂是靈魂的翅膀，引著我們飛向天堂。”

“音樂之於人生，如同雨露之於沙漠。”

“音樂是我們吶喊的美聲，呻吟的詠歎調。”

…… ……

“回到小提琴，揚先生的演奏絕對是專業水準，縱然並非完美。”

“重要的還不是他的演奏技巧，而是他對經典作品非凡的理解和洞察力。”

“是的。他能夠即興發揮，創造性地將自己內在豐富的情思，通過激情四溢的演奏傳達給我們。這時誰還會留意他偶爾的不精確甚至錯音呢。”

“小提琴演奏是腦體結合高難度的藝術活動，複雜而精微。如果說左手是技術，右手是藝術，揚先生的右手比左手更出類拔萃。那幾乎不是一隻手了，而是他心靈的延伸，精神氣質的放射。”

“抒情高於炫技，表達重於表演，這可能為正統學院派所不屑，但我認為是對藝術正確的態度。”

“說得不錯。但如果能於高標準上少一些粗獷，多幾分精緻，豈不更上一層樓嗎。”

…… ……

聽著眾人七嘴八舌，我一聲不響，目不轉睛看著他，感覺眼角又有點濕。

“好話你也聽麻木了，揚。”貴婦人總結性地一揮手：“現在能否允許我說句不中聽的？”

“從你嘴裡吐出來的，越難聽越好聽。請吧，親愛的蝴蝶夫人。”

“我說，孩子，你的小提琴是西班牙製造的嗎？”

“好問題。夫人接著點穿好了。”

“不是薩拉薩蒂、帕格尼尼，就是拉羅、聖桑、拉威爾，維尼亞夫斯基等也算上。悲愴遒勁蒼涼沈鬱，拉丁和斯拉夫得淋漓盡致了，卻美中不足忽略了古典德奧，我這裡特指其典雅明亮、神性光照的精神。”

“這確切嗎？揚先生不也演奏巴洛克的亨德爾、巴赫，古典的莫扎特和浪漫的門德爾鬆等等？”

“一語中的，不能再確切了。我雖然也拉十八世紀，卻總不免琴到心不到。事實上，是境界還沒有到。”

“既然意識到了，那就努力變變調吧，孩子。我相信你能行。”

“我願意。不過還請各位幫我，沒有你們我可能不行。”

“當然。從今天就開始怎麼樣？希望你沒有忘記，你還欠我一曲。”

“《春天奏鳴曲》。你是想要我心中有春天，有晴朗的一天。”

“願春天活在春夏秋冬，晴朗的天是永遠的天。”

“可是，她已經離去日久，我早就背不下來了。”

“這個藉口你可找不到，瞧，我特地帶來了樂譜。”

“抱歉，沒有譜架還是白搭。難道春天真的和我無緣？”

“這……天色已晚，我的眼睛，唉，老了。”

“我來吧。”

我步出人群，自蝴蝶夫人手中接過樂譜，轉身大大方方走到他面前，眼睛不看他，雙手微微顫抖著打開第一頁，平舉著鋪展在他眼前。琴聲隨之響起。

心跳，我的和他的，兩人頭一回距離這麼近，近得聽得到血液的流動。讀著五線譜，我一頁頁仔仔細細翻著，一頁頁仔仔細細翻著他的心。

漸漸地，我聽到了：一江春水向東流，向東流……

15. BRAHMS: Violin Concerto in D major, Op.77

雪，白骨碾成灰塵的血雨，流自蒼空深不見底的創口，將天地佈置成一座超級病房。

一隻無名鳥，拖著骨梁折斷的翅膀，跌入街道狹長凝重的雪河，轉眼與表層融為一種顏色，載沈載浮，隨波逐流，向膨脹著的病室的天花板飄去。

風，此起彼伏，精神病院裡的喘息、呻吟，時而高歌狂笑，時而婉轉悲號。原來這是世界真實的音樂，而我原來是一隻鳥麼?

我撲騰著逃進白宮，雪龍張牙舞爪追蹤而至，四下搜索著，踹開一道道房門。跳出窗戶，再跑，跌跌撞撞爬上國會山巔，雙臂抱住自由女神銅像。風神震怒了，歇斯底里撕裂著一層層空氣，女神不勝嬌柔搖搖欲傾；腳下雪浪翻滾，一波波蜂擁上來。我凌空撲出去，飛起來了，不見刀光的利刃迎面削至，羽翼脫離軀體的瞬間，躍上全城至高點，華盛頓紀念碑的頂尖。

盤腿坐下來，往胸口刻著一個個十字。仰望，雲層壓下；俯瞰，雪海湧起。最後的時辰到了，合掌，擴散迴光返照的瞳孔……

天際，地平線上，隱隱有光影閃動，駕著光速向我飄來一個UFO?闔上渾沌昏花的眼睛，再睜開，三根光柱懸浮於咫尺外。似曾相識，不是外星人，好像幾位兒時的夥伴……啊，認出來了：哦，天……

——你們，鮮紅的貝多芬，深藍的巴赫，碧綠的莫扎特，我敬愛的大師們呀，我終於見到你們了。請允許我伏下身來，親吻你們的腳背。你們這是來接我的嗎？接我回天家。

——我說揚啊，我跨世紀的子孫，你剛才一個人在暗自哭泣嗎？噢，不要這種聲音，不要。風雪是一種必然和必需的命運，與生俱來無可逃避，你能夠做的只有與之肉搏。當你扼住了它的咽喉，你就是我，我即是你了。反之，當你不幸倒過來被它扼住了咽喉，也至死不要放棄呼吸；吸不進氣就喝真空，呼不出氣就吐鮮血。你的耳朵聾了嗎？你的喉嚨啞了嗎？你的手指和血液，那神賜的以美禦敵的利器和給養，僵硬凝滯了嗎？

——似乎還沒有，可也只剩下一步之遙了。唉，別再提什麼美了，水性楊花的她早已經棄我而逃，甚至更進一步，搖身化作暴君頭頂上的王冠。你看這肆虐於天地的暴風雪是何等得壯美呦，美得無與倫比，美原來存在於死亡和毀滅。此時此刻，我倒真希望自己耳聾眼瞎了。活著為了體驗生命和審美，聽不到、看不見卻常常是莫大的幸福……

——住嘴！你知道你在說些什麼？你以為自己真的懂得美與生命和幸福的關係？作為一個健全人，風華正茂的你怎麼能想走？你以為走了就一了百了，眼不見心不煩，從此脫離了這悲慘世界，再也沒有生存的痛苦，並將優哉游哉活在永生之中了嗎？這自欺欺人的懦夫思維怎麼也污染了你。如果你喪失了我的精神，為什麼又奉我為你的第二位上帝？你想讓我為你驕傲還是羞愧？

——我的神明，我的支柱，求你不要這樣責備弟子，你血統的直系後裔吧。你的英雄命運始終是我生命的定音鼓、主旋律。可是，你看眼下這雪、這風、這天、這地，它們正在將我活活打造成一座冰雕。我的體溫已經接近了零度，除了盼望儘早解脫，我還能有什麼別的選擇，縱然不甘坐以待斃？苦難大師你來的正是時候，請教給我吧，教我怎樣置之死地而後生，怎樣成為千僖年末的你。

——不要成為我，而要成為你自己。我們幾個哪裡是什麼神明，不過僥倖比常人多了一兩條愛的基因而已，而這方面你一點也不遜色。上帝造人用的是相同的泥土和元素，永不熄滅的愛是你拒絕被打造成冰雕的火焰。我們看到你正在熱戀，一個戀愛中的靈魂是不允許回家的。天父讓我們給你捎句話：你想回家歇息，等胸中這座火山停止噴發後再說。還不明白麼？哈哈……

——什麼？我在戀愛？怎麼連我自己都不曉得？該不是愚人節的新聞。我，一個以高樓大廈為山林、茫茫人海為江湖的隱士，一個身心屬靈的遊吟詩人，凡夫俗子的七情六慾早已棄之如敝履。可是...等一下，我的生死知己，莫非你是指……她？

——不錯，正是她。金秋的週末，你和她相會在街頭，練習演奏我的雙音小提琴協奏曲。你指點著她指法技巧，她揉撫著你的情感心魂。那時刻，你倆返樸歸真成一對童男童女，嘗試著捨棄抒情潤色的揉弦，洗去人工雕琢的最後痕跡，將這樂曲演繹得如此稚氣純然、清新透明，讓老琴師我聽得熱淚直流，為你們和諧結合後再生的這個新我。要知道你靈性感召後完成的《恰空》獨奏都沒有讓我這樣動容，而那是我們魂魄跨越時空的振蕩共鳴。從外表看，你們兩個反差得十分有趣：一男一女、一東一西、一高一矮、一邋遢一潔淨、一沈鬱一歡欣，引得多少行人駐足觀望，微笑、流淚，讚美、嘆息。

——老琴師也是一顆情種。那的確是一個刻骨銘心的時辰。我們倆話說得很少、很簡潔，除了音樂，閉口不談個人的事情，直到今天我還不知道她姓什麼，來自東方哪個神秘國度。當琴弦連接上了心弦，語言顯得那麼多餘，沈默又是如此珍貴。只感到，時間定格在耳鬢眉眼接觸的每一瞬間。

和她在一起，我似乎只有耳朵，而迷失了眼睛。我好喜歡看她，凝視她是一種只可意會不可言傳的日光浴，真正體驗到了，我的耳朵為沈醉音樂而生，眼睛為享受女人而設。可我又特別害怕看她，看她時淚水總忍不住湧上來，悲哀得仿佛馬上就要死去。難道這就是所謂的愛情？

可我值得她愛嗎？反過來我又應該愛她嗎？這真是兩個揪心的問題。沒有人比我有更痛徹的體會：愛情是一條美麗的賊船，上去容易下來難，因為她是人類所有貪婪的起源，而貪婪是一切罪惡與痛苦的淵藪。

——愛情是一條海盜船，她既可以劫掠珍珠寶藏，也可以捕撈星光和朝霞。想想吧，這個外表修飾得十分雅致的東方女子，一個大千世界的陌路人，在辛勤追求自己的美好生活之際，幾乎每天都跑來看你，看你這個現代社會的棄兒、麻風掉的不可接觸者。天氣好時你開演奏會，她全神貫注當聽眾，像是要把你飄忽不定的一顆心偷聽了去珍藏在懷裡。風雨天你無法拉琴，孤零零躲在屋簷下哆嗦著像只喪家犬、落湯雞，她給你送來雨具、銅手爐、旅行帳篷、熱騰騰湯飯，然後幽幽道一聲晚安悄然離去。你為什麼不敢承認對她絕望的感激？又何必羞愧自己正大光明的人欲？人無情夢有義，你同她攜手共赴伊甸忘情於蘋果樹下多少次了？難道不曉得這再簡單不過的道理：愛決不是罪惡，扼殺愛才是。

——揚，我的小兄弟，你的愛情等於痛苦說讓我不禁啞然失笑。人常說不懂得痛苦就不懂得歡樂，我卻要說不懂得歡樂就不懂得痛苦。在這方面女人是我們現成的楷模。她們盡情享受著太陽下的輝煌燦爛，而絲毫不理會大氣層外的無邊黑暗，從來不會透支那些貌似深沈實為無意義的感情。你的悲苦是對全能造物主深不可測智慧愚妄的杞人憂天，你以血淚換來的哲理在女人純真的歡笑聲中不堪一擊。無家可歸不是自我摧殘的理由，地上的存在都是無家可歸的生靈。順其自然樂天知命地活著，就是慈悲神明賦予我們的天然使命。活著一場以笑容作主餐將眼淚作調味品吧。你以為她天生就是一個歡樂公主？你沒有看到她瞳孔裡波光閃爍之間的絲絲陰影，更沒有感覺到那陰影中的微笑明媚而甘甜？世人恭維我是千年一遇的天才，卻不知我的天才原來只是一顆與生俱來，單單純純的女人心。

——哦，請別說了，好兄弟。到底，我明白了，我是一張漂泊的小提琴，她是一把孤獨的琴弓，缺少了任何一個都奏不出人間天上樂音。現在，兄弟們你們看，風停了，雪住了，恕不奉陪了。我這就啟程，縱身躍下這高聳入雲的冰柱，一路快馬加鞭高唱著歡樂頌，奔向那條停泊在藍色海灣的賊船。

16. CHAUSSON: Poeme, Op.25

皚皚雪原上一點翠綠，優優雅雅劃過一條花瓣弧線。小小甲殼蟲爬出495，拐進康乃迪克街。一條大道筆直向前，兩旁整齊的銀色聖誕樹迎風招展，列隊歡迎。進城了，晴的一顆心跳起來。為什麼走這條路線？是不是繞遠了？不知道。停在一個紅燈前，忽地想到了這個問題。

過節了，少了上班族，街上的行人和車輛一樣稀。蒙上了一層霧的目光移去人行道，那裡冷冷清清晨練、遛狗的老少男女……

冷不丁，眼簾跳進一個移動物體，不遠不近，一個青年男子熟悉的背影。白樺樹般的身姿，鮮紅的運動衫，大步奔跑在雪地上：是他嗎？是他，肯定是。冤家路窄，還真給撞上了。怎麼，他還是一個人？

後邊響起喇叭聲，晴舉舉手致歉，順勢抹一下兩邊眼角，腳踩上油門……

是他怎麼樣？不是他又怎麼樣？我們的啼笑姻緣盡了，自從那個肝腸寸斷的中秋夜：

月光下，露天劇場上，我們在演奏，克萊斯勒《愛的悲哀》和《愛的歡樂》。薩拉薩蒂獨奏，我給他伴奏——是的，用加了弱音器的小提琴代替鋼琴伴奏。這是我們的共同發明，多麼新穎有趣。

驀地，像是有一種心靈感應，我反常地於痴迷中抬起頭來，面向觀眾席，迎面正對上了他的綠眼睛：啊，我的鋼琴王子，我天衣無縫的小帥哥呀，我等了你這許多天，半個月亮盼另一半，咫尺共嬋娟，今天終於把你給盼來了。一直故意不主動邀請就是想給你一個驚喜，早就知道古典發燒友你會來的，來加入這流浪者的街頭狂歡，不分膚色階層的融合浪漫。在這裡，我們大家都是吉普賽。

巧笑倩兮兮，和夢中人打著招呼，接下來……接下來，天昏地暗，我眼睜睜看著一雙冰鑄的利劍，直直向我的心窩戳來，剎時，全身掉進了冰窟窿：天，我……我犯了什麼罪?

不，這不可能，絕不可能！他不是有色眼鏡，更不是3K黨。他是民主黨、基督徒、保護野生動物協會會員、和平愛好者、傳統家庭至上者、守法的公民、勤奮的納稅人、正人君子……我太了解他了。一定是天色暗了，我的眼花了，千萬別冤枉好人，我曾經冤枉過他不止一次。那……那就再試試……大眼睛朝他不住眨巴著，力所能及地柔情萬種，只祈望他相同的信息反饋。

冰炭交鋒幾秒鐘，轉瞬間，兩道寒光自我的瞳孔裡拔出，隨之上下切割過身旁的吉普賽。還沒等我反應過來，一扭頭，他拂袖而去。

奇蹟，沒有發生。

隨著一聲刺耳的走調，琴聲斷了；愛的歡樂失手掉在地上，砸個粉粉碎。

午夜，臥室裡黑洞洞的。頭枕著手臂，斜躺在窗前，凝望著滄海月明珠有淚，我哭了，一直哭到昏昏沈沈睡去。

第二天，我沒有向他道歉，沒錯道什麼歉，我可從來不喜歡自虐。既不道歉，也沒有打馬虎眼糊弄過去的心情，應該SORRY的不是我而是他。如果他幡然悔悟了，我一定要張開雙臂當場撲上去，給他一個飽蘸著熱淚的長吻。暴風雨後一對天鵝重逢了，我們還是人見人羨的異國戀人，我的紅地毯、洋娃娃的夢還要繼續做下去，一直做到好事多磨，辛蒂瑞拉最終向王子揚起水晶鞋的那天。

可是他沒有，阿蘭德隆變成了鐵麵人，一整天沒有和我說半句話，目光破天荒逃避著我的面龐和身體。我表面上裝得滿不在乎，該幹啥還幹啥，一顆心卻被揉成了一團麻花。

第三天，下班後，他一臉凝重來找我，上來就是句SORRY——一聲春雷，我還沒來得及有所行動，他已經開始口若懸河，嚴嚴肅肅向我提出忠告：街頭社會是一個大垃圾箱，這些無家可歸者都是社會發展進程中被淘汰下來的殘渣餘孽，其中絕大多數為吸毒者、酒鬼、娼妓、艾滋病患者、小偷流氓強盜，諸如此類等等。引經據典義正辭嚴得叫我無法反駁，只有努力解釋說他和他們是不一樣的。

“怎麼不一樣？不一樣在哪裡？會擺弄幾下樂器、拉兩首小調就打了免疫針了？記得你曾教我一句中國俗語，叫作近朱者赤近墨者黑。我想這話既適用於他，也將適用於你，如果你喪失了警惕的話。”

“可是，你為什麼不能倒過來想想呢？最終他沒有把我變成他，我卻將他變成了我。”

“天方夜譚。原來你是想親自主演一出現代版的美人與野獸，難怪和他拉琴時那麼……”

“請別這麼尖刻，亨利。我沒活在童話裡，但如果是又怎麼樣呢？”

“精神可嘉，但卻嚴重脫離現實。你自已親口說過：爛木頭雕不出一朵花來。”

“在我送你一座根雕藝術品的時候。”

“好啦，晴，親愛的，我們不爭辯。現在，我鄭重地懇請你：為了你自己——一個有著良好身份地位、前途光明的專業女性，為了我，和我們至今進展順利的關係，離開他，離開街頭垃圾桶！”

“可是亨利，我也懇請你，聽我再進一步解釋，用我辭不達意的破英語。最後你一定會理解我的。”

“沒有什麼可是，語言不構成我們此刻溝通的問題。你應該明白，你的解釋我永遠不會明白。”

“既然這樣，經理，你有權把我從公司解雇，可你無權把我從街頭解雇。美國總統也沒有這個權力。”

“你……晴，你不是你了，突然變成了一個陌生人。”“你也是。”

“可是，我……我愛你！晴。”

“我……我愛……街頭……音樂……”

“我們的關係，難道就……這樣完了嗎——為了這麼一個吉普賽？”

“我不知道。”

“難以置信，不可思議。如果這樣的話，我真的是很難過，很難過！”

“我也是！”

我哭道，扭頭衝出他辦公室。

當夜，窗外沒有月亮，沒有牛郎織女星。獨自面對著滿天烏雲，我又想哭，結果沒哭出來，卻笑了。

17. FALLA: Suite populaire espagnole

向前，再向前，穿過一條世紀長的黑洞，終於，我爬出北冰洋的窟窿，轉眼置身於一個光的世界。

支起僵硬的身體，抬起熔化的眼睛，我看到，雲開霧散，雪過天晴，太陽出來了，月亮也出來了，同時高高懸掛在天空。我該投身去哪個呢？

白茫茫，一望無際。腳下亙古的冰層在開裂、解體、消融，我在一寸寸下沈。大海陰謀將我吞沒，完成風雪未竟的事業。炎熱原來是一個陷阱，堅冰是一種支撐。四下里張望，哪裡有一條小船，載著我飄去天河。

昨天是一個夢，今天是夢中之夢；夢裡是夢，夢外還是夢。走出一個幻影光圈，旋即進入另一個。我，該哭？還是該笑？

我忠貞的情侶死了，去得很突然，也很悲慘。

暮秋的夜晚，天涼如水，路燈斜映。披一襲風雨衣，我低頭、閉目，於靜思默想的迴旋飄渺中，夭夭逃出臭皮囊的牢籠，悠悠雲遊在以色列的橄欖山上，那所羅門王國的一方樂土。

平地響起一聲秋雷，身旁卷過一股旋風。大黑夜的又發生了什麼事情？我緩緩睜開眼睛，別轉過頭去：

一具鋼鐵殘骸橫躺在幾尺外，頭部仿佛鑽進了鋼筋水泥大樓。駕駛者的脖子斷了，腦袋向後耷拉著，翻起的一雙白眼正衝著我，那裡面竟還帶著絲絲笑意：唉，又一個。走好，兄弟，你這醉生夢死的生靈，至少去得沒有表面的痛苦。願主保守你，願天堂或地獄裡有美酒沒有汽車。

低頭看，我美輪美奐的情侶被車裂了，鮮紅的屍骨七零八落，鋪散了一地。只有飽滿厚實的那根心弦還在微微顫動，唱著最後一支G弦上的詠歎調，聲音越來越弱，越來越遠：噢，別了，我的愛人，愛我的人，原諒我先走一步了，我們天堂再見。

為什麼是它而不是我呢？它越活越優美，我卻越活越醜陋。美為什麼比丑先走呢，這不公平。

我早有一個揮之不去的預感：如果它走了，我也就快了，除非它留下的真空能夠及時地得到填補。可是，我到哪裡去尋找一隻像她這樣善解人意的夜鶯，我怎麼再支付得起一把名貴的小提琴。

那麼，去和親人道一聲再見吧。母親的高血壓怎麼樣了？姊姊出嫁了嗎？小妹該上大學了吧？父親……還像以往那樣日夜操勞麼？真希望你們知道，不論走到海角天涯，我總還是愛你們的，抱歉我辜負了你們的。想到這，主管血液輸送器官的創口又迸裂了，因為瞬間超負荷的工作。血，你為什麼總是流之不盡呢。

手伸向內衣口袋，摸出一張電話卡。這是她送給我的，還從來沒有用過。

“媽媽，媽媽，是我，這是真的。我是大衛，大衛，你的兒子呀！”

“大衛？……我的……兒子……”母親的聲音，一下子讓我好委屈，咋還是這麼沒用。

“媽媽，別……別這樣……”母親一哭，我就跟上，還像以前一樣：“我……我很好的……”

“大衛……我的……兒子……你……真的很好……”

“是的，媽媽，是的……”我本以為自己的淚水早就幹了：“你呢，媽媽，你好嗎……”我又錯了。

“大衛，我的兒子……你在哪裡……”

“我在……南方，一個光明溫暖的地方……”

“大衛，我的兒子……回……回家來……”

“我會的，媽媽，我會的。”

“大衛，大衛，真的是你嗎？聽聽我是誰？”

“爸爸，爸爸，你好嗎？”

“傻問題，沒有你，我怎麼好得起來？”

“我……”

“我說兒子，聽著，請你給我仔細聽著，這裡有一個天大的好消息！”

“天大的好消息？爸爸？”

“你的股票，你那幾乎血本無歸的股票，全都反彈回來了。不光反彈回來，並且接連大漲，並且在你所設的限價自動售出，幾乎都是它們的歷史最高點啊！”

“真的？！”

“千真萬確！兒子，我的驕傲，你是一個金融奇才，一個天才，一個地道的百萬富翁，幾百萬富翁……”

“…… ……”

“兒子，你在聽嗎？你在哪裡？回答我，回答我，我的兒……”黑色的話筒懸掛於半空，鐘擺一般搖來盪去。

時間，你原來是黑色的，一個黑色幽默。

我，一個街頭流浪漢，一個百萬富翁。滑稽的人生。我哭，我笑。

18. Gluck: Melody, Dance of the Blessed Spirits

繞過杜邦轉盤，甲殼蟲蹴上馬薩諸塞街，慢悠悠爬行在漢白玉堆砌的雪牆裡面。

“乖寶貝，我們馬上就到了。”扭頭撇一眼身旁乘客座位上，那被牢牢繫上了安全帶的禮品盒，晴小巧玲瓏的心，於無聲中，暗地裡被輕輕劃了一刀。薄如蟬翼的刀片，口子被割開的瞬間沒有一絲疼。

你是我的獨生BABY，天涯遊女身邊唯一的親人。半年前，我才為你慶祝了十歲生日。初夏的北京，空氣在燃燒。難忘的大一歲月。

和朋友們從廣場回學校的路上，騎車經過東皇城根。在那個小型跳蚤市場，我一眼就看到了你，一把半舊不新的小提琴，試拉了一串音階就愛不釋手了。一百元的標價是我整整兩個月的伙食費，窮哥姐們幾個七手八腳總算湊齊了。從此，你就是我的女兒，我就是你的母親。你的美麗和溫馨帶給我的慰藉與歡樂，親生骨肉怕是也不能夠。

後來於一個偶然的機會，驚喜萬分地發現，你竟然是提琴製作大師戴洪祥先生的早期精品，不意輾轉流落在民間，到頭來陰差陽錯給我揀了個大便宜。對你的珍愛也就更加深厚一層。留學期間半工半讀，寧肯自己去端盤子挨累受氣，也不願送你去佳士得置換學費和麵包，你早已是媽媽的金不換。含辛茹苦的日日夜夜，我們相依為命。

可現在，女兒，你跟他去吧。別怨媽媽狠心，媽媽左思右想反覆掂量了一整個月，摟抱撫摸著你度過了多少個不眠之夜，才做出了這一生中最艱難殘酷的決定，真的不容易。你就原諒媽媽吧。媽媽可以沒有你，他卻不能沒有你，沒有你他就沒有了魂。

他對你並不陌生。演奏時為了增加情趣，我們曾不止一次地調換樂器，他對你讚不絕口，稱你為東方的瓜奈裡[14]，太陽昇起地方飛來的雲雀。他一定會成為你的好父親，比媽媽更能煥發你的優質潛能。媽媽始終相信你是有靈性的，絕不僅僅是一塊木頭。你的靈隱藏在你古樸典雅妙不可言的曲線形狀中，更閃爍於你酷似人聲光輝流溢的振動音波里。

哦，女兒，媽媽聽到了你細微的聲音：可是媽媽爸爸為什麼不能永久在一起呢，既然你們的心聲早就已經水乳交融成一體了？——一個左閃右躲至此再也不能迴避的問題。

一千次、一萬次問自己：我愛他嗎？是，還是不是？我對他剪不

14. 瓜奈裡：18 世紀意大利著名提琴製作世家。

斷理還亂的情感究竟算憐憫還是愛情？由憐生愛抑或因愛生憐，這叫擅長編程邏輯的我怎麼也分辨不清。愛情是海洋，什麼是鹽？哪個是水？愛的宣言天生太神聖，神聖泛濫成災就變成了輕飄，我們身處一個愛情通貨膨脹的時代。當一條小船在汪洋中碰到另一條，當兩顆心靈熔化於同一道火焰，當一把琴弓拉出了一波雙音，愛這古老字眼失去了精確性。談情容易說愛太沈重。

尋尋覓覓冷冷戚戚，我是一個快樂而憂傷的精靈。前生是祝英台和卡門的混合體，今生不期而遇你這世代冤家，還能有什麼更皆大歡喜的選擇。我要你，我要你也要我；裡裡外外上上下下，自身體到魂靈。那麼，今天我就拉著你回我家，不，回我們的家。我要和你共築一個烏鴉與麻雀的小巢，和你除去巫山不是雲，和你一道譜寫一曲新版的流浪者之歌，那歡樂與痛苦交織纏綿的華彩樂章。

患得患失的盤算讓我未老先衰，拯救迷失靈魂的自我昇華實在滑稽，現在都請走開吧你們。我不再多想了，不再編寫戀愛與婚姻程序，不再讀白雪公主灰姑娘，不再禱告不再懺悔更不再等待。今天我只要行動，像痴迷不悟的精衛那樣去行動，去填滿你人生的所謂苦海。今天直到永遠我要以是愛情又不是愛情的愛告訴你：太陽底下始終有烏雲，黑夜上空星光永遠不落！

19. SAINT-SAENS: Havanaise, Op.83

聖誕夜清晨，旭日自西方冉冉升起；金黃血紅的光芒普照大地，普照歡樂的人海，也普照著我。

是的，西方。東方是西方的一面鏡子，我們都活在鏡子裡，平面的，凹凸的。清晰的鏡子是模糊的夢。

自鏡子裡我看到：一步步，一步一回頭，我正在向鏡外走去。夢鏡的邊緣猶如一把刀鋒，我雙腳踏了上去。

“聖誕快樂，揚。”

“聖誕快樂，約翰。”

“昨晚休息得怎樣？那些賴傢伙沒再跑來煩你？”

“很好。沒有。感謝你的照應。”

“今晚不是我當班。只想提醒你，聖誕夜避難所十點鐘準時關門。提前點進來，免得被關在門外。”

“不用費心了，兄弟。今晚我不回去了。”

“今晚你一定要回去。天氣預報說有暴風雪，你不能露宿街頭。”

“暴風雪？沒關係。這也不是第一次了，況且將是最後一夜。”

“最後一夜？我說夥計，你在胡說些什麼？”

“昨夜，我做了一個夢：我的小鴿子要來接我了，我得堅守在原地等她。”

“那個東方女孩？我看你是想她想瘋了。她來接你？聖誕老人的玩笑吧。”

“約翰，最後求你一件事：請給我準備一套西服，一雙皮鞋，外加一套剃鬚工具。”

“哦，揚，揚，揚，原來你是認真的，終於做出了這改邪歸正 — 噢不，用你的話說 — 改正歸邪的決定？”

“Thou sayest！”

“明白了，你們一定已經有約會。哈哈哈，萬萬沒想到，左勸右勸你不聽，這東方妞擊敗了我們所有人。”

“百萬美金我不要，我只要她。”

“又胡扯。不過，真為你高興得要死，你送了我一份聖誕厚禮呀。”

“對不起，不是送你，是送給她的。她已經默默等待了許久，我一直感覺得到。時候到了，我不能再教她失望，也不能再教自己失望了。”

“行行行，是送給她的，她再分贈給我們大家。”

“對此我就不再表示異議了。”

“好啦，時間緊迫，我這就去給你預備行頭。”

“從裡到外，最好要全新的。”

“當然要全新。裝扮前不要忘了沐浴，洗掉一身皮去。”

“我會的。謝謝你，好兄弟！”

“不客氣，老夥計。”

金黃和血紅的光暈中，太陽自東方沈淪。恍恍惚惚中，一步一個腳印，我邁入涅盤之境……聽，平安夜的歌聲響起來了：哦，神明，你在向我走來，我在向你走去……

萬能慈悲的主啊，保守你的親生骨肉，你一手創造的眾生吧，阿門！……

20. SCHUBERT: Ave Maria, Op.52-6

“吱——”，一個急煞車，好懸，只差幾寸就親吻上前車雪白的後部，晴的花容失色。堵車了，長長的一溜，一眼望不見紅燈，綠燈也沒有。怎麼回事情？急人。

鬆了，車流重新蠕動起來，慢慢駛過十字路口：怎麼？兩個警察在指揮交通，啊，原來這裡在鬧停電。淨顧信馬由繮地憶苦思甜了，大冬天出門前後都忘了收聽氣象新聞。

“聖誕夜，一場兇猛的暴風雪襲擊了哥倫比亞特區，氣溫驟降至冰點以下一二十度。華盛頓城區積雪盈尺，冰雪壓塌多處輸電線路，造成首都大面積停電，並有人員傷亡。有關部門正在組織搶救……”

天，竟有這種事情！樂極生悲，銀色聖誕變成了銀色炸彈，節日情調完全走了調。虧得我所在的馬里蘭地區平安無事，教會的聚餐晚會歡歡樂樂，我還獨奏了一曲聖母頌呢，最後一次用我的女兒琴——啊，他呢？大雪天這呆子該不會一直在外頭等我？——哪能呢，我們又沒有事先約定，昨天下午他就不見人影，不知道野到哪兒去了。你呀你，自做多情。可是……停電……他的暖氣……

過第7街，下D街，甲殼蟲甩掉優雅雍容，搖搖晃晃貼著地面飛行：近了，近了，快到了，啊呀不好，方向盤不聽使喚，輪胎打滑，車子失控了，我的上帝呀……

打著橫闖過中線，甲殼蟲一頭栽進路旁雪堆，熄了火。搖搖腦袋，還好，人沒事。這邊門被封住了，晴吃力地爬去右邊座位，雙手使勁推開門，一把抓起禮品盒，跳出車子，深一腳淺一腳向對街奔去……

小提琴之角靜悄悄。雪的山巒、冰的湖泊，瓊花怒放、玉樹搖曳，鋪開一座北冰洋沙盤。四周不見一個人影，晴稍稍鬆了口氣，不勝柔弱喘息著：啊，好美呀，好美！這裡怎麼一下子變得這樣美、這樣靜呢？

真是的，這傢伙跑哪兒去了？天都大亮了，該不會還在對街避難所裡睡大覺？倒挺會享受的。那我現在該怎麼辦？是上門去拉他起來，還是在這裡傻等，哪個更羅曼蒂克？

咦，那是什麼？一個天然雪人，端坐著面朝太陽背對著我，整體形狀粗略中頗見神韻，上面還落著那麼多鴿子，遠遠望去像他的大理石雕像似的，有趣。走，先過去拍兩張照片再說……

…… ……

哦~~~我看不見~~~看不見了~~~我怎麼什麼也看不見了~~~眼前白花花的一片~~~我~~~我患了雪盲症了~~~這是一個夢~~~這是一個夢~~~這一定是一個夢呀~~~噢夢~~~醒醒~~~你醒醒~~~~~

夢裡比夢外還清晰：他，我的他，我永遠的他，藏青的西服，雪白的襯衣，鮮紅的領帶；雙目低垂，嘴角凝固著一縷遐想的微笑；大鬍子茅草叢不見了，鼻子、嘴巴第一次輪廓分明，好英俊。而他的頭顱和麵龐，籠罩著薄薄一層晶瑩透徹的冰，於陽光下閃耀著粼粼的光輝……

小提琴，慢鏡頭向雪地飄去、飄去……和平鴿，撲騰著向藍天飛去、飛去……

(SHOSTAKOVICH "Romance, the Gadfly")

——媽媽，不要遺棄我，求求你！

——傻閨女，你是媽媽的小心肝，媽媽怎麼會遺棄你呢。

——你不是想要把我過寄給一個黑精靈嗎？媽媽。

——他...不是黑精靈，他是一個馬路天使。

——我看見，四周漆黑一團，我被強迫唱著魔鬼的顫音。

——那不是魔鬼的顫音，那是上帝的歌唱啊。

——不對呀，媽媽，上帝怎麼好像在哭泣？

——哦，你做噩夢了，女兒，我的心。

——醒醒吧，親愛的媽媽，天亮了，太陽出來了！

註：

1.BACH: Air on the G String, Suite No.3, BWV 1068：巴赫《G 弦上的詠歎調》

2. SHOSTAKOVICH: Romance, the Gadfly：肖斯塔科維奇《牛氓浪漫曲》

3. LALO: Symphonie espagnole, Op.21：拉羅《西班牙交響曲》

4. MENDELSSOHN: On Wings of Song, Op.34 -2：門德爾鬆《乘著歌聲的翅膀》

5. PAGANINI: No.6 in G minor of 24 Caprices, Op.1：帕格尼尼《g 小調第 6 隨想曲》

6. SARASATE: Introduction Tarantella, Op.43：薩拉薩蒂《引子與塔蘭泰拉》

7. TARTINI: Sonata in G minor "Devil's Trill"：塔蒂尼《g 小調奏鳴曲"魔鬼的顫音"》

8. WIENIAWSKI: Scherzo Tarantelle, Op16：維尼雅夫斯基《塔蘭泰拉舞曲》

9. DVORAK: Songs My Mother Taught Me：德沃夏克《母親教我的歌》

10. VITALI: Ciaccona：威塔利《恰空》

11. BEETHOVEN: Romances in G major & F major, Op.40 & Op.50：貝多芬《G 大調浪漫曲、F 大調浪漫曲》

12. TCHAIKOVSKY: Serenade melancolique, Op.26：柴科夫斯基《憂鬱小夜曲》

13. Sibelius: Violin Concerto in D minor, Op.47：西貝柳斯《d 小調小提琴協奏曲》

14. HANDEL: Violin Sonata in D major：亨德爾《D 大調小提琴奏鳴曲》

15. BRAHMS: Violin Concerto in D major, Op.77：勃拉姆斯《D 大調小提琴協奏曲》

16. CHAUSSON: Poeme, Op.25：肖鬆《音詩》

17. FALLA: Suite populaire espagnole：法拉《西班牙民歌組曲》

18. Gluck: Melody, Dance of the Blessed Spirits：格魯克《旋律，祝福之靈的舞蹈》

19. SAINT-SAENS: Havanaise, Op.83：聖桑《哈瓦乃斯》

20. SCHUBERT: Ave Maria, Op.52-6：舒伯特《聖母頌》

（以上音樂作品均為小提琴曲）

(2005)

死亡浪漫

一

早婚是家族的傳統。愛蜜兒十九歲挽著父親的手臂踏上教堂的紅地毯，輕輕松松懵裡懵懂，就完成了由一個爛漫少女過渡到溫柔少婦的轉型。

丈夫約翰是她的高中甜心，一個典型的傳統式北美男人，家庭至上，工作勤奮，裡裡外外一把好手，愛蜜兒婚後很幸福，肚皮也就接二連三傳出喜訊，週期性地每兩年一次，不歇氣地持續了一十二年。身兼家庭主婦和孩子王，愛蜜兒整天活在蜜蜂窩裡。

星期天，抱著小的牽著大的，全家一道去社區教堂作禮拜，愛蜜兒總是滿懷感激，千恩萬謝讚美著上帝，賜給了她一個美滿到了小貓小狗的家庭，守護神一樣的丈夫，小天使一樣的孩子們。

二

晴空上還有朵朵白雲，愛蜜兒也有自己的心事，多年來，她小心翼翼地保守著一個不大不小的秘密：自打剛懷上長女，搬進新居後不久，她就開始接到一個神秘男人的來信，每天一封以日期編號，節假日和週末也從未間斷過。從信封看，寄信人名叫卡西莫多，通訊地址“天堂臨街一號”——一個本市地圖上子虛烏有的路名。

每封信的內容都是詩，具體點說是愛情詩，一首愛情詩就構成了一封信，沒有任何兩封重複。每一首詩都註明了作者和出處。先是著名詩人的作品，世界各國自古到今幾乎無所不包，從莎士比亞、彼得拉克、普希金，到海涅、泰戈爾、勃朗寧夫人，紛至沓來琳瑯滿目。

起先接到信，愛蜜兒的胸膛小鹿撞撞，匆匆掃過一遍後，就隨手往廢紙簍裡一丟，再一層層覆蓋上垃圾郵件，眼不見心不煩，不去想它。幾個月小半年後，面頰上的紅雲逐漸散去，見縫插針的好奇心乘虛而入，如此奇異別致的書信就再也捨不得墊廢紙簍了，一張又一張被鎖進了閣樓上一箇舊皮箱裡。

幾年後，小皮箱變成了文件櫃，文豪大家的名言金句摘引光了，繼之以近代和現代無名詩人的東西，先是取材於陳年報刊雜誌，後來應用新興的網絡。作品質量良莠不齊，有些也文情並茂，有的則單純幼稚，這且不去管它。

也不知道從哪年哪月開始起，愛蜜兒波瀾不驚的心湖緩緩地被撥動了，微微漣漪隨之蕩漾開來：這個卡西莫多到底是誰呀？真想不起來認識的有限男人當中有哪個這樣多情善感、浪漫主義的。想來我必定是在哪兒見過他的，但卻不是很熟悉。那麼，他長得什麼樣？年輕、英俊、高大嗎？這還用說嗎，美不勝收的詩歌不早就給出了答案。我猜他的頭髮是棕褐色的，卷卷的；眼睛是淺藍色的，深深的，熱情得像一團烈火，深邃得像一條大河。

這是一段夢幻的日子，收信、讀詩，默默地回味和猜測，成了愛蜜兒忙碌生活裡一支甜美的間奏曲。

三

流年似水，歲月倥傯，無名詩人的龐大資源終於也消耗得差不多了，寄信人開始親自執筆出馬了，書信的署名從此就只有一個——卡西莫多。主題單一的文字大多十分簡短，說文不文，似詩非詩，有的還文謅謅地或直書胸臆，或婉轉含蓄，愛蜜兒打心眼裡喜歡，像：

——夢中，神明許諾我一顆不落的小星；夢醒，我一眼看到了你。

——請允許，允許我親吻一縷拂過你的微風；風兒啊，請你不住地吹。

——讓我和你一道沐浴吧，沐浴著那同一片蔚藍下的天光。

——應和著你花間飄舞的裙裾，我大步行走在戈壁的伊甸。

——照著你含笑入夢的月光，也照著我徹夜的不眠；月兒知道我的心事，你卻不。

——寒風劫走了你的飄香，我搶救下來栽培一種春天的感情。

——我的身上長滿了嘴巴和眼睛，日以繼夜吸吮著你的雨露和光明。

——你將我的真空點燃；你將我的環行山填滿；你送我永遠不沈 的方舟起航。

——有了你的微笑和歌聲，我生命的陰天和黑夜在哪裡？我又在哪裡？

——當冰雪愛上了春風，默默地消融，一滴滴匯成江河，流去澆灌無邊的荒漠。

有的則是赤裸裸的大白話甚至吶喊了，很有些不守規矩，愛蜜兒也能報之以微笑：

——愛你不用談判，不用進教堂，更不用簽訂一紙法律協議。

——愛你你看咋辦，你愛咋辦就咋辦，這與我毫無任何關係。

——愛你是我神聖的天賦人權，你有權拒絕，但無權剝奪。

——向你示愛，不向你求愛；示愛高於求愛，給予勝過索取。

——愛你至死是上帝賜予的唯一幸福，抵過魔鬼施加的無邊痛苦。

——當我和你零距離，於是大海擁抱著陸地。

——你是白晝，我是黑夜，我倆永遠手銬著手，心釘著心。

——我愛情的月亮只有半個，殘缺使她更加皎潔。

——等不到你在地上，那就等你去天上；眾天使作證人，我們的婚禮在天堂。

——今天活著愛你，明天死了也甘心；不，今天愛你明天怎會死去。

再有些，實在是有點狂野迷亂，甚至不知所云，愛蜜兒幾乎完全不能明白：

——愛你比死亡更沈重，愛你比活著更輕鬆；愛抑或死是一個問題。

——你活在天堂，我活在地獄，你的天堂建築在我的地獄裡。

——愛是生命黑洞中的火把，皮肉脂肪燒成了灰，還有血液和骨頭。

——如果生命不是黑夜漫漫，怎望得見愛的星光燦爛。

——心靈永遠的憂傷，穿越生命星光的雨。

——使死亡黯然失色的是愛，將愛情注滿黑暗的是死。

——上帝將我推入一口煤井，然後在井口掛上一盞長明燈。

——當死海的波浪於夜空下鋪開，你升起愛的煙花璀燦。

——絕望有多深，愛就有多深，而絕望是一個無底深淵。

——活著、死亡、愛情，我生命的三位一體。

四

愛蜜兒天生不乏文藝基因，生活情趣花草一樣豐盛，舞蹈、唱歌、園藝、烹飪等都是她的日常最愛。但本性上，她又是個一汪清水的女子，羅曼蒂克得有限，不那麼前衛先鋒。作為一個人丁愈來愈興旺大家庭的年輕主婦，更沒有一個整天沈溺於白日夢的枕頭。曾幾何時，被莫名其妙捲入了浪漫的海洋，身不由已遨遊其中，時間久了就感到幾許倦怠，不知不覺又遊回了岸邊。孩子們都還小，丈夫主外，自己主內，日子快樂而辛苦，總得腳踏實地去過。

為此，她始終沒有去尋找這個神秘的卡西莫多，因為實在沒有那個意志決心，克服不了內在隱隱的不安和惶惑。漸漸地，收信、讀詩成了一種令人十分愉快，但卻不再激動莫名的日常操作，就如同每天聆聽一支好聽的歌曲，觀賞一幅美麗的圖畫，長年累月下來已經安之若素了。每當想到這世上有個痴情到家的男人，始終如一地默默愛著自己，愛蜜兒總感到心口像含了一勺蜜，潛移默化地，對丈夫和孩子們的愛和關懷，與對自己幸福家庭的眷戀，也就更加深厚飽滿了一層。

保守秘密是唯一剩下的問題，要不要向丈夫坦白交代，愛蜜兒左右拿不定主意，好幾次下定了決心又臨陣而逃。她不想引發不必要的誤會甚至衝突，她更怕失去一個夢，一個既沒有必要具體實現，但也不應該被人為打破的美夢。每當想到這裡，她心平氣和了。

就這樣，日復一日，年復一年，愛蜜兒在天與地之間走著鋼絲，優雅從容，直到有一天，直到十八年後的一天——時光的翅膀總是遠遠快過感覺的腳步，她接到了一封比往常厚重得許多的信：

五

愛蜜兒，我生命大廈的最後一根支柱，魂靈不死之光，長夜的天狼，淩晨的啟明，你好啊！

今天，謎底終於要揭曉了。請鎮靜，鎮靜，既不要微笑，也不要哭泣，你和我都應該這樣。請容許我單膝著地跪於你面前，捧著一顆心向你表白、訴說：

我是卡西莫多，卡西莫多是我的化名。我的本名叫亞歷山大高，你可能似曾聽說過，因為我原來是你的近鄰，就住在楓林道的小山坡下，和山頂上你家的房子距離不足百米，萬萬沒想到吧?

自我介紹到這兒，如果你還是想不起來我究竟是哪一個，仍然沒辦法將這個名字和我的形象聯繫在一起，雖然有點遺憾，但是沒有關係，因為誰會留意一個白晝的幽靈，一個日夜躲避著正常人群的異類呢。這絕不是你的錯，雖然也不是我的。那麼接著我就應該明確地告訴你：我……我……我就是咱們街區那個盡人皆知的癱子，那個殘廢亞歷山大啊！

噢，愛蜜兒呀，我的貝麗[1]，我的愛絲米拉達[2]，接到這晴天霹靂，請不要雙手冰涼渾身顫抖甚至高聲尖叫吧。告訴我你沒有，不，你不會的，你怎麼會呢。真該死，這又是我的自卑在作祟，真對不起。好了，讓我繼續下去：

我出生於本地的一個富有家庭，從小到大豐衣足食，健康成長一帆風順。自小學到高中一直深受父母師長的寵愛、同學的羨慕和男女朋友們的歡迎，為我俊美的外形，為我優秀的品學，還為我出眾的運動天賦。高三時，我作為學校足球隊的主力隊員，代表本州參加了全國錦標賽，並榮獲冠軍而歸。畢業後輕輕松松進入普林斯頓，計劃主修歷史和法律，同時繼續體育方面的發展。那時，從哪方面看我都可謂同齡人中的佼佼者，近乎完美的天之寵兒一個。金色平展的道路自腳下延伸向遠方，未來的輝煌燦爛提前親吻著我。

六

大學三年級進入新學期，金秋的一天下午，我高高興興去運動場進行日常訓練，心情悠然地做著準備工作。突然，我發現自己系不上鞋帶了，像個兩三歲的娃娃無論怎樣努力，手指和大腦就是協調不起來。站起身來想緩緩勁兒，竟又喝醉酒似地一頭向牆上撞去。大白天活見鬼了，怎麼回事情？難道我近來訓練得過猛了，傷病會不會就此終止我無比熱愛的運動生命？一想到這可怕的後果，我悲從中來。

我馬上被送去當地最好的醫院，一連幾天初診復診確診下來，結果終於出來了——

據說耶穌被掛上十字架的時刻正值中午，剎那間太陽自天空消失了，大地於白晝被拋入黑夜，原來那竟然是真的呀。眼下我也被一

1. 貝麗 --《美人與野獸》中的女主人公。
2. 愛絲米拉達 --《巴黎聖母院》中的女主人公。

隻無形的魔掌提起來，抛出去，自艷陽高照的頂峰墜入不見五指的深淵，甚至更為可觀，黑了就永遠地黑了，黑了就再也不會白了——

我……我……我患的是盧伽雷症！陰森可怖的醫學術語叫作肌肉萎縮性脊髓側索硬化症！

醫生嚴峻地宣判了我的死刑，緩期兩年執行。而在這兩年期間，我還得遭受各種非人的酷刑，從發病的那一天開始起，直到最終死神姍姍來遲的時刻。

病魔馬不停蹄展開了它的行動，全線侵入我的運動神經系統，像是一個接到了屠城令的韃靼騎兵，在彎刀被砍殺得卷刃之前絕不善罷甘休。世上的一切毀滅工作都是極其高效率。

秋去冬過春來，短短幾個月內，我大衛般的雙腿雙臂像幾根被砍離了軀幹的樹枝，水分揮發掉風幹成一堆柴禾棒；太陽神的面孔逐漸扭曲變形，直至可以媲美巴黎聖母院的敲鐘人；向他看齊的還有我健談的口齒，先是變得結巴含混，不久就退化到幾乎黑猩猩的水準，終於沒人聽得懂我的英語了，連我自己也不懂。真是深秋寒流下的一棵老榆樹也比我凋零得從容幾許。昨天的足球健兒，運動場上萬眾矚目的明星，貴族校園內風度翩翩的白馬王子，轉眼就被活生生抽去脊梁骨，變成了一堆苟延殘喘的人肉。

如果真的就此化作了一堆沒心沒肺的人肉，倒是一件天大幸福的事情。更令我不堪承受，幾乎要抓狂發瘋的，不是我這日日夜夜無時不刻在接受著一刀刀凌遲的身體，而是我那思維功能始終健全的大腦，和毫無任何麻木跡象的心。每每回想起仿佛近在眼前伸手可及，我那快樂無涯的童年、色彩繽紛的少年和風華正茂的青年時代，我立即成了一個被叛臣打入地牢的國王，叫天天不應，叫上帝上帝不靈。主宰萬類的造物主、大慈大悲的神明呀，睜開你的瞎眼好好看看吧，我才將將只有二十歲，一個朝陽正冉冉升起的年齡。你怎麼可以說翻臉就翻臉，跟我開這麼個拙劣的玩笑，啊？你不給我一個合理的解釋，我……我殺了你！

沒人能救我幫我，沒有一個人。親人悲淒的淚水將我投入水深火熱的煉獄，朋友們的目光除了惋惜就只剩下憐憫。相愛了三年的女友飄然而去，我理解並尊重她理智的選擇，才貌雙全的她有理由委身一匹駿馬，而沒有義務照顧一條病狗。環繞我身旁的人越多，我就越加煩躁易怒：不知道嗎，你們的音容笑貌，你們的舉手投足，你們的伶牙利齒，你們的相親相愛，你們的……都一鞭鞭抽打在我心頭，刺激我一遍遍向蒼天發問：為什麼？為什麼？為什麼這幾萬分之一的倒霉蛋竟然是我！既然是我，我不要你們廉價的憐憫，高尚的也不要！行行好，都請給我走開，從我眼前徹底消失，讓我清靜，讓我孤家寡人。

多少次，我癱在冰涼到了骨頭的輪椅裡，在白晝，於黑夜，一個人呆呆望著天空出神，接連幾個小時一動不動。巴掌大的小鳥會飛，沒有生命的白雲能跑，而我，唯一能夠做的運動就是一寸寸爬向死神，苦苦哀求它早日將我收容，以免除我生不如死的痛苦！

七

夠了！與其屈辱地被剝奪，莫如尊嚴地主動求去。人生來不是一種搖尾乞憐的動物，流落街頭的乞丐還有不容凌辱的底線，更何況天生心高氣傲的我。人活一口氣，這口氣叫精神。

世界風平浪靜，我這裡卻洪水滔天。在肉體的煎熬中我徹夜不眠，苦思冥想尋找一個繼續活下去的理由，一個45度傾斜的大廈賴以不倒的支撐，結果幾次三番以失敗而告終。除了享受所謂悲劇的美，我找不到一根能托住生命的蘆葦。殫思竭慮後我終於意識到：今天我若是沒有勇氣自我了斷，仍然心懷僥倖苟且偷生，兩年後當大限的時辰來臨，我必將悔不當初：為何不敢像一個以榮譽為第一生命的騎士那樣戰死沙場，而寧願屈辱地忍受征服者的百般摧殘和嘲弄。

活著總得有活著的意義，而坐以待斃不是意義，死緩比立即執行更加殘忍，更加不可接受。雖然本質上，活著的同義詞即是等死，但等死絕不等同於活著，等死就是死亡本身。生命的意義在於靈肉的追求，追求身體的歡愉和靈性的享受；當追求被扼殺了，精神的生命也就隨之上了絞刑架；當精神的生命已經窒息，物質的生命沒有理由不追隨而去。一隻折斷了翅膀的雄鷹，心臟還有什麼道理繼續跳動下去？

病魔即死神啊，你可以毀滅我早晚必將毀滅的身體，可你毀滅不了我寧死不屈的精神。雖然我無力阻止你以我的血肉釀你的美酒，但我有辦法讓你的縱慾享樂不那麼暢快盡興。按照我自己的，而不是你的旨意出牌，就是我向你無邊的法力、權勢和淫威，所能夠發出的挑戰和蔑視。你可以滅亡我，但是休想將我肆意蹂躪。我向你發出的抗爭雖然絕望，卻也慘烈悲壯。

好了，就這麼定了！抉擇一旦作出，我頓感一陣前所未有的釋放，彷彿有一道電光自天而降，從頭到腳貫穿全身，旋即驚喜地發現：生與死只隔著一道門檻，這門檻原來不在死神降臨的那一瞬間，而在生前某個大徹大悟的時刻。跨過了這道鬼門關，死之世界與生之天地，即呈現一種全新的景象：生既非極樂世界，死亦非萬劫不復；一方是波濤洶湧的海洋，一方是星光晦暗的夜空。想象死亡，蒙著眼睛進入原始森林，最壞的結局莫過於靈魂烏有一黑到底，其它的任何可能又何懼之有呢。而對於眼下的我來講，已經身處血海，還怕硫磺湖嗎。

八

這是一個暮春初夏的早上，我請我的全職私人護理，那個善良慈愛得像我乳母一樣的瑪莎大嬸外出採購，掃清了行動的唯一障礙。手槍就在書桌抽屜裡，決定作得還不算晚，我的身體狀況還沒糟得扣不動扳機。要知道過不了多久，自我選擇的權力都將被剝奪，到那時連求死也不得。想到這點我的意志更為堅定。

馬上就要行動，生命開始進入倒計時，我心情交織著即將解脫的輕鬆甚至愉快，與對往昔甜酸苦辣的懷念，和對生的無限眷戀。出門最後看一眼我從小就熱愛熟悉的大自然吧，去和天空和土地道一聲再見，不，永別。我驅動著電動輪椅來到戶外。

明媚的陽光不住親吻著我的面頰，朵朵白雲於藍天銜著我微笑，鳥兒合著清風悠揚婉轉，百花爭艷在碧波滾滾的草地，看著看著，淚水源源湧上眼眶，眼前變得一片模糊……

“早上好，那位先生！”

平地響起一聲春雷，噢不，分明是一個女高音，清脆如百靈。是在叫我嗎？我吃力地暗暗抹去淚水，調轉過輪椅，勉強抬起頭來——

逆光中，高坡上，映著雲影，如夢似幻，那裡立著一個少女，一身淺顏色衣裳，裙裾和秀髮迎著微風飄揚正在朝我招手呢，是天使來迎接我了嗎？我使勁地眨巴著眼睛。

天使乘風駕雲而下，轉眼飛舞到近前，亭亭玉立。微笑，眼波盈盈，一池藍色的海灣。噢美，從來沒見過，還真的是……

“我叫愛蜜兒，剛剛搬來這裡。從此我們是鄰居了，很高興見到你，先生。”—— 原來如此，原來她不是……

我說不出一句話來——說了她也不懂，只有努力作出一個微笑——希望沒嚇著她。我緊緊盯著她燦燦寶石樣的眼睛，頓時吃了一驚：那裡面，沒有一縷我已見慣了的奇怪、驚異和憐憫，有的只是雪白的和平鴿，於蔚藍的晴空上乘著歌聲飛翔……

見我半天沒說話，目光直愣愣地，少女旋即羞澀一笑，緊接著竟張開了雙臂，大大方方俯身上前，來給我一個擁抱，面頰湊過來貼上了我的，末了，還沒等我反應過來，就又一個輕盈轉身，蝴蝶一樣飄上了山坡，留下咯咯咯一串笑聲……

霎時，天旋地轉，我陶醉了過去。

九

死神請你去死吧！

我要活，我要站起來活下去，因為，我又愛上了。叫一個心靈萌芽出愛情的人去尋死，不啻讓一座冒煙的火山停止噴發，怎麼可能。

愛上了？這麼容易。是的，就這麼容易。沙漠上一碗水能救人性命，更不要說一汪湖泊，一條江河。在我愛上你的同時，我重新愛上了自己的生命。

不是奇蹟的奇蹟發生在那短暫的瞬間：這個天外飛來的少女愛蜜兒，目光溫柔注視著我。那是怎樣的一種目光呀，沒有游移不定的慌亂，沒有躲閃逃避的厭惡和恐懼。更令我驚異進而感動莫名的，是那裡面還沒有絲毫悲天憫人的施捨。她對待我就像對待一個身心健全的正常人，而不是一個由表及裡，人格、精神已於無形中遭同類降級甚至擯棄的不可接觸者。她自然的行為舉止向我展現的是靈魂的絕對平等，與一種人生哲學的天然啟迪—— 生命本體是一種歡樂。

她沒有因為我怪異醜陋的外表而設身處地揣測我與眾不同的心理，因為她自己生來是歡樂的，歡樂是她生命的天然形態，而不是人為追求的目的或境界。由此讓我首次刻骨銘心感受到，生命可以奔跑跳躍著歡樂，生命也可以坐著或躺著歡樂，正如有誰會因為自己生來不會飛翔而痛苦呢。更進一步，假如我生來就不會行走，我眼下還會為此而悲哀絕望痛不欲生嗎。如果我們的心靈超越了空間和時間的捆綁，理解了世間再美妙的音樂也將曲終人散的簡明哲理，那麼活著一百年我們歡喜快樂，活著一天我們也會歡喜快樂。

現在，我要是自己去赴死，表面看有幾分像寧折不彎的殉難者，實際上卻是臨陣脫逃的逃兵。因為這將不光讓死神毀滅了我卑微的肉體，更讓它毀滅了我高貴的精神，不戰而降裡外輸了個精光，還有什麼比這更怯懦可恥的事情。與悲慘命運真正大無畏的抗爭不是死，而是生，而是於漆黑一團的絕境中永不放棄的生存。好吧，那就讓我舉起愛的盾牌，去迎接死神的刀劍。回到家，我將手槍送進了垃圾桶。

十

峰迴路轉，穿越死亡的幽谷，我發現了生命的一條羊腸小道。

心聲需要傾吐，既為了表達對沙漠甘泉的感激，也為了抒發波瀾起伏的胸臆。於是我想到給你寫信，卻又苦惱不知從何說起，區區的"我愛你"哪裡承載得了江河湖海的信息。自然而然想到了詩，這人類心靈之光的折射，靈魂深處的回聲。

少年時代我也曾喜愛詩歌，但卻從來沒有正經學習過，自小到大接受的是偏重政經的教育，文學藝術的份量無足輕重。現在，我開始補上這一課，更確切地說，我開始以此為日常工作。

我讀詩，大量地閱讀，只為了能從浩如煙海的文學寶庫中，找到那些與自己心有靈犀一點通，值得向你獻上的旋律。找到了，就記錄下來，用我那僅存的兩個尚有感覺還能動彈的手指頭，一個字母一個字母地敲打下來，印在打字機的紙上，再一篇篇投寄給你。

沒想到這一投就煞不住，先是投別人的，然後投自己的，一封封書信一首首詩，串起了我餘下支離破碎的生命。雖然仍然身處病魔的囹圄，但兩年的死緩宣判我早已拒絕遵守，我要自己將它改判為十年、二十年，甚至無期徒刑。我沒有時間和心情去赴死神的預約，因為忙於手頭的工作。我的工作是讀詩和寫詩，不，我的工作是愛，我的工作是愛你，不求任何回報和結果單方面地愛你。

癱在輪椅上，長年累月從事著這單一的工作，我不以為苦樂在其中，因為這是我唯一能做的事情。讀詩寫詩都需要靈感，我那源源不斷湧現奔騰的詩情，全取自你。

十一

每天，我坐在二樓面向你家的窗前，一邊工作著，一邊不時地抬起頭來，遙望著你的屋門、院落，等待著你倩影的日出。等到了，放光的雙眼湊上去，緊緊貼住那台固定架設在書桌上的高倍望遠鏡，將你的一顰一笑一舉一動，點點滴滴巨細無遺，捕撈進我貪婪的視網膜，再慢慢地加以咀嚼消化，吸收進大腦皮層和心底。入夜，當你的背影最後一次消失於屋門後，我一天的太陽才落山了。

你很少讓我整日裡悵然若失，等待、等待再等待，直到夜幕低垂到樹梢，終於打熬不住了，不得不合上疲倦的眼皮，因為你是這樣地熱愛戶外活動。春天，你是色彩變幻的蝴蝶女王，翩翩飄舞在百花叢中，辛勤經營著你小小的莫乃花園；夏天，你化作一朵出水芙蓉，窈窕綻開於一池碧波，教孩子們游泳、跳水，和丈夫玩耍嬉戲；秋天，你搖身變成紡織娘，編織起一張金色的網，採集著五顏六色的落葉，掃除前院清理後庭；冬天，你復活了白雪公主，哪裡有雪哪裡就有你，茫茫大地上唯一的一點鮮紅。

歲月流逝，思念深了，我不再滿足於僅僅在大自然中和你親近，那就推開世俗道德虛情假意的攔阻，得寸進尺去與你相會。當你躲進自己溫馨的小窩，窗簾敞開忘記設防的時候，我一有機會就乘虛而入，只要是目所能及，不論白晝還是黑夜。追蹤你輕盈飄忽蒙太奇的身影，凝視你藝術雕像的定格造型。感謝慈悲的造物主，沒有將我的眼睛釘死在輪椅，目力始終如激光一般銳利。起點我的瞳孔，終端你的身體，兩點一線連成一把琴弓，拉起心靈微微顫抖的琴弦，時而歡快明亮，時而如慕如訴。凝望、凝望著你，我醉，我醒，我笑，我哭……

天啊，原來自己長年累月一直在被人暗中窺視，隱私權被卑鄙地侵犯剝奪，好可怕、好可恨呀！我可以想象得到你獲悉這消息時的震驚。我親愛的愛蜜兒呀，你沒有容顏變色惱羞成怒吧，你不會的，我真期望你不會。請容罪犯我鼓足勇氣解釋，你知道，我早已成了一個廢人，除了對生命絕望的熱愛外一無所有。為了獲得繼續活下去的一絲勇氣，我只有接連不斷地做夢。聾子能看，瞎子能聽，癱子我能夢，我的愛之夢永遠沒有實現的可能，從頭到尾的白日大夢。

說是白日夢也不完全確切，因為它到底逼真地實現過一回，談到這我不能不進一步向你坦白，或是為了減輕我難言的負罪內疚，以求得你仁慈的寬恕，或是出於一種自己也分析不清的複雜心理：

那是十五年前，一個月亮隱沒、繁星滿天的夏夜，暑氣瀰漫，高溫酷熱。你的丈夫可能是因為加班，很晚了還沒有回家。安頓好一雙兒女，你來到戶外，身著誘人又惱人的比基尼，走去後院游泳池，下了水，來來回回遊著、遊著，約莫有半個時辰，接下來...接下來，噢，我看到了什麼……

透過望遠鏡上的夜視儀，我看到了：燦燦星光下，幽幽水波上，緩緩升起了一個林間仙女，不勝嬌柔步上池岸，長長的秀髮披散在肩上，仰起臉兒遙望星空，玉樹臨風亭亭而立。恍然夢境裡，她，渾身上下不帶一縷牽掛，通體閃爍著銀白色的光輝……

刹那間，時空凝固，星球停轉了。我的情，我的欲，我壓抑日久的原始野性，我凋零不堪的殘存生命力，聚焦於朦朧夜幕下的唯一光點，那天與地碰撞結合的中心……

我開始吻你，自雙足腳底心起，烙鐵的嘴唇一旦貼上你美輪美奐的血肉之軀，立即牢牢粘住，再也無法為外力分離。緩慢而堅定地，向上，再向上，不放過一寸半分表皮，洪流滾滾漫過古老的土地；長時間地徘徊流連，在那伊甸園的幽谷、海市蜃樓的沙丘、明鏡鋪開的湖泊和曲盡其妙的波峰……最終，我的熔點與你的會合於嘴唇，一秒鐘是一個世紀；與此同時，我的閃電劈入了你的科羅拉多，一道道沈雷迴蕩……

終於，我噴薄了，白熾的岩漿驟然仰天吐射，生命的結晶傾瀉灑落如雨，不藉助任何外力，我的雙手已幾乎成了可笑的擺設；完全憑藉著意志，精神即肉體，肉體即精神。

噢，我人間的美神，愛蜜兒啊，當時，你真的沒有聽到，真的沒有看見嗎，死神在哀哀哭泣，天使在含淚微笑，於那個星光燦爛的夜晚，當我與你合二為一！

十二

十八年，愛蜜兒，整整十八年了。

今天，寫這封信，是來向你道別，告訴你，我要走了。這次是真的。死神等著我赴它的約，已經等得快要發瘋了。

地球圍繞著太陽轉了十八圈，我圍繞著你轉了十八個春秋。自起始的靈肉瀕臨死亡，到隨後的靈魂死而復生，再到最終肉體的重歸死亡，我走過了一條自地獄通往天堂的崎嶇小路。

記得當初剛發病時，一次，我對母親說：親愛的媽媽啊，不管是有意還是無意，你犯了一個不可原諒的錯誤：為什麼？為什麼你要生我呀，把我生在一座地獄？！可憐的母親淚如泉湧，說不出一句話來，和我抱頭痛哭。

後來，當我遇見了你，我又對她說：對不起，親愛的媽媽，我錯了，請你原諒。原來你沒有把我生在地獄，你是把我生在了一個愛的天堂。

再後來我覺悟到，我還是沒有表達得十分準確。實事求是地說，我的一生，下半身活在地獄，上半身活在天堂。這樣的生命實在很奇妙，沒有親身經歷過不能體會到。

死過許多次的人是不在乎再死一次的。對於一個日日夜夜遊蕩於陰陽分界線上的人來講，十八年少說相當於一千年。你的美善，我對你美善的愛，給予了我一個千年的生命，我更有何求呢。

我的一生，雖然痛苦大大多於歡樂，但是歡樂卻遠遠深過痛苦，因為痛苦中的歡樂才是一種超凡脫俗的感覺，淚水澆灌出來的花朵才是最美麗的。人生大力大美的體現和觀照無不需要押上生命，如果沒有下沈到大海的深處，浮於表面的浪花又有什麼審美價值和意義。

愛使我感到，人生畢竟還是好的，生命到底還是美的，帶著這明亮的感覺離去，死，未嘗不是一種生的延續。活過一次不容易，自始至終為愛活著更難得，你使我做到了這個。由此，對於自己唯一的一生，我的讚美和感激超過抱怨和遺憾。

我已經不年輕了，可惜，可惜你也是。你在我的眼中，永遠是那個順著清晨流瀉的陽光，自小山坡上飛奔而下的少女。噢，愛蜜兒，我們為什麼要老呢，一直年輕美麗不好麼？我們為什麼又要死呢，既然已經生了，活著永遠相親相愛該有多美—— 唉，我在說些什麼？

知道嗎，愛蜜兒，我現在是躺在醫院的病房裡，面對著近在咫尺的電腦屏幕，用一隻手指頭挪動著鼠標，打給你這最後一封信，這唯一的一封不是虛無縹緲詩歌的信。我已經不停地工作了將近一個月，功夫總算沒有白費，工程終於接近完成了。醫生說我最多還有兩三天的時間，我聽了很難過，因為這意味著我再也回不了家了，換句話說，你再也不會被人暗中窺視了。我們都要解脫了。

親朋好友整天圍繞在我身邊，為我禱告、哭泣，而我，這出戲的主角，心情卻是異常地平靜。想你，只是想你，無時不刻，除去陷入昏睡的時候，昏睡的時候就盡量夢到你，雖然不是每次都能如願。夢中的你栩栩如生，像我們初次相見時那樣得美麗動人，那樣地凝視我、擁抱我、親吻我。噢，若是在這個時候離去，該有多麼幸福。

愛蜜兒，你能來看看我嗎？最後送我一程好麼？我只要你一個人送。既然生不能和你相抱相擁，那就在你的懷抱中結束吧，這樣一生的遺憾都將得到彌補。我單相思了你這許多年，你一定要答應我這臨終唯一的請求——

好的，真好，我馬上聽到了：你說你會的，你說你馬上就趕來。那麼，我等著你，不等到你，我不合上眼睛。我們一言為定。

噢，算了，還是算了，我一個人的十字架，還是讓我一個人來背吧。十八年都自己走過來了，最後這幾天怎麼也得挺住。我還從來沒有見過你的眼淚，臨走前更不應該看見；你的歡笑，你的歌聲，已經一刀刀，千萬刀地刻進了我的靈魂，帶著這座不朽的雕像離去，我還有什麼不滿足呢。

愛蜜兒，不要為我哭，而要為我笑，我們都應該笑。當悲劇以喜劇的形式收場，人世間還有什麼比這更完美的事情。

臨別，我有許許多多話想對你說，但是不知道從何說起，這封已經不短的書信，表達不了心中的千言萬語之一，我，我……

永別了，愛蜜兒，謝謝你給了我一次愛的機會，教我愛得死去活來。

愛蜜兒，我愛你！

十三

第二天清晨，丈夫上班，孩子們上學去了，愛蜜兒去花店，挑選了一束毋忘我。

愛蜜兒驅車來到郊外公墓，找到了他的那塊地。空氣中的泥土味還沒有散盡，毛茸茸的青草已經冒尖處處。小小墓碑上刻著：

致我永恆的夢中人：
生前，我於黑洞中愛戀；
死後，我被埋葬在太陽。

抬起淚光瑩瑩的眼睛，愛蜜兒向天空望去，她看到，他在衝她微笑。

(2004)

血字

舉向嘴巴的酒杯凝固於半空，Joni Mitchell甜蜜而憂傷的Both Sides Now唱起了休止符，透過條條青蛇繚繞的煙霧，男人半是海水半是火焰的瞳孔放大了一倍……

那裡，閃過一個熟悉的嬌小身影，急匆匆走向櫃枱，連說帶比劃，向那小伙子酒保問訊……

剎時，男人的心臟瀕臨窒息：天，她....咋來了？！不是半小時前來電話，說有個重大急診手術要做，今夜回不了家嗎？啊，中計了，圈套，一個精心設計的圈套。我二百五，一頭鑽了進來！哦，今晚在劫難逃，在劫難逃呀……

旋即，女影飄離酒保，進來了，移走於人影憧憧的長條酒廊，揚起臉查看每一個男人。酒台上，三兩個裸女在跳桌上舞。

男人大腿上盤坐著個妙齡女郎，棕發、碧眼，上身赤裸，雪白，下身T字褲，半寸左右寬細。男人左臂膀環繞著女郎的背脊，右手穿過她搭在他脖子上的玉臂，緊扣在那近乎完美的鍾型乳房上，剛剛停止揉麵動作。那裡，一枚紅通通的櫻桃早已含苞待放，亭亭玉立。

火燒眉毛了，男人反倒鎮定下來，決定以不變應萬變，腦袋悄悄縮去膝上女郎的背後，心存一絲僥倖：或许她只是在這裡大致看兩眼，見不到人就會離開，再跑去其它地方查看。那樣的話我就馬上開溜，將有足夠的時間趕回家。上帝啊，保守我吧，放我逃過此劫！

度秒如年，終於，一隻眼睛打熬不住，自暗中窺探出來，頓時，迎面撞上一條閃電：兩道相互熟悉得幾如對方鏡像的目光，對接，穿越……

“噢，麥克爾，甜心，你怎麼不喝了？”妙齡女郎發出浪聲：“我要你喝，我要你喝，快和我幹了這杯吧，酩悅香檳，蘇格蘭威士忌，人家還要嘛。”這聲音，本來能熔化男人的骨頭，眼下卻如魔鬼的顫音。

女人在男人——男人和女郎的身前立停，兩隻杏眼裡噴出火焰。忽地，男人推開身上的女郎，兩條腿微微抖著，努力支撐起身體。他的一隻手還不知所措握著酒杯，裡面盛著半盞殘酒，紅得發紫；兩邊面頰上七七八八，滿是輪廓清晰的女人唇印，血樣欲滴。

“美，你……等一下……讓我解釋……我是……我不是……”

他囁嚅著，剛開個頭，就說不下去了，不覺有淚水湧上眼眶。女人的眼皮微微抖動一下，裡面的火焰漸漸暗淡下去，代之以一縷似有若無的憐憫……

“噢，我的上帝！”陪酒女郎終於明白了什麼，輕盈向旁挪開兩步，自對峙中的男女之間退出，嬌憨傻笑著，輕聲打圓場道："麥克爾是一個好男人，真的，請不要……"

杏眼瞥向女郎，特別注意到那美輪美奐的乳房，和二分之一腰帶寬窄的Ｔ褲，立馬，目光中的憐憫飛散，烈火再度燃起。她渾身止不住哆嗦，上齒緊咬著下唇，一時不知道怎麼辦才好了。忽地她伸出手，劈頭奪過男人手中的酒杯，揚手潑向他呆呆的面孔，緊接著狠狠扔下杯子，轉身向門外奔去……

"美！——"男人大叫一聲，雙腳彈射出去，猛然又頓住，兩隻手伸去褲袋，胡亂翻出幾張皺巴巴的鈔票，轉身塞在女郎手裡。

巴黎街，兩岸燈紅酒綠，河內車水馬龍。"美人魚"酒吧，大門砰地被推開，女人沖了出來，後面跟著誠惶誠恐的男人。

"別這樣，美，回家吧，我們回家去。"男人的聲音，已經跪了下去。

"家，你心裡還有家！別碰我！！"回答他的是憤怒到了極點的哭音。

女人猛一甩手，掙脫男人的攔阻。她一邊加快腳步，一邊摘下眼鏡擦拭，轉眼間奔過街區，踏上十字路口……

驀地，街頭爆起馬達轟鳴，五彩繽紛街燈下，一部鮮紅色跑車彷彿從地獄裡冒出來，滾雷似衝向前來，飛闖紅燈。正走到路當中的女人尚未來得及做出反應，耳畔炸起一聲喊"美！——"幾乎與此同時，一股強力襲上脊背，整個人被震得飛起來，伴隨著身後一記沈重悶窒的砰、一堆刺破夜空的金屬撞擊聲，她跳遠般躍向前去，落地後蹬蹬蹬幾步，跌跌撞撞踉踉蹌蹌，最終撲倒在地……

短暫的不和諧音過後，街道陷入死樣的寂靜……

女人不堪柔弱爬起身，搖晃搖晃腦袋，站穩了。兩隻膝蓋、一雙手掌火辣辣地疼，定是有血浸出來，身體其它部位倒沒什麼異樣感覺。她一瘸一拐上前幾步，撿起地上的眼鏡，戴好了。人雖然還驚魂未定，神智卻基本復原。她扭頭向那邊望去 ——

十幾步開外，路燈下，水泥地上，男人倒在血泊中，一動不動……

女人尖叫一聲，瘋了似撲過去，蹲坐下來，竭力抱起雙眼緊閉男人的上半身，嘶喊聲聲："明，你怎麼了？你醒醒，醒醒！……"

少頃，男人醒了，睜開朦朦朧朧的眼睛，看到了女人的眼睛，目光亮起來，嘴角露出一絲微笑。他努力撐起頭來，掙扎著想說話，上下嘴唇剛一張開，大口鮮血噴湧出來，接下來就抑制不住，一股股往外冒，猶如血泉……

女人嚇得手忙腳亂，騰出一隻手去搭他的脈搏。渾濁的路燈下，男人的面色白紙一樣，眼睛裡淚水盈眶；他還是想說話，只是滿嘴是血，發不出一點聲音，喉嚨深處傳出微弱含混的咦呀……

"別說了，明，不要說話！"女人強忍著眼淚："救護車馬上就到，你要挺住！……唉，都怪我，都怪我不好呀……"

突然，男人用盡力氣，半抬起雙手，捉住了女人的那隻手，兩人的血液融合在一起。

女人的神思，陷入暫時的麻木，感覺隨著意識流遊走，那裡，他的右手食指，正在她的手掌上畫字，以血為顏料，筆法凝滯而堅定，先是從上到下一長豎，接著從左至右一短橫，一個大寫的——L。

末了，男人的食指，停止了動作。他的眼皮，越來越朦朧，目光，愈來愈遙遠，終於，黯然熄滅。

女人失控了，聲嘶力竭："明，你不能這樣，你不能撇下我們娘倆兒，囡囡你最愛的，早上要你送幼兒園，她只要你……"

男人的頭顱，向一旁垂去，整個地貼住女人的手臂。

“天呀！”女人的淚水，終於決堤……

(2009)

一塊錢小費

八月的馬里蘭，也是太陽週期發情的季節，不似火爐，亦如蒸籠。

停車場上，你斜靠在駕駛座位上，一面努力想象著北冰洋南極洲，一面豎直了耳朵，接收著車載電台的嘈雜頻率，生怕一不留神漏掉了重要信息。猶如一個潛伏於前沿陣地，隨時準備執行衝鋒令的士兵。

車外大蒸籠，車內小蒸籠，你是雙層籠屜裡的一隻四腳大龍蝦，一分鐘一分鐘地變紅、趨熟。渾身上下沐浴在臭汗淋漓，你卻只敢開車窗而不敢開空調，因為牢記著師傅，一位美國小伙子的諄諄教誨：這八缸美國大車，開一天空調汽油費至少五塊，所以如果沒有乘客，能不開就不開，能省就省了吧。

五美金，相當於全家一天三頓的牛奶麵包加雞蛋。天再熱，沒有熱昏到為了皮膚一時半會的舒適，而不惜犧牲那更為重要的肚子的程度。空調是奢侈品，你沒有享用的權力。汗流不止怎麼辦，權當做免費的桑拿浴。

“Hilton ——BWI 25…… go, over!”

“TTC south ——downtown Baltimore…… 36 go, over!”

“Compu USA……”

越聽越泄氣，美差一個個自左耳進右耳出，仿佛看到滾滾鈔票自眼前一張張輕輕飄過，空氣中飄浮著無數肥皂泡氣球，閃爍著彩虹的五顏六色。今天的生意又是奇差。我靠！

靠誰呢？除了你自己。九十年代初來美，朋友長輩以過來人的身份，勸你學就業容易的計算機。可你卻一笑置之，視苦口良藥為市儈俗氣。為了實現攻讀人文科學的崇高理想，以國內名牌大學工科的底子，改學英文要求高、市場需求少的大眾傳播。三年頭懸梁錐刺股，死去活來落下一身病，碩士方尖帽終於戴上一根筋腦袋，接著就開始了無業遊民生涯，也算是種豆得豆。

說畢業即失業也不盡然，體力活遍地，多過燈紅酒綠大街上的狗屎。賣苦力也不單純，前提是一要有力氣，二要沒骨氣。可惜你該有的沒有，不該有的有。並且還沒醫療保險，有病活生生硬挺著，拖著蘆葦般的軀體跑遍了巴爾地摩的東西南北郊，中餐館幸運輪盤似的打下來一二十圈，受盡了台灣香港大陸老闆的勢利眼、醃臢氣，一怒之下你挺起就要折斷的腰桿，炒掉烏鴉老闆另闢蹊徑，踏進當地一家名為Jimmy's Cab 的出租車公司，如願以償當上了一名美國“的哥”。

正值九零年代中期，在大陸，小轎車還是頂尖奢侈品，富人才打的，開的是致富捷徑，的哥比大學教授還牛氣。可這是新大陸，正好倒個個兒，打的的多為窮人——沒車，公交系統萎縮，出租是一條腿甚至兩條；而做的哥，永遠是窮癟三。

艷陽高照，一波波混合著粉塵和紫外線的氣浪，自柏油路、停車場的表層翻來滾去，灌進車廂直往毛孔裡鑽，瞌睡蟲般鑽得人頭暈目眩。你抓過一個可樂瓶，舉起來咕嘟咕嘟，往體內灌幾升熱白開，譬如給汽車加滿油，好繼續跑下去。再往左右太陽穴抹把清涼油，豎起兩隻兔子耳朵，聆聽著車載電台播放的噪音交響曲……

的哥窮，窮在本行業的制度。這裡一輛像樣點的二手車不過三四千，咬牙熬兩三個月餐館就置辦得起，可是出租車公司不允許的哥開自己的車，非要用它提供的不可，為的是收繳租金，12個小時大洋70，24個小時120，跟地主老財向佃戶收租沒啥兩樣。另外每日所得還要刨去油錢一二十，剩下的才是稅前收入。

招聘你的公司經理，一位沈靜溫和的中年男子，不知道是出於賞識還是同情，竟然對看上去整個一東亞病夫的你額外開恩，主動提出讓你全天二十四小時擁有車輛，作息時間自行安排，而只須繳納半天十二個小時的租金。這可是一個高過華盛頓紀念碑的恩惠，讓你感激得差點沒當場給他作揖。想想看呀，每天平白無故就比其他的哥多出120減70總共50元的淨收入，這下還不發了（無論如何這位出租車公司經理，是你多年來先後遇到的十幾位仁慈美國老闆中的一個，飲水思源，永遠難忘了）。

"Holiday Inn ——DC……"電台裡傳來調度員冰涼的男低音。

"York and Padonia, 13 !"你一把抓過話筒，響亮回應著。

"86 go, over !"

發克！甩下話筒，你破口大罵，斯文掃地：我就在附近，你卻把長途美差派給別人，發克油！

車軲轆轉動起來，你才明白道路是曲折地、賺錢是複雜地、的哥是不容易做地。這裡是大都市的衛星城，無車族不多，遊人稀少，路旁基本上沒有招手客。要車的客人都是直接打電話到公司叫車，公司調度員通過無線電向全體出租車報出客人所在地，屆時正好位於附近的的哥聞訊報上自己所處方位和車號再由大權在握的調度根據近水樓台原則，將差事逐一分派出去。有點跟蘇富比拍賣名畫相似。

公平競爭倒也罷了，問題出在語言，調度員吐出來的都是專業術語，在你聽來就像黑道人物在對暗號：首先是路名說半句、留半句，“12345 Spring”，至於這Spring是Road、Street、Avenue、Boulevard、Drive、Circle還是Court，你自己猜謎去吧；Hilton指希爾頓飯店，ATT指AT&T公司分部，至於其具體地址，作為的哥你理應事先就知道，換句話說，這方圓二三十里內的大小公司、店家、旅館、學校、政府部門等等的經緯座標，你都必須了然於胸，最好你就是一本活黃頁。活黃頁還不夠，黃頁裡沒有的你也要有，比如TSU指陶森州立大學，BWI是巴爾地摩華盛頓國際機場，這英文的acronym最要命，北京人搞不混北大北航北鋼北外北師大，但是對於老外，這卻是一種語言折磨，反過來，acronym 對老中也一樣。

“Would you please spell the address for me ?”（請將地址拼給我好嗎？）

誰理你，調度員耳聽八方嘴通六路，口舌生煙只想罵人，哪有閒功夫和你玩ABCD，人話都聽不利落，靠邊歇著去吧。競標者有得是，有活還怕派不出去。

你不信這個邪，起早貪黑瘋子似勤學苦練，兩三週後就能當個正式工使了，為此調度還誇過你兩句。可誇歸誇，說到底你仍舊是一介老中，老美即使不歧視，也犯不著待見你。長途美差派給鐵哥們，而賞賜你一些別人剩下的殘羹剩飯。就這樣沒日沒夜拼死拼活，每天除去上繳租金，如能進賬六七十，就恨不得山呼哈里路亞。

“Safeway ——Stoney Mill……”

“York and Padonia, 13！”條件反射，你再次抓起話筒喊叫，旋即意識到了什麼，立馬泄了勁。

“13 go，over!”

“13 go，over！”破英語已經有氣無力。

八缸雪佛萊隨想曲（Caprice）轟鳴起來，你上了路。

“撈死了一趟，這也叫生意，Bullshit！一定又是 TMD 老黑！”

你又開始罵罵咧咧，一時忘記了自己三等黃皮的身份。不過還行，氣急敗壞時也沒冒出一句“黑鬼”，說明你對非洲兄弟姊妹的偏見還有限。來美數年，沒少和他們打交道：

首任房東，一位中產黑大娘，當地土生土長農奴的後代，不知道你已婚，竟要把自己的寶貝孫女，一位馬大學生模特兒介紹給你，讓你經受了一次小小的感情與理智的考驗。在她那棟空閒房子安頓下來沒兩天，被一個黑街坊以老婆生病為由騙去二十元，一週多的伙食費。在學校機房打工，結識了黑大哥約翰，從他那兒修了一門黑白關係學[1]。頭輛二手車，一千二從黑人手裡買的，送外賣的一把好手，為你當牛作馬四年半。自從當上了這的哥，更是仿佛掉進了井裡：

拉著三個黑男女當街販毒；夜半載個黑小伙去荒郊野外；進城給便衣黑警察半道截下，作掏槍狀，聲色俱厲命令你趴在車門上接受搜身。這還都是小菜幾碟，和那最驚險的一幕相比：你剛剛拉上一個路旁招車的黑大漢，正想著今兒運氣不錯，居然碰到了招手客，卻只見後視鏡裡警燈亂閃，慌忙不迭趕緊靠邊、熄火，那乘客自後門下車，幾個警察擁上來，沒兩句話就給銬著走了。一時間，你從三伏天掉進了冰窟窿，周身的血液凝凍：當時這傢伙要是狗急跳牆掏出什麼傢伙，往我脖子上這麼一架（駕駛座和後座之間沒有隔離層），我還不立馬搖身一變，成了警匪片裡的配角了，這類角色好像沒一個有好結果的。說老實話，活到這份上我也不戀棧這條命了，可我還有老婆孩子，我這麼早去見上帝她們可怎麼辦。想到這你流出了幾滴淚。

自Cranbrook路左轉，隨想曲滾過一公寓小區，環境清幽，綠樹成蔭，幢幢三層紅磚樓掩映其間，一波乳蜜湧上你心頭：這裡是你的

1. 約翰是一位人權鬥士，見拙作《我永遠不要作一個美國人》

家，你簡樸而溫馨的家，家裡有你的妻子和女兒。她們歷盡簽證磨難，剛剛來美與你團圓。去國時女兒才六個月，胖嘟嘟的只會笑不會叫爸爸。離別後你為這肉糰團拋灑過多少淚，轉眼她已三歲半，玉雕粉琢，一刻不停，朋友說是從迪斯尼卡通片上跑下來的小人精；妻子則美麗賢慧依舊。為了她倆你賣身為奴亦無怨，更不要說做這的哥。

隨想曲刮進購物中心，於連鎖超市Safeway前戛然而止，一眼望見前面兩大一小三個黑女人站在那兒東張西望，身旁地上堆著一二十隻食品袋：沒的說，這就是主顧了。仨人共乘出租和一人同價，短途比公共汽車還便宜，老黑夠精！

一腳蹬開沈重的老爺車門，你無精打采地下去，那個胖胖的女人早已迎上來，一臉討好地笑："嗨，你好司機，是我們叫的出租。"

你待理不理悶聲迸出OK倆字母，算是打過招呼，走上去一聲不吭，拎起地上的口袋就往後車箱裡扔：的哥必須提供此類服務，公司章程你敢怨不敢不執行。

見的哥老弟動作挺大，顯然正沒好氣，女人們有些不知所措了：剛打照面沒得罪他呀，這是咋說哩。笑容僵硬在臉上，開始格外陪起小心："謝謝你，還是我們自己來吧，謝謝！……"

"謝謝是不花錢的小費。15%又沒指望了，TNND！"你心下咒罵著。拉開後車門，看著女人們躬身縮脖，魚貫將自己塞進去，兩個大的夾著個小的像根巨大的熱狗，把長條後座擠了個飽滿。"砰"地一聲關上門，你慢騰騰鑽進駕駛室，按下里程表，啟動發動機。至於空調，免了吧，俺都清蒸了老半天了還不活蹦亂跳的。車窗開著，熱不死人，怎麼著也比赤道幾內亞涼快。

隨想曲重新奏起來，你面色陰鬱把著方向盤：等了老半天就這一樁牛屎生意，一二里地的路，下一樁又不知道幾個鐘頭去了。今天真是倒了八輩子邪霉！

世界各地的的哥有一個共同點，那就是討厭短程生意：費時間，沒賺頭，甚至倒貼汽油錢，比如碰到雨雪天，街道名、門牌號不清等情況。這裡出租車起價兩塊五，每英里六毛，一英里將近兩公里，在市區繁華大街上走這麼長的路，保不准都能撿到不止六毛的硬幣。這美金“的”來得不容易。

按照社會習俗，乘客應多付車資的15%作為小費，算是對的哥服務的犒勞。可問題是民俗是死的，人是活的，如今這世道蔑視民俗的大活人太多，其中有一文不名的窮鬼，也有腦滿腸肥的闊佬，而老黑老印和老中更是三支著名的打鐵族[2]，號稱“鐵軍”，一個比一個更鐵公雞。或怪他們窮，或怪他們缺教養——甭說別人，你自己頭次去紐約打的也沒付足小費不是。

沒兩分鐘，隨想曲變線，拐進距購物中心三五個街區的一條小路，隨著身後胖女人小心翼翼的指點，你在一幢公寓樓前停下。按停里程表：三塊四毛八分美金。氣又是不打一處來。

下車，拉開後箱蓋，你一口袋一口袋往外拎，隨手胡亂撂在地上，一陣屈辱感衝上腦門：我這不是給人當“催巴兒”[3]麼！

女人們七手八腳爬出來，一個個像是剛剛被人從河裡撈上來，一臉苦相，滿頭大汗，手拿紙巾沒頭沒腦地抹：夠嬌氣，忘本了你們呀！

卸車完畢，你回身對著胖女人：“三塊四毛八！”

“多……多少？”

裝傻怎麼著？“三塊四毛八！”你提高了喉嚨音響。

胖女人慌忙不迭，自身上掏出個皮夾子，抽出兩三張皺巴巴的紙幣，細細數了數，再鄭重地遞交給你。你隨手接過：錯不了，幾個小錢還數個沒完。鄙夷地翻了翻眼皮，卻見她繼續在皮夾子裡掏著，這回是一小把硬幣，她開始一個硬幣一個硬幣細緻地數起來，看樣子是要湊足那四毛八分的零頭。

2. 打鐵：俗語，指不付小費。
3. 催巴兒：北京方言，聽差僕人的意思。

磨磨蹭蹭，懂不懂時間就是金錢！你一肚皮的晦氣、怨氣加怒氣忽地膨脹，面孔上結起半寸厚的冰霜，方圓十步內能凍死人，肢體語言更是寫滿了不耐與厭煩。女人們讀懂了這語言，瘦女人大氣不出，小女孩縮在她身旁，瞪大了驚懼的眼睛看你；胖女人更是誠惶誠恐，數硬幣的兩隻手都打起了哆嗦……

終於，硬幣清點完畢，胖女人鬆了口氣，伸手遞過來，態度變得不卑不亢。你仍是隨手接下，轉身離去前，習慣性地往手裡這麼一看，頓時吃了一驚：

咋回事？除了幾枚硬幣，手心裡平躺著四張一元面值的紙幣，清晰鮮明，是四張，不是你以為的三張……

"這？……"事情發生得突然，你腦袋瓜一時轉不過彎來，不覺困惑地攤開托著紙幣硬幣的手，抬頭向胖女人："怎麼……多了？"

胖女人一下子來了勁，半天的忍氣吞聲180度逆轉，臉上卸下討好的笑容，代之以老實人的氣憤。她大聲道："這一塊錢是給你的小費！"

小費？！——不用再說，你立馬明白了。面色一時轉不過來，倒驢不倒架，"拜拜"一聲，扭頭便走。車子上了路，你的大腦開始左右開弓，狠著勁抽你的嘴巴子，一直抽到通紅滾燙：可恥呀，你這混球，勢利眼，掉進錢眼裡了，怎麼能這樣盛氣凌人對待女人和孩子！瞧她都手發抖、聲音發顫了，多可憐啊！她們窮，卻是貧窮的好人，你這樣對待她們還沒忘記給你小費，窮得有骨氣，不像你，窮得人格變了形，狗眼看人低。她們不是下三爛，下三爛是你自己！你怎麼墮落到了這步田地，羞恥呀！……

不行，事情不能這麼算完！——一個U字轉彎，你折回了原路。

於那座公寓前停住，你跳下車，三步並兩步往門洞裡沖。記得好像是在二樓，具體哪一家不清楚，那就挨個敲吧，反正只有四家。

敲到第四家，門開了：啊，是那胖女人。一時間有種親切感。

胖女人一臉狐疑、警覺：這小子居然殺上門來了。“怎麼著？”語氣不乏敵意。你伸出手去，結結巴巴：“這……是那一塊錢……多出來的……”

胖女人好聰明呀，立刻猜出了你的來意，面色隨之多雲轉晴，笑開了花：“那是你的小費啊！”

你生硬地將錢塞進她手裡，滿面羞愧：“不，我不配！”言畢，再次扭頭便走。

隨想曲開始歡笑，你扭開收音機，放一串莫扎特飛舞著升上空中。車窗外，陽光一片燦爛。

2007

碩鼠

紐約曼哈頓，時代廣場42街地鐵站。傍晚左右，極度繁忙時分：早班的下班，晚班的上班，沒班上的找班，上學的預備上班；不用上班的以吃喝玩樂為班，不願上班的以巧取豪奪坑蒙拐騙為班，家政、退休、旅遊乃另類上班。人生即上班下班。月台上滿是上班族，人來人往，熙熙攘攘；行色匆匆，神情漠漠。

形形色色人口摩肩接踵，絕色美女仍屬稀有物種。難得一遇，這邊正巧款款走來一位：海倫、克婁巴特拉等的那類，美得不食人間煙火，五月的郁金香含有她的幾分高雅，六月的玫瑰略帶她的明麗；她讓語言變得蒼白，使彩筆失去顏色。這種場合見得多了，對自己的萬有引力既欣然自信，又有幾分惶惑不安。此時此刻，面對周圍男人們色迷迷的直視、怯生生的窺視及女人們酸溜溜的斜視，女神盡力不受其影響，維持著一種天然的優雅自尊，目不斜視不卑不亢，邁著迷倒眾生的輕盈步履，徑直走去個相對僻靜的角落，自提包裡摸出手機。一邊面帶微笑接聽著電話，一邊心不在焉目光游離，忽地，隨意掃過不遠處地面的視覺神經反射出一個移動映像，即刻本能地予以矚目 ——

一隻老鼠，一隻黑褐色，毛刺刺，身長連頭帶尾不下二尺，體重保守估計起碼四磅，出類拔萃地壯碩結實，身材塊頭於同類間按比例計，即使趕不上姚明亦足以媲美鯊克，一隻爪子就有鼠標大小，徹頭徹尾名符其實的鼠中巨無霸——正東瞅瞅，西嗅嗅，不緊不慢地向她這邊蹭來……

女神跌落凡塵，發出神經近乎崩潰的女人典型的條件反射：一聲頻率高得驚心動魄，波長足以撕裂周遭空氣的"我的上帝……"過後，女神轉身拔腿就逃，不幸用力過猛，導致悲劇發生：足下的三寸高跟鞋不給力，一時跟不上全身器官的逃亡節奏，不合時宜地扮演了絆腳石的角色，致使當事人的右腳脖子一崴，身體前衝出去，雙腳基本上仍固定在原地，整個人如同一支高腳圓規劃過的四分之一圓，90度跌了下去……

眾人一哄散開，尖叫聲此起彼伏。世上美女的悲劇百分之九十九由男人造成，這次算是一個例外。英雄救美更待何時，旋即有多個護花使者爭先恐後圍上去，小伙子大叔老爺子都有，七手八腳七嘴八舌，一個比一個手腳更麻利，嘴巴更甜蜜。女神這一跤摔得不輕，好在意識還清醒，在眾人或誠心誠意或趁火打劫的協助下，上半身脫離了地面，整個人還沒爬起來，她左手搭著一個男人的手臂，右手向前拼命揮舞，喉嚨裡發出尖脆的哭叫："我的愛瘋，我昨天剛買的愛瘋26S！……"

七八尺開外，那鋥亮嶄新的愛瘋靜靜地平躺在水泥地上，旁邊趴伏著那頭碩鼠，伸長了鼻頭，上下左右嗅著，味道應該還不錯，它開始呲牙咧嘴，做躍躍欲咬狀，情況頓時變得緊急……

“我幫你搶回來！”身旁一小伙子自告奮勇，文質彬彬，大學生模樣。左顧右盼找傢伙，一眼看到一位女士手中的雨傘：“夫人，借您的傘用用行嗎？”還沒得到答覆，東西已被他劫持在手。緊接著向前跨出數尺，擺出一個丁字步，以傘作劍，迅猛向前下方刺去。勇氣可嘉，劍術卻有欠精湛，或許也過於緊張：第一劍擊中地面，引得圍觀者齊聲惋惜；第二劍擊中愛瘋，引得美女一聲尖叫；第三劍終於擊中目標，眾人齊聲歡呼，結果卻讓人跌碎一地眼鏡：人人喊打對象沒有被擊倒，其反應不是抱頭鼠竄，而是人若犯我我必犯人，只見它怪叫一聲，丟下愛瘋，轉身向大學生撲來，勇猛無畏似狼獾。大學生大驚，火速變招改刺為劈，由劍擊一點到刀砍一線，果然一蹴而就，碩鼠負疼，彈跳起來三尺來高，落地後一個前滾翻，竟直接趕到對手腳下，馬不停蹄張嘴就咬，大學生慘叫一聲，仰天向後跌去……

周圍爆起一片驚叫，片刻沈寂了下來，為眼前的最新場景：大學生被身後數人伸手托住，安然無恙；女神已顫顫巍巍站起身來，雙手抱著旁人為她撿回來的手機；而那肇事者，兩隻前爪捧著它的戰利品——一隻大皮鞋，吱吱呀呀啃得正歡，不禁令人啞然失笑—除去那九分恐怖八分噁心的身型，碩鼠的行為動作倒不失五六分可愛。而結局看上去有驚無險，皆大歡喜。

“我要為你殺了它！”猛然一聲吶喊過後，女神身旁又竄出去一個人，男性，中年模樣，西裝革履，典型的華爾街白領或商人行頭。幾個箭步殺到碩鼠面前，掄起手中的牛皮公文箱，以泰山壓頂之勢砸將下去。迅雷不及掩耳，後者來不及反應，隨著“砰”的一聲巨響，公文箱開裂成兩段，紙張文具、紙幣硬幣、薯片巧克力等等紛紛揚揚，天女散花一般。花叢中的碩鼠於地面上幾個翻滾，四腳朝天定住，白眼珠子一翻，一動不動了。“我的錢！我的股票證券！我的上帝！”商人發瘋似叫著，全然不顧剛剛建立起來的英雄形象，一甩手扔下公文箱，雙膝一軟四肢著地，腦袋朝地腚朝天，東一把西一把撿拾起自己的東西。也自有人上前幫助……

“啊，動了！它又動了！”眾人驚呼，目光齊刷刷聚焦於碩鼠，只見它的眼珠子在眼皮裡蠕動，細微、緩慢而艱難地，幾經周折反覆，終於，那雙小圓眼睛睜開了，雖然和大豆確有一比，卻是炯炯有神，絕非鼠目寸光。緊接著它一個肚皮打挺，翻過身來，重新取得了四肢站立的權利，嚇得眾人又是尖叫的尖叫，逃跑的逃跑。抬頭看一眼近在咫尺，和自己一樣爬在地上，面露驚恐進退失據的商人，碩鼠撇一下嘴巴，慢慢轉過身去，從容環視一下週遭，認准了一個人類稀少的所在，然後邁開小碎步，步履維艱地，一步步向那兒爬去……

“閃開！我來啦！”驀地炸起一聲暴喊，眾人又是一機靈，慌忙不迭紛紛讓路。自人叢中閃出一彪形大漢，三四百磅的體重，NBA大前鋒的身坯，天煞星下凡一般。其雙手高舉著一個亮閃閃、圓滾滾，洗衣機大小的傢什——一隻公共垃圾桶，看上去不下七八十磅，而他舉重若輕，跟托著個塑料布充氣玩具似的，滿臉正氣，大步流星向碩鼠奔去。後者下意識一回頭，驚見後面有追兵，可不知道是因為身負重傷跑不快，還是整個被嚇呆了，或是兩者兼而有之，它竟停下了蹣跚的碎步，眼睜睜地，原地等待著追擊者步步逼近。最終，巨人，碩鼠，面對面站立——

碩鼠仰頭呆望著對方擎天柱似的身軀，方才奮起抗暴的勇氣已蕩然無存，代之以一副楚楚可憐模樣。接二連三被人窮追猛打，讓它朦朦朧朧學到了某種自知之明，和許多做鼠的基本道理，這些道理對自己今後的鼠生道路將很有幫助——如果還有今後的話。眼下面對著這個身體加上武器，高大得像座小山一樣的對手，仿佛一個人面對著一座十幾噸重的霸王龍，碩鼠再也不碩了，它還原成了一隻小耗子。此時此刻，小耗子的嘴唇微微哆嗦著，兩眼直愣愣地，仰望著面前這個掌握著自己生殺大權的巨人，可憐巴巴的目光裡流露出對生命的無限眷戀，和企望對方高抬貴手放自己一條生路的哀哀乞求。與此同時，那大豆眼睛似乎也愈發明亮了，那是它閃爍的淚光……

達摩克里斯之劍的垃圾桶高懸於小耗子的頭頂上空，巨人大義凜然神采奕奕，仿佛一個古羅馬鬥獸場上搏擊得勝的角鬥士，等待著周圍觀眾對自己手下敗將的生死做出最後裁決：

“幹掉它！你還在等什麼！”大學生高叫道；“殺了這個怪物，它竟敢騷擾我們的女人！”商人咆哮著；“殺了它，殺了這個醜類！”“噁心的東西，殺了殺了！”“別讓它跑了，趕快下手呀！”“為民除害！除惡務盡！”“把它砸成肉醬！讓它徹底消失！”喧囂嘈雜一片，音調為男聲為主。

忽地，喧鬧中響起了一聲清脆的女高音：“饒了它吧，它並沒有做了什麼壞事情！”——那是女神！頓時招來形形色色的目光，有欽佩，有愛慕，有困惑不解，有目為怪物。隨之有人響應：“是呀，它並沒有傷人，還是放了它吧！”“這到底也是一條生命啊！”“不要殺生，孩子們都在看著呢！”

“放了老鼠！”“米老鼠，自由！自由，米老鼠！”以女聲為主的抗 議浪潮微弱許多。

“哇！——”，隨著巨人的一聲怪叫，垃圾桶被猛地向後一拉，這是手臂的助跑，發力的前奏。他要動手了，個體行為已勢不可當，是繼續，還是放棄？全場頓時鴉雀無聲——

眾人眼睜睜地，看著那垃圾桶前後小幅度搖晃了兩下，即刻起跑，加速，再加速……由上到下於空中劃過180度，運動速度達到最高點，與之相應的物體下落動能達到最大值，最終，電光石火，目不暇接，與碩鼠的身體零時間、零距離接觸，“轟”的一聲巨響過後，強烈反彈開來，再沿著來時的運行軌道，低速回程——

碩鼠，腦漿迸裂，開膛破肚。死亡來得如此神速，臨終前它發出的哀鳴的聲波都還沒來得及進入空氣。當然，這或許也不是一件壞事，死亡作為一種恐怖過程，對它來說並非那麼痛苦，這至少也算是不幸中的大幸。巨人，熱血沸騰，亢奮癲狂，沈浸於殺戮的快感，失去了思維意識，進入到一種歇斯底里狀態。他一邊口裡發出非人非獸的嘶吼：“我叫你跑！我叫你跑！”一邊將垃圾桶當作鐵錘，高舉掄圓了，一記又一記砸下去：“我叫你活！我叫你活！”……

人聲鼎沸，眾人進入集體歇斯底里狀態，“太棒了，幹得好！”

“真TMD解氣呀!”“接著再來，不要停！”七八成喝彩叫好。“瘋子！”“住手！”“殘暴的人呀，上帝保守你！”二三成譴責抗議。喧囂聲中，人叢中的女神放下捣住眼睛的雙手，美麗的眼皮低垂，她轉過身去，邁著蹣跚中仍不失高貴的步履，繞過一個個興奮、狂怒、聲嘶力竭的人，緩緩向月台出口走去……

終於，到底，一切都結束了。巨人的兩個手掌一攤，扔下垃圾桶——確切說是原垃圾桶，眼下它已變作一長條扭曲破爛的金屬疙瘩，只具有廢品回收的價值。抬起車軸粗的手臂，抹去一臉的汗水，巨人看上去有些疲憊，但更多的是自豪和驕傲，為自己剛剛英勇打造的戰果：冷涼髒髒的水泥地上，平鋪著碩鼠的遺體，一張筋脈骨肉不是已經剝離飛散出去，就是被捶打壓縮到了物質極限，自三維空間轉換為二維，只有面而沒有體，光滑通紅的老鼠皮……

(2015)

聖誕樹

“爸爸，我有一個小小的請求。”剛從朋友家串門回來，才邁進家門，就只見女兒仰起小臉兒，睜著大大的眼睛衝著我發問。

“你有什麼小小的請求呀，寶貝？”看著她那副一本正經，我有點忍俊不禁。

“我想要一棵聖誕樹！”女兒嚴肅地答道。

“聖誕樹？”我心裡疙蹬一下。

“對，就像小方姊姊的那個一樣，高高的，上面有很多小燈燈，亮亮的。”

“這……”我笑不出來了。

“好了，乖囡，離聖誕節還有好幾天呢，我們不著急、不著急。現在爸爸累了，你先自己玩去吧。”妻子過來給我解圍，她對女兒更具威信。

“那聖誕節一定給我買噢。”

女兒蹦蹦跳跳著跑開去，扔下我和妻子呆呆地站在原地，大眼瞪小眼，面面相覷，相對無語。聖誕樹，一棵聖誕樹！

迄今我去國三年多，這個夏季方才功成名就修成歪果：萬里迢迢西天取經，貧病交迫昏天黑地，總算天可憐見，最終拿到了那紙滿眼龍飛鳳舞洋文，中看不中吃的人文科學文憑，到底沒做個方鴻漸二世。緊接著馬不停蹄尋找專業飯碗，沒頭蒼蠅般四處碰壁，頭破血流後總算認清了形勢，於是只有老老實實賦閒在家，一邊三天打魚兩天曬網幹著中餐館，一邊做著天生我才必有用的白日夢。

怎麼著也算是雙喜臨門，剛畢業就趕上妻子女兒歷盡美國領事館刁難，終於感動了不知道是菩薩還是上帝，F2簽證到手，歡天喜地來美與我團圓。她倆陪讀沒陪成，好歹趕上了陪失業，陪我牢騷滿腹怨天尤人，好像全體老美都欠了我一百吊銅板不還，雖說心裡賊亮著呢：自己死乞掰趔賴在別人的國家，誰也沒請你來不是。混不出個人模狗樣的，有種你倒是捲起鋪蓋走呀。

聖誕樹，一棵聖誕樹！

離家時女兒才六個月，轉眼已經三歲半，玉雕粉琢，冰雪伶俐；額頭上一排齊刷刷、黑黝黝的劉海，下面是一雙亮晶晶的大眼睛，像極了《城南舊事》裡的小英子，惹得人見人贊，贊得我們心裡開了糖果店，真是兒女是窮人家僅有的財寶呀。有生以來，這是女兒的第一個聖誕節，第一次聽講聖誕故事，第一次看到美麗的聖誕樹。做父母的，怎麼也得滿足她這個小小的心願，給她置辦一棵聖誕樹。

可是，錢呢？錢哪裡來？買聖誕樹要錢，紀念上帝誕辰要銀子。

一家三口，每月浮動幾百大洋淨收入，房租、水電、老爺車維修（沒車寸步難行）、汽車保險（醫療保險不敢想）、汽油、食物，外加高昂的學費書費，冷冰冰、沉甸甸壓在心頭上的豈止是三座大山。

囊中羞澀捉襟見肘，雖還沒到入不敷出的份上，卻是遠低於貧困線的預算平衡，月月光，月頭吃肉月底喝湯，小日子過得比勒到了最後一個扣眼的褲腰帶還緊三分。為了渡過眼下這艱難歲月，夫妻倆商議出一句持家經典名言：能不買的東西絕對不買，不得不買的東西買最便宜的。平日裡常常打趣著相互提醒。

聖誕樹，一棵聖誕樹！

俗話說貧賤夫妻百事哀，我們不是清教徒，自然也莫能例外。但在哀傷之餘，我們也努力苦中作樂窮里尋歡，釣魚、打網球、玩電腦遊戲。不知道是相信慈悲的上帝對我們的前程定有合理安排，還是信奉車到山前必有路，老天爺餓不死瞎眼的鳥，反正我們愁眉苦臉唉聲嘆氣的次數有限。

既然受洗信了主，聖誕節就是我們自己的良辰佳節，當然不能哀，不僅不能哀，相反還必須喜慶歡快。得了，將女兒的合理要求歸入“不得不買物品”清單。夫妻倆開始張羅起來，幾天內不辭辛勞，跑遍了附近的大小店家、自由集市、跳蚤市場，拜訪親近了每一棵進入眼簾的聖誕樹，為的是嚴格遵守第二消費原則：不得不買的要買最便宜的。最終，市場調查報告出來了：本地最便宜的聖誕樹，至少要五十美金。夫妻倆不覺傻了眼：

整整五十塊，相當於一個半月的水電費，或兩個月的汽油費，或整整兩週的伙食費，或……就為了這麼一堆既不能吃也不能喝更不能用，擺設沒幾天就得束之高閣的鐵絲、塑料和玻璃？難道對於我們，這聖誕樹還當真屬於“能不買的絕對不買”？面對著女兒隔三岔五的催促，真是買也不是，不買也不是。小兩口開始坐困愁城。

愁城裡長不出一棵樹，山不轉水轉，水不轉地球轉，我們還就不信這個邪了，帶著幾分絕望和悲壯，繼續走街串巷四處查訪。這一天，陰差陽錯，闖入一家不知名、不起眼、不入流的小雜貨店：

“老公，你看哪是什麼？！”隨著妻子一聲驚呼，我順著她的手指向幾步開外的櫃枱望去，頓時，胸腔裡的那顆心熔化成一具紅彤彤的十字架：“哈里路亞！”

…… ……

聖誕夜，窗外雪花飛舞，屋內溫暖如春。全家三口圍坐一團，開開心心用過簡樸而豐盛的節日晚餐。妻子點起了一支紅蠟燭，增添點節日氣氛，卻見女兒望瞭望空空蕩蕩的客廳，小臉兒顯出幾分鬱鬱寡歡，還沒等她開口，媽媽走了過去，坐下來摟著她，開始講起了故事：

“今天是聖誕夜，吃過聖誕晚飯，小朋友們都早早地上床睡覺了，好在第二天，也就是聖誕節的早上快一點起床，去拿他們的聖誕禮物。誰送給他們的禮物呀？是聖誕老人給他們的禮物。聖誕夜，聖誕老人給每個小朋友一件聖誕禮物。當乖囡睡著了以後，聖誕老人就從天上下來了，他駕著四頭馴鹿拉的車子……什麼是馴鹿呀？嗯，馴鹿就是梅花鹿。梅花鹿拉著聖誕老人，讓他挨家挨戶去給小朋友送禮物。乖囡現在乖乖去睡，明天早早起床，看聖誕老人給了你什麼禮物，好不好呀？……”

聽著聽著，女兒笑開了。小夜貓子的她，第一次上床得這麼早。

…… ……

“起床啦，起床啦，爸爸快起床了！”

睜開睡意朦朧的眼睛，我抬起頭，窗外天已大亮。床沿上，妻子正在給女兒穿衣服，她回過頭來，和我交換了一個眼色。

“乖囡，穿好衣服，趕快去外面看看，看聖誕老人昨天夜裡給你送來了什麼禮物呀？”

女兒蹦跳著跑出去，沒半分鐘，又匆匆奔了回來，一張小臉兒漲得通紅，眼睛睜得大大的，聲音都有些發顫："聖誕樹，一棵聖誕樹！"

"哇，聖誕老人送給寶貝一棵聖誕樹呀！"夫妻倆異口同聲大叫起來。

"是……是的，他給了我……一棵聖誕樹！快去看呀，媽媽爸爸！"

三個人相擁著跑出臥室，來到客廳：電視機上，擺放著一棵袖珍聖誕樹，一尺來高，清瘦而挺拔；青翠欲滴，小巧而玲瓏，上面裝飾著彩燈點點，正閃閃發光。

"聖誕老人真好，聖誕老人真好！他知道我想要什麼。媽媽、爸爸，我真喜歡聖誕老人！"女兒抱著她的聖誕樹，笑成了一朵小百合。

我和妻子相視而笑，不約而同看到了對方的心底：原來一個合家歡聖誕節，才需要五塊錢！讚美詩裡怎麼說來著：主必給我們預備！

門鈴響了，原來是朋友一家來串門，在大人小人歡聲笑語的寒暄聲中，響起了女兒那清清脆脆的童聲：

"小方姐姐，小方姐姐，快來看我的小聖誕樹，它比你的大聖誕樹更好，因為它不是買的，它是聖誕老人送給我的聖誕禮物！"

(2004)

辯 護

“尊敬的法官先生，作為州檢察官，本案的公訴人，現在我強烈提議對犯下了一級謀殺罪的原告處以最嚴厲的刑罰。要知道他喪盡天良，血腥殘忍奸殺的是一個多麼年輕美麗，溫柔知性的女人。她有著一個三歲的可愛女兒，受害時又正懷著三個月的身孕。”

“尊敬的法官先生，作為本案原告的委託律師，現在請允許我為我的委託人做無罪辯護 —— 他所面對的殺人指控完全不成立！”

“荒唐！充分證據早已呈交本法庭，大陪審團也已作出有罪決議。

怎麼可能被推翻？—— 除非又有新的有利於原告的證據被發現。”

“確實！我們確實發現了新的，充分的無犯罪證據！”

“不可思議！那麼律師先生，你所掌握的新的證據是？……”

“這是一份最新，由最權威的生物科學家，根據最先進的醫學測試儀器所開具的驗屍報告。驗屍報告證明死者並非女人。非但不是女人，而且也不是男人。”

“什麼？死者竟然不是女人，也不是男人，那麼她……她是……”

“死者不是生物人，死者是機器人，一個機器女人，一台女性機器。換句話說，死者並不是人，而是一部機器。所以，我的委託人並沒有殺人，他充其量不過是——比較魯莽地毀壞了一部機器——而已。這與打碎了一個花瓶，或者拆毀了一台電腦，並沒有什麼本質的不同。尊敬的法官先生，檢察官先生，你們說，是不是這個道理？”

(2017)

天鵝之死

“對不起同學們，我遲到了。發生了一件意想不到的事情：剛剛在來教室的路上，我看到了一隻白天鵝，漂浮在校園池塘的水面上。很不幸，它死了！圍觀的人都在為她惋惜，我也是。”教授語氣沈重。

“哦，這太令人震驚了。那忠貞的天鵝一定是殉情而亡。我們應該將她埋葬在那美麗的湖畔，再為她立一塊墓碑，刻上我為她寫的悼念詩歌！”法國學生聲情並茂。

“Whatever！應該讓FBI去查一下，看看它是不是從墨西哥的天空或水域偷渡過來的。非法移民是我們國家眼下面臨的一個嚴重問題。”美國學生聳聳肩。

“新鮮！餓死的人我見得多了，死天鵝倒是從來沒見過。”烏干達學生咧嘴而笑。

“我認為應該將這隻天鵝的屍體送到生物系的化驗室去，請他們做一個全面的解剖，以確保它不是死於禽流感。”德國學生正襟危坐。

“好建議！解剖完後可以製成生物標本，賣給地區小學作教學道具。”日本學生一本正經。

“對不起，教授！”中國學生忽地站起身：“今晚的課我請假了！”

“能告訴我原因嗎？我們的課馬上就要開始了。”

“趁天還沒黑透，我要馬上去把那死天鵝從池塘裡撈上來，帶回家去。”

“然後呢？打算如何處理？”

“怎麼處理？我一時還沒想好，需要和女朋友商量一下，以決定最 後究竟是把它清蒸還是油炸，紅燒還是白燉……”

“什麼？！”眾人異口同聲。

“都可以了。週六晚我們將舉辦一個‘天鵝宴’，邀請老師同學們來品嘗天鵝肉。機會難得，拜託各位一定要賞光哦。拜拜！”

(2010)

黑森林

夏日遠遊。我獨自行走在大森林裡，不期而遇一個因飢寒交迫而奄奄一息的陌生人。身體斜靠著一塊石頭，他雙手緊緊抓著一個大口袋，裡面裝滿了珠寶和黃金——是他親口告訴我的，說如果我救了他，財寶分給我一半。

做夢也做不到的好事來了，我該怎麼辦？！

救了他？看上去怪可憐的——等一下，如果他事後食言，拒絕支付許諾的酬金怎麼辦？要知道我對他一點都不了解。所以不能答應，不能做輕信的傻瓜。

那麼，幹掉他？——哪能呢，我永遠不會為了劫財而殺人，人在做，天在看，不殺人是我的行為底線，當然正當防衛除外。

可是，如果他是一個賊盜，口袋裡裝的都是不義之財呢？——聽上去很有誘惑力，這樣就有了幹掉他的正當理由，事情可以做得問心無愧。再可是，問題是不知道他到底是不是一個賊盜。

有了，我何不先坐下來，等著他餓死，然後心安理得地取走那口袋？——唔，很有誘惑力，不能再合情合理。就這麼辦了。我什麼都不做，就等你自己去死！

後記：本文與其說是篇小小說，不如說只是一個不無意思的創意。它有拉長加工為正式短篇小說的素質潛力。時間精力所限，只能留待異日了。

(2016)

夜深了

夜深了……

她，倚偎在他赤裸的胸膛，發出輕微而甜蜜的呼吸……

月光拂進窗戶，映照著她如一朵睡蓮的面龐，那裡閃爍著激流滾過後的餘輝……

他，一隻手將她輕輕摟緊，睜著不眠的眼睛，凝望著天上一輪明 月，一動不動……獨自品嘗著漫漫長夜，良久，良久……

(2005)

www.ingramcontent.com/pod-product-compliance
Lightning Source LLC
Chambersburg PA
CBHW032119180726
48284CB00002B/616

* 9 7 8 1 9 4 9 7 3 6 0 7 6 *